品才情人生，味无疆大爱

垂朝烟月

人物·人性·人文 散文丛书

□ 林非／著

百花文艺出版社
BAIHUA LITERATURE AND
ART PUBLISHING HOUSE

图书在版编目（CIP）数据

无关风月 / 林非著．—天津：百花文艺出版社，
2011.4
ISBN 978 – 7 – 5306 – 5777 – 5

Ⅰ．①无…　Ⅱ．①林…　Ⅲ．①散文集 – 中国 – 当代
Ⅳ．①I267

中国版本图书馆 CIP 数据核字（2011）第 032299 号

百花文艺出版社出版发行
地址：天津市和平区西康路 35 号
邮编：300051
e – mail：bhpubl@ public.tpt.tj.cn
http://www.bhpubl.com.cn
发行部电话：(022)23332651　邮购部电话：(022)23332478
全国新华书店经销
河北省三河市宏达印刷有限公司印刷

＊

开本 787×1092 毫米　1/16　印张 15.5　插页 2
2011 年 5 月第 1 版　2011 年 5 月第 1 次印刷
印数：1 – 4000 册　定价：29.00 元

序

诸荣会

我第一次见林非先生是去他府上，是我的一位领导带我去的。去办公事。

具体是什么事我现在已不记得了，但是我清楚地记得我们去前很是为给他带点什么礼品而费了好一番心思。"带点什么好呢？太便宜的实在拿不出手，贵一点点的他一定不肯收！"领导说。我的这位领导因编辑《当代散文鉴赏大辞典》而与先生相识，后成为先生忘年交，因此深知先生的脾气。

"那总不能空着手去吧！"我说。

"是呵……"领导毕竟是领导，最终还是他想到，"我们就去市场买一袋大米扛去——一袋大米值不了多少钱，他应该会收下；再则那一袋大米分量可不轻，他家住五楼，就是再不想收也得收下，因为年过花甲的他想来总扛不动它下楼去追我们吧！"

我们如约敲响了北京静淑苑一座普通公寓楼五楼的一扇绿色防盗门，听到屋内一个浑厚的声音："来了！来了！"我想一定是林先生。门很快便被打开了。当林先生看到我们扛着一袋大米走进客厅，并得知这就是我们带给他的礼物时，他先是吃惊，然后是感动……

入座后，由于林先生与我是第一次相见，他便自然而然地以长者的口气问我多大了，哪里人等，当我告诉他我算是南京本地人，因为老家溧水现在是南京的一个郊县时，他似乎有点吃惊，也似乎十分高兴地说："是吗？那我们是老乡了！说起来我也算是溧水人!。"

"真的吗!?"这时轮到我更为吃惊和高兴了。不过同时我又有些不解，因为许多报刊上介绍林先生，都说他出生在江苏海门，所以我们一般都知道他是江苏海门人。林先生见我面有不解，便告诉我，他的确是出生于江苏海门，那是因为父辈当时经商而居于此，溧水才是他的原籍地。说到这儿，他也似乎打开了话匣，又告诉我们，他原姓濮，名良沛，"林非"只是他的笔名，最后他轻轻问我："濮氏在溧水据说还是个大姓是吧？"这一问既似乎是在向我这个来自故乡的后辈询问一个结论，也似乎是核实一个事实，语气是那么和蔼。

尽管我上大学时便读过林先生的《鲁迅小说论稿》和《现代六十家散文札记》等，尤其是后者曾让我受益巨大，但是我此前真不知道林非先生竟为溧水濮氏一员，也算是我的老乡。说起溧水濮氏，的确正如林先生所言，在当地不但是一大姓，也是一望族：清末著名红学家，即红学评点派开创者濮青士便是濮氏先人；当今蜚声影视界的著名演员濮存昕，也系出该族。

说到濮存昕，我告诉林先生，他近年几乎每年都去溧水的，因为近年来地方政府搞了一个"梅花节"，每年都请他去做主持。

"是呵，这我都知道！按家谱上的辈分论，他还应该是我孙子的一辈哩！只是我还从没去过溧水，溧水知道我的人可能也不多吧？"又是一句轻轻的询问。而他这轻轻一问，却让作为溧水晚辈后学的我，心里很不是滋味。

林先生可谓是一位著作等身的学者，其学术研究涉及多个领域，并在每一个领域都卓有成就。其一系列鲁迅研究专著《鲁迅前期思想发展史略》《鲁迅小说论稿》《鲁迅和中国文化》《中国现代小说史上的鲁迅》等，使他成为了鲁迅研究领域最著名的学者和学术权威，为此他长期担任中国鲁迅研究会会长；除此之外，林先生还长期但任中国散文学会会长，这也同样是因为林先生散文研究和散文创作两方面的杰出成就：其一系列散文研究专著《现代六十家散文札记》《中国现代散文史稿》《散文论》《散文的使命》《林非论散文》等，使得他被人们称誉为"现代散文研究的开拓者"；其大量的散文创作，又使得他自然而然地成为当代"学者散文家"的杰出代表,近年来他发表了大量的散文精品名作,出版了一系列散文集,如《访美归来》《绝对不是描写爱情的随笔及其他》《西游记和东游记》《林非散文选》《林非游记选》《令人神往》《云游随笔》《中外文化名人印象记》《离别》《当代散文名家精品文库·林非卷》《世事微言》《人海沉思录》《话说知音》等,其散文《武夷山九曲溪小记》《九寨沟记游》等多篇作品被选入中学语文教科书,尤其是《话说知音》一文被2002年高考语文试题(全国卷)全文选用作为考题,林先生及其散文作品可谓是名副其实的脍炙人口、妇孺皆知。然而对于这样一位可谓名满天下的学者、作家,作为其老乡的溧水人对他的了解真的不多,就连我这个爱好散文写作并半吃着文学饭的文学爱好者竟也了解得如此不够。于是我有些惭愧也有些激动地说:"下次您有机会到南京,我一定请您去溧水走走看看!"

话这么一说便几年过去了,其间我与林先后多有来往,我向他常作请教,他对我则多有提携。拙著《风生白下》将要出版,我自然想到请林先生赐序,然而在电话里林先生则对我说:"我要先看过书稿后才能告诉你,是不是有能力给你写这个序!"

说实话,林先生这话让我还是多少有点意外,因为我知道林先生是一个非常乐意提携后学的文学长辈,他为青年散文家甚至散文爱好者写过的序言,就其数量来说真有点难以统计。我的一位散文家朋友,曾感佩于林先生这种乐于提携后学的精神,还写过一篇《序言中的林非》的文章。因此,当林先生对我这个以小老乡自居者说出那样的话时,我还是心里暗暗有些嘀咕的。

不久,我收到了林先生亲笔写来的信,告诉我书稿他已看过,当初没能一口答应我,那是因为我的文章他看过的并不多,究竟在一个什么水平上还不太了解,而作序那是对作者和读者都要负责任的;信中还告诉我说,也是不久前,有一位名头挺大的人物的一本散文集请他写序,他最终看过书稿后婉拒了,不为别的,只因为觉得其水平还不值得推荐给读者;而我的书稿写得比他想象的要好多了,所以他决定为我写这个序,只是写成还得过一段时间。

果然不久后我就收到了林先生寄来的序言,其中对拙著内容的介绍真是十分具体,可以看出先生对拙著的阅读一定十分仔细,而这至少是要花去许多时间和精力的呵！这时我忽然为自己浪费了林先生如此多宝贵的时间和精力而深感不安。然而将那篇序言读完，我更为深感不安的是林先生对我作品的评价，尤其是其中有一段，他将我一作品与朱自清、俞平伯等前辈的作品进行了比较，更是让我惭愧。不安、惭愧之余我拨通了先生电话，建议他能对那一段进行删改。然而先生说："这都是我真实的感受和实事求是的评价，而且我也是在一定条件下写下的这一段话，我既然这么写了，一定是负责任的。"

林先生又一次提到了"责任"。说实话，这让我万分感佩：当初我求他赐序，他并没有因为我是他的小老乡而答应，哪怕是勉强答应；但是当他觉得应该给予我的文章以较高评价时，又并不因为我只是一个无名小辈而稍有一点吝啬，其无论是为文还是为人，都表现出了一种严谨的态度和实事求是的品格。这一切也许正是来自于他对于文学事业的一种高度的责任感吧！

终于有一次请林先生回故乡走走的机会。

2006年春天，我供职的出版社请林老来南京参加一个文学活动，活动结束后，领导让我陪先生在南京走走看看，我立即提议去溧水看看，先生一听便高兴地答应了。当时已是中午，驱车到达溧水已是下午，车在县城绕了一圈，又看过了有着"溧水第一名胜"之称的天生桥，已晚餐时分了。接待我们的是当地县文化局长，晚餐开始前，这位局长竟从公文包里掏出一本书来，请林先生为他签个名留念。书已很旧，一看书名竟是《现代六十家散文札记》，我很激动地说："林老师，谁说溧水人不记得您呵！"林先生见此也很激动，当场在书的扉页上一口气写下了大半页的留言。

林先生将留言写毕，局长要将林先生回故乡的消息电话告知县里的主要领导，先生赶忙制止，说实在没有必要，县领导一定有更重要的事要忙，最后不无幽默地说："你与他一说，他来又不好，不来又不好，何必为难领导呢？他如果真来了，坐在一起他也难受我们也难受，何必为难领导又为难自己呢？"说得大家都哈哈笑了起来。那天席间谈话的话题自始至终都不曾离开文学，尤其是散文，只是具体内容今天我多已记不清了，但有一段我至今难忘：有人向林先生询问，某位当红的作家到底算不算大师，因为他的言行中常有以文学大师自居的流露。先生说："文学应该是社会的良心所在，一个作家要成为大师，他一定要有一种担当,一种责任感,要成为全社会的良心,乃至人类的良心;就他来说,如果仅看作品的量,他已具有了成为文学大师的条件,也已取得了不乏成为文学大师的知名度,但他取得了这一切后却热衷于坐佛、论道、戏墨、藏石等等,似乎有意要与社会保持一定距离,这就注定了他不可能成为真正的大师。"没想到说话一向平和的林先生,竟在这种说话不必如此认真的非正式场合说出这种如此认真的话来,且他又一次说到了"责任"二字。

就我读过的林先生的散文作品来看,责任二字似乎是贯穿他散文创作始终的一个母题。大量现实题材的作品就不必说了,就以本书为例来说吧,这是一部人物散文,所写大部分都是中外历史人物和他的已故师友,然而就是在这样的作品中,读来仍可以不时从中读出作者对于现实的深切关怀,仍不难感觉到作者对于现实社会、现实生活所表现出的一种文化使命感和责任感充溢其间。因此,林先生笔下的历史,实际上是他用来折射今天现实的一面镜子而已,或许这正应了一句老话——以古鉴今!当然,单读某一两篇作品,或许读者的这种感受还并不明显和深切,但只需将这类作品稍作连读,便很容易感觉出他表面上在叙写着历史的笔,其笔锋实际上是直指当今的。在他的笔下,古代美女息妫的悲剧的根本原因在哪儿?"这是因为权倾天下的专制君王,抑或诈骗钱财的黑心富豪,都把贪婪与猥亵的目光,死死地盯住她们,诱惑或胁迫她们抛弃原本是恩恩爱爱的伴侣,一心要抢夺、霸占和蹂躏她们,当作自己发泄情欲的玩偶。这样凶狠和恶毒的暴行,会迫使她们痛苦的灵魂,枯萎和凋零下去,最终跌入于死亡的深谷。"(《息妫:薄命只因红颜》)仗义执言的司马迁遭受宫刑的根本原因又在哪里?"正是这种'顺我者昌,逆我者亡'的专制主义统治方式,造成了几千年中间的谄媚、拍马、谗言、倾轧、钩心斗角,以及种种阴险毒辣的陷害和杀戮。"(《司马迁:为什么不死?》)再联系到"文革"时期,"为什么知识分子会被迫放下手里的工作,无法将自己所掌握的文化知识,贡献给整个的社会,就说像他这样饱学的教授,为什么会被莫名其妙地遣送到这儿来,无谓地遭受冻馁呢?这难道不是'恣意为之'的结果吗?"(《吴世昌:总不能说假话吧?》)类似这些,读者很容易地就能读出作者对于历史的批判并不是局限于历史,而是批判取向直达现实;同时,这种批判又绝不仅仅停留在对现实一般性挞伐的地步,而是进入了对我们民族文化进行自省、反思和诊疗的层面;这样的自省、反思和诊疗,恰恰正表现了作为一个作家、学者和思想者对于民族前途的一份文化责任感。

无论是立足于现实而对历史所作出的反思与自省,还是从文化角度对现实所作的批判与诊疗,在林先生笔下都是那么的令人信服,因为这一切他都是以实事求是为前提,同时又以宽容为皈依。如他在说到被楚平王掳去的息妫为什么不死时写道:"世界上绝大多数的人们,对于自己的生命总是很留恋的,用自己颤抖的双手,去结束这只能够存在一回的生命,需要多么巨大的勇气啊!怪不得有一句在民间流传的俗话说,'好死不如赖活'。既然还没有下定了去死的决心,就只好在揪心的痛楚中,严厉地盘问和谴责着自己,并且沉默地打发这浑茫的日子……比起柔弱地咀嚼着痛楚的息妫来,绿珠果断地完成了自己一了百了的结局,真算是显出了一股巾帼的豪气,然而她为着如此贪婪和残暴的石崇去死,似乎也并不值得,因此绝对不能以她坠楼的行径,当成唯一的榜样,去指责无辜与受害的息妫。"进而他又联系到"像坚持抵抗清兵而殉难的史可法,像不屈不挠地图谋匡复明室的黄宗羲,像誓死拒绝康熙年间博学鸿词科举荐的吕留良等等,诚然都是可歌可泣的。然而逐渐衰败的明朝已经灭亡了,清代的王朝已经行使了在全国的统治,总不能要求人人都成为那样的英雄豪杰。许多平平常常和庸庸碌碌的官吏或士子,在天崩地裂般的改朝换代之际,也总得活下去,总得寻找一个安身立命之处,这实在是一桩无可奈何的事情。"(《息妫:薄命只因红颜》)像这样实事求是的精神和文化宽容的态度,林先生不但表现在对历史人物身上,甚至以对待现实生活中一些有过过失的人身上亦如此而然。如在《刘大杰:一生的憾事》中他这样写道:"在'文革'这个蹂躏和践踏人们灵魂的风暴中间,他无疑也是被损害的人,或许是为了保存自己生存的权利,他只好巧妙地略施小技,这又有什么办法呢?是压制和破坏人们正常生活的畸形时代,使人们的心态也变得畸形起来,不管怎么说他都是无辜的。"这样的话语,在充满了实事求是精神的同时,又显示出多么的大度与宽容呵!

其实,生活中的林先生本身就是一个十分宽容的人,正因为如此,他才能从萧军的二三小事中发现自己的不足,进而勇于解剖自己(见《萧军:二三小事》)。有一次,在一场与中学生和八〇后文学爱好者间的文学对话活动中,面对一名自称八〇后作家自命不凡的态度和咄咄逼人的发问,我亲眼看见在场的多位作家都不愿接他的话岔,只有林先生不厌其烦地与他一再对话;而当那孩子说起了他不幸童年和对文学的不懈追求时,林先生竟热泪盈眶;会后当那名文学少年请他题字时,他竟然又为他写了许多鼓励有加的话语。说实话,见此情景,我怎么也不能相信曾经有过的关于林先生与某位名人间的冲突,以及他们间的种种是非恩怨,责任会全在他。

林先生今年已是近八十高龄的人了,我从来都毫不掩饰自己对他的尊敬,同时也毫不掩饰对他散文的喜欢,这倒不全是因为他是我的一位老乡而爱屋及乌,也不全因为他作为一位如此高龄的作家每年还发表如此大量的作品,保持着一种令人难以置信的高度创作能力。说实话,对于老龄作家的散文作品多数我是既喜欢又不喜欢——喜欢的是这些作品常常能给我们丰富的知识、深刻的思想和独到的见解,不喜欢的是他们的作品往往形式上或许是一种烂漫之极后的平淡、平直,甚至是平铺直叙。林先生作品绝无这样的现象。

有一次,在与林先生私下的谈话中,他说他非常同意已故的江苏省作协主席艾宣曾说过的一句关于散文的话,这就是:"散文不是散话。"的确,林先生的散文从来都不会以"散话"的面貌出现,相反,无论是长篇还是短章,都一律构思巧妙、叙述生动、议论精当。对此我还是略举本书中的两个例子来妄说一二吧。如在《息妫:薄命只因红颜》中,读者初看或许会觉得作者写自己被发配河南息县的一段是闲笔,但读后细想,这哪是闲笔呵,分明是作者的匠心所在!通过这一段,作品的主题在一种不知不觉中得到了深化:古代那摧残红颜的暴君,与现代对于知识和文化竭尽摧残之能事者,本质上并无二样。而这里与其说是一种写作手法的运用,还不如说是对屈原楚辞中开创的用香草美女而自比知识分子的文化传统的发挥。再如在《郑子瑜:修辞人生》一文中,林先生在写了郑先生许多表现其多舛命运和不屈精神的事例后,着力写了这样一个细节:由于与老朋友久别重逢,谈兴正浓而误过了学校餐厅的开饭时间,来到餐厅"只见橘红色的大门紧紧关闭着,我失望地摇了摇头。郑子瑜伸出拳头擂着大门,还高声喊道:'这么早就关门了?'"紧接着,作者又议论道:"看来他对待生活的态度,要比我勇敢和积极得多,在这样的紧急关头,想不耽误这顿晚饭,就得拔着嗓子呐喊,无缘无故地退让了,只会使自己挨饿和吃亏。人想要生存,真得靠自己去争取,也许正是这种猛进的精神,才使他在几乎沦为乞丐的生活中,不屈不挠地搏斗下去,终于取得了巨大的成功。"像这样以小见大而又生动异常的细节描写和精当议论,在林先生作品中如同一出大戏中的一个个戏眼,总能让读者心有戚戚矣,进而发出会心的微笑和得到人生的启迪。

本文是我应林先生之命而为本书写的一个序言,但我深知自己无论是论年龄资历还是学识水平,都是没有资格来为他的作品集作序的,也没有资格对林先生的散文妄加评说;我深知林先生之所以让我写这个序,一定是想以此来提携我这个小老乡。长者一番好意,我却之实在不恭,只得遵命。

是为序。

2010.7.26

目　录

包括这豪言壮语在内的整个阮籍的思想见解，在整部中国文化史上无疑也都可以算是相当辉煌的，冲撞那种只要求芸芸众生对其进行奴性崇拜的专制独裁体制，冒犯那种把人们禁锢和压制得几乎窒息的精神氛围，就意味着呼唤还属于遥远未来的平等精神。

喘吁吁地坐在椅子上,举起手来轻轻拍打我儿子的肩膀,高高兴兴地跟肖凤说道:"孩子长得这么英俊,真是青出于蓝啊!"接着又关心地询问她,正在撰写什么传记作品?闲谈一番之后,他才从书包里拿出一沓剪报来,将夹在里面的序言递给了我。

从他凝视的目光和豪爽的笑容里,我顿时发现了这是一位热忱和恳切的长者,他愿意将萍水相逢的邂逅者,当成是倾盖如故的知音,慷慨地掏出自己的心来。他诚挚地叙述着自己的青年时代,怎样与命运搏斗的苦难历程。

每一回跟秦牧相遇时,我总觉得自己是站在一座巍峨的高塔旁边。他结实和宽阔的身躯,挺立得多么硬朗,而昂扬着的头颅,却笑得这样温柔,还眯着长长的眼睛,抿着厚厚的嘴唇,淳朴地张望着纷纭的人世。这样坚强和善良的人,怎么就会死了呢?我实在难以相信命运竟会如此的残忍!

原来他时刻挂念的就是要从事写作,写出许多像《蒋经国传》那样的得意之作来,他毕生都渴望着去攀登思想的高峰。夕阳照在他脸上,从他的眼睛里射出一阵奇异的光来。

我们终于快快不乐地分手了。当他的汽车消失得无影无踪时,我还在祝愿他能够实现自己的理想,当时哪儿会料到,他旺盛的生命和著述的事业,即将被残暴的罪恶势力所扼杀。

大约是四五年前的往事了,当我在广东佛山首次遇见黄河浪的时候,真惊讶于他的身躯竟会如此瘦弱,是不是昼夜都寻觅和锤炼着迷人的诗句,把自己折腾得过于劳累了?我立即想起李白嘲笑杜甫的那两句诗,"借问因何太瘦生? 只为从来作诗苦。"

叫做"一饭之恩必报",而且还报答到我们这些其实是无关的人们身上了。

丸尾常喜：灵魂在与谬误的对峙中纯净 ············ 213

丸尾常喜迈开大步,陪着我绕过卡车,脸上流露出凛然不可侵犯的神色。我默默地望着他,被他这种决绝的态度感染了,觉得在正义与谬误的对峙中,确实应该鲜明地显示出,自己永远站在被侵略和被损害的人们这一边。

丸山升、伊藤虎丸：鲁迅的异国知音 ················ 217

有一天,我们在海滨的树丛中散步,踩着柔软的泥沙,踩着细碎的石子,回忆着各自充满了革命气息的青年时代。他忽然紧紧握住我的手说道:"我们是同一年生的啊!"他那对瞪得滚圆的眼睛里,像闪过一阵火光似的。

许世旭：太像中国人了 ················ 222

一位异邦的作家,竟能挥洒着复杂和艰难的汉字写作,这不能不说是文学史上的奇迹。正像台湾诗人痖弦在《城主与草叶·序》中所说的那样,许世旭多少有些类似郎世宁或小泉八云,一个意大利人用中国的毛笔作水彩画,一个爱尔兰人用日本的文字从事写作,竟都会使得不少鉴赏者,误以为他们是中国或日本的艺术家。据说许世旭也曾被中国大陆的有些读者,误认为是海外的华人作家。

息妫：
薄命只因红颜*

　　几乎是古往今来所有的人们，都会从心里深深地喜爱着美丽的女子。那如花似玉的脸庞，那袅袅婷婷的身影，那清脆悠扬的声音，都会永远荡漾在自己的胸间，像一阵阵清爽的微风，一缕缕明净的月光，始终吹拂和照亮着自己宁静或焦躁的灵魂，留下了欢快与神往的回忆。像这样对于美的向往和激赏，应该是可以使得自己的心灵，更加丰盈起来，更加洋溢出一种浓郁的诗意。

　　然而在那些绝代的佳人中间，有着多么不同的性格与命运。有些心地淳朴和善良的美女，受尽了人世的煎熬，昼夜都打发着伤心欲绝的光阴，悲悲切切地叹息，泪眼嘤嘤地抽泣。为什么她们会如此的不幸？这是因为权倾天下的专制君王，抑或诈骗钱财的黑心富豪，都把贪婪与猥亵的目光，死死地盯住她们，诱惑或胁迫她们抛弃原本是恩恩爱爱的伴侣，一心要抢夺、霸占和蹂躏她们，当作自己发泄情欲的玩偶。这样凶狠和恶毒的暴行，会迫使她们痛苦的灵魂，枯萎和凋零下去，最终跌入于死亡的深谷。却也有下贱、狡诈和阴险的美女，总想要凭着自己天生尤物似的身价，千方百计地去巴结、投靠、谄媚、跪拜和侍候专制君王或大小官僚，好过上锦衣玉食的奢华日子。

———————————

＊原题为《古代美女息妫的悲剧》，本题为编入本书时编者所加。

古代美女息妫

无论是女人或男人，往往都会显得纷繁复杂，千差万别，有的多么善良，有的却如此凶恶。而善良的人，往往会悲惨地夭折；凶恶的人，却很风光地吹嘘、扯谎和吆喝着。为什么人世间竟会如此的不公？

在我自己悠长的读书生涯中，曾经接触过许多描写美女的篇章，像几十年前吟咏过的《诗经》里面，那一首鼎鼎大名的《硕人》，曾被后世的评论家誉为称颂美女的千古绝唱，我是至今也还能够清清楚楚地背诵得出来的。然而由于自己读书的杂乱无章，不求甚解，几千年来中国历史上多少美女的故事和传说，都从未仔细与深入地研究过，因此在脑海里就只留下一些很零星和混沌的印象。

倒是那一位春秋时期的美女息妫，尽管已经是两千七百年前的往事了，她多么忧伤和绝望的身影，却常常踯躅在我的记忆中间。因为在三十四年前的隆冬季节里，我曾经在她故乡的村舍里居住过。当时正值胡乱折腾的"文革"期间，成千上万原来居住在北京的人们，在那一声严厉和残酷的号令底下，只好把眼泪偷偷地咽进肚子里去，乖乖地前往外地荒僻的乡野。如果有人胆敢发出丝毫怨言的话，在经过批判、斗争与定罪之后，照样会灰溜溜地被押解着前去。那又何必再自找没趣，让早已被折磨得奄奄一息的自尊心，重新遭受一次新的凌辱？

且说我们这支小小的队伍，经过辗转的迁徙，才抵达了河南的息县。我被指定住宿在一间低矮和破旧的草屋里，推开两扇凹凸不平的门板，就像走进了一个黝黑的地洞，模模糊糊地瞅见周围的四堵泥墙，已经开始微微地倾斜。凛冽的寒风从那数不清的窟窿中间，呜咽着渗了进来，冻得我心里不住地悸颤。

每天的夜晚，我就睡在这肮脏和冰凉的草屋里，忧愁地思念着远方的亲人，心里埋怨着这种过于残忍的做法，为什么要强迫大家妻离子散，各自都过着孤苦伶仃的日子？千百年来的多少帝王，还允许那芸芸众生，阖家团聚，安居乐业，只要你愿意充当驯服的顺民，不想去推翻他们统治的话。可是在"文革"的荒唐岁月里，这种囚禁和蹂躏灵魂，随心所欲地处置与驱遣人们的做法，据说是已经引起全世界绝大多数遭受压迫的民众，像盼望着明亮的阳光那样，希冀也能够降临到他们的身上。真是编造得太奇怪了，如果整个世界都模仿着这样的榜样，人类生存的状态也许就更令人绝望了。这样默默地想着，真觉得凄凄惶惶，百无聊赖，而且还充满了无穷的恐惧。

有两位也住宿在这间草屋里的同事，正悄悄议论着息妫的故事，轻声细语地向我呼唤，要我也跟他们一起聊天，说是整日都闷闷不乐的，怎么能够舒畅地活着？得尽量保持自己健康的心态，也许还有希望回去全家团聚哪！这真是很友好地提醒了我，如果不摆脱自己忧伤的思绪，确乎会性命难保的。于是稍稍地振作起精神来，跟他们聚集在一起，谈论着息妫悲惨的命运，和她决绝地自尽的故事。

早知道在这附近的土地上，曾经有过一座桃花夫人庙，就是为了纪念息妫的。不过它距离我们居住的村落，究竟有多远的路程，实在也茫然不知了，又不敢去冒失地打听。是命令你来从事艰苦的体力劳动，借以在流汗与劳累中改造思想的，倒有闲情逸致，去寻幽访古，依旧沉溺在从前那种不健康的趣味中间，这不是亵渎了革命的理念？因此就只敢在心里悄悄地琢磨，最多是像眼下这样，跟两位同事偷偷地谈论一番，也算是一种消遣和解闷。

他们提起了王维的那一首《息夫人》，说是这位唐代的诗人，多么同情息妫的遭遇，同情她那样始终坚持着无言的抗议。说得兴起时，竟高声背诵出"莫以今日宠，能忘旧日恩"的诗句来。连他们自己也觉察了，吟咏的声音过于响亮，赶紧都屏住声息，侧着耳朵倾听窗外的动静。万一有什么多事的人儿，经过我们这屋子的门口时，在薄薄的墙外听到了闲谈的声音，就会疾颜厉色地揭发我们，这样又得挨一番重重的批判。大家都尝过这样随便议论的苦头，况且话儿也说得已经尽兴，赶紧匆匆地结束，各自回到床上躺了下来。

我半闭着眼睛，又想起了另一位唐代的诗人杜牧，思忖着他在《题桃花夫人庙》这首诗里，对于息妫发出的那一番感叹。那一句装成要询问别人的"至竟息亡缘底事"，其实是已经由他自己作出了回答，认定是息妫的美貌，成了息国灭亡的原因。根据《左传·庄公十四年》里的记载，贪恋女色的楚文王，听说了息侯的夫人，长得十分的俏丽，于是出兵剿灭了这弹丸之地的弱国，将息妫掳掠而回，置于后宫之中。这就应该说是好色而又霸道的楚文王，动了劫掠美女的邪念，才成为息国被消灭的原因。

楚文王掳掠了息妫之后，强迫着她满足自己热浪滚滚似的情欲。这并非相亲相爱的宽衣解带，而是将自己尊严的身躯，赤裸裸地横陈在一个凶恶与无耻的男人面前，只能使她感觉羞辱与痛苦，因此直到生育了两个儿子之后，还始终都沉默不语。楚文王询问她，为什么要如此呢？息妫的回答是，碰上像自己这样的遭遇，纵使下不了去死的决心，还有什么话好说的？息妫的这个回答，说明她曾经萌生过死的念头，不过在面临着生存与死亡的关隘，还没有下定了决心，果断地去结束自己的生命。何况她日夜都牵挂着息侯的下落，思念着能否再见到他，跟他商量怎么度过今后的日子？

世界上绝大多数的人们，对于自己的生命总是很留恋的，用自己颤抖的双手，去结束这只能够存在一回的生命，需要多么巨大的勇气啊！怪不得有一句在民间流传的俗话说，"好死不如赖活"。既然还没有下定了去死的决心，就只好在揪心的痛楚中，严厉地盘问和谴责着自己，并且沉默地打发这浑茫的日子。息妫无疑是在精神和肉体上，都受尽了损害与蹂躏的弱者，她丝毫也没有任何的罪愆。

一个女子出落得妩媚端庄，这总是因为接受了父母天赋的遗传，再加上后来的调养与教诲，形成为一种非凡的气质，本来是很值得欣喜的事情，却造成了息妫最大的悲伤与痛苦，多么的值得同情与怜悯啊！而只有掠夺与凌辱过多少美女的楚文王，才是卑劣和可耻的罪犯。杜牧却有点儿冷酷地数落着息妫，贬抑和讥刺她不如晋代巨富石崇的乐妓绿珠，能够非常壮烈地殉情而死，因此就要"可怜金谷坠楼人"了。

杜牧笔下这另一个故事里的主人公石崇，非常热衷于钻营仕途，谄媚权贵。他所聚敛的大量不义之财，则是自己在荆州刺史的任上，劫掠远道的客商所致。他后来建造了富丽堂皇的金谷园，挑选很多容貌秀美的乐妓，供自己消遣作乐，打发着奢侈淫佚和声色犬马的日子。据说每逢宾客云集时，石崇就让这些乐妓殷勤地劝酒，客人如果推推搡搡，不肯一饮而尽的话，立即命令站着的阉奴，杀掉劝酒的乐妓，实在是太野蛮和残忍了。

在这些美貌的乐妓中间，擅长吹奏笛子的绿珠，是最为出色的佳丽，石崇对她分外的青睐与爱护,还常常向众人炫耀,于是传播开去的名声,就变得十分响亮,竟引起了孙秀的嫉妒和垂涎。孙秀是西晋皇胄赵王司马伦宠信的佞幸,在主子飞扬跋扈的羽翼底下,也曾颐指气使,势倾朝野,没有几个大臣敢奈何得了他。他在风闻了绿珠迷人的艳丽与风采之后,就派人前去索要。石崇慷慨地表示,除开这自己最宠爱的绿珠之外,任何一个长袖善舞的美女,都可以大方地相赠。习惯于说一不二的孙秀,被唐突地回绝之后,顿时就勃然大怒起来。正好在此时,司马伦刚篡夺了自己侄孙晋惠帝的皇位,孙秀就矫诏下令,去收捕石崇。

石崇的府邸被团团围住,他在气势汹汹的兵卒面前,长吁短叹地跟绿珠说道,"我是为了你才获罪的!"

绿珠含着眼泪回答,"为了报答您的恩情,我要死在您的面前!"话音尚未消散,她已经刚烈地坠下楼去,死在了花草丛中。

比起柔弱地咀嚼着痛楚的息妫来,绿珠果断地完成了自己一了百了的结局,真算是显出了一股巾帼的豪气,然而她为着如此贪婪和残暴的石崇去死,似乎也并不值得,因此绝对不能以她坠楼的行径,当成唯一的榜样,去指责无辜与受害的息妫。更何况息妫最后也还是在张望着息侯褴褛的惨状之后,毅然决然地自尽了。

杜牧运用对比的手法,责怪着饱经沧桑的息妫,连被迫无奈地充当专制君王污辱的玩物都不行,而他自己却又那样的放荡,不住地吹嘘着"十年一觉扬州梦,赢得青楼薄幸名"(《遣怀》)。他亵玩过多少妖艳的妓女,还津津乐道着男人此种荒淫的欲念,却不给息妫施舍点滴同情的心理,是否有点儿显得吝啬和小气了?

杜牧在急管繁弦的妓院里纵情声色时,立即于自己的这首《遣怀》中,陶醉着"楚腰纤细"的掌故。而在议论息妫的那首诗里,也是以"细腰宫里露桃新"开始的。纤纤细腰的美女,多么的楚楚动

古籍上所绘楚文王与息妫形象

人,确乎会引起他深深地憧憬。然而这个掌故的来历,是专有所指的,它出自"楚灵王好细腰,而国中多饿人"(《韩非子·二柄》)。楚灵王是掠夺了息妫的楚文王之后,两者之间相隔了一百多年的时辰,诗人大概是为了要浓笔重彩地去渲染一番,就把这两桩事情混淆起来了。对于一位才华横溢和追求浪漫的诗人来说,自然是完全可以不管这些细枝末节的。不过像这样的写法,跟当今有些电视剧里那种"戏说"的作风,倒多少有点儿相似。

根据刘向《列女传》里的记载,息妫在忍受了长久的污辱之后,有一天偶然在城池旁边,邂逅了暌隔已久的息侯,正在充当着守门的仆役。她突然明白和醒悟了,自己已经委委屈屈了多少难挨的日子,原来这恩恩爱爱的夫君,也在承受着撕心裂肺般的灾难,像这样活着实在太痛苦了。她悄悄地向息侯诉说,"我日日夜夜都想念着您,与其活生生地分离在地上,还不如赶紧死了团聚在地下的好!"

息侯悲悲戚戚地劝阻着她,她决绝地扭过头去,整个身躯像卷起一阵飓风似的,顷刻间就跳下了城墙。息侯看到了妻子死亡的身影,也就在那一天,伤心地结束了自己脆弱的生命。

经历了多少痛苦的煎熬之后,他们终于都选择了壮烈的死亡,这总是值得同情和钦佩的行动。在茫茫尘世中,有多少的弱者,还不是受尽了痛苦,依旧苟且偷安地活着?放弃生命,甘心去死,那是何等艰难的抉择!

清代初年的诗人邓汉仪,就这样会心地吟咏道,"千古艰难惟一死,伤心岂独息夫人"(《题息夫人庙》)。面对着生死抉择的痛苦挣扎,永远会折磨和斫丧着自己的心灵。不仅息妫是如此,还有多少尚未彻底泯灭了良知的男男女女,肯定也都是如此的。

根据当时有关的文字记载,说是邓汉仪的这首诗,还产生过不小的影响。像徐承烈的《燕京琐语》里,就叙述过"清初巨公曾仕明者,读之遽患心痛卒"。这究竟是一个什么样的人物,却语焉不详,并未加以说明。如果真有其人的话,倒也显出他残存与破碎的良心,还未丧失殆尽,竟爆发着一丝刚烈的气概。

在当时山河变色之际,像坚持抵抗清兵而殉难的史可法,像不屈不挠地图谋匡复明室的黄宗羲,像誓死拒绝康熙年间博学鸿词科举荐的吕留良等等,诚然都是可歌可泣的。然而逐渐衰败的明朝已经灭亡了，清代的王朝已经行使了在全国的统治，总不能要求人人都成为那样的英雄豪杰。许多平平常常和庸庸碌碌的官吏或士子，在天崩地裂般的改朝换代之际，也总得活下去，总得寻找一个安身立命之处，这实在是一桩无可奈何的事情。

无论是大明或大清的王朝，那些掌握了绝对权力的专制帝王，总会被这样的权力所摆布与腐蚀，总喜爱让普天下的芸芸众生，都匍匐在地，磕头跪拜，诚惶诚恐地服从自己下达的任何命令，哪怕它来得万分的荒谬，也必须一呼百诺，按此照

崇祯皇帝

办。谁如果想要忠贞和执拗地去进谏，触犯了他们变得很暴虐的性子，后果将会是非常严重的。就说明朝末年的崇祯皇帝朱由检，尽管是律己甚严，殚精竭虑，不近声色，想在充满了内忧外患的腐烂危局之中，竭力挽狂澜于既倒，却也难逃这专制统治无法避免的规律，在决策时总是那么刚愎自用，偏听偏信，乖戾异常，胡乱下令，终于在自己的手中，断送了祖传的帝业。

最让人扼腕叹息的一件事情，是他既轻率地听信朝臣的谗言，又愚蠢地中了敌方反间的计谋，竟在京城被后金的重兵团团围困之际，冤杀了独力支撑着大厦将倾的兵部尚书袁崇焕。袁崇焕真堪称为当时的国之栋梁，先是在山海关外的激战中间，把努尔哈赤轰击得身负重伤，溃逃后不久，便匆匆地死去了，接着又把他的儿子皇太极，也打得大败而归。后金的兵将只要风闻袁崇焕的大名，就会毛骨悚然起来。崇祯皇帝竟把这样忠心耿耿和智勇无双的将帅，残忍地杀害了。那么他所有的臣民，还能够有什么安全的感觉？那么浑浑茫茫的残破山河，还能够有什么保全的希望？当然不会有的了，连他自己也在李自成的队伍围攻和冲进北京之后，慌张地吊死在皇城附近的一棵大树上。

崇祯皇帝是自己毁灭了已经万分危殆的江山，息妫却是在强敌侵占自己国土之后受尽了摧残。她面对着生死抉择的这种痛苦挣扎，竟使得两千余年之后投降清朝的那个官吏，也感到心灵的猛烈冲撞，于剧烈的抽搐和疼痛中死去。这个

春秋时期的美女,在劫难纷繁的乱世中间,能够如此的震撼心灵,引起强烈的共鸣,真也是充分地显示出传统文明强劲与神秘的魅力。

每当我想起息妫的时候,总会猜测着她,究竟是长着何等美丽的容貌?是否像《硕人》里所形容的,"手如柔荑,肤如凝脂,领如蝤蛴,齿如瓠犀,螓首蛾眉"那般的模样?当然也并不一定会如此,美是各式各样的,最具有自己独特的个性。凡是吸引着人们想去好好欣赏的脸部的轮廓,身体的线条,尤其是那种"巧笑倩兮,美目盼兮"的迷人的神态,应该可以说是一种美的极致。

像这样的美女,如果不是生长在杀伐和战乱之中,而且还远离了势利、倾轧和诈骗的话,当然就不会产生任何的悲剧,却始终都平安与纯洁地生活着,还充满情致地去构筑自己理想的蓝图,将会是多么的美好啊!

2003 年 9 月 23 日

太世简、董狐笔：
史笔千秋*

记得是在遥远的少年时代，曾经生活于被日本侵略军抢占的沦陷区中间，遭受了太多的欺负和凌辱。有一位充满爱国心的语文老师，大义凛然地教导我背诵过文天祥的《正气歌》，还讲解着南宋末年衰亡和破灭的故事。一股憎恨日寇侵凌的仇恨，和竭力想要保持民族自尊心的激情，使我深深地爱上了这首诗歌，常常在黎明或深夜时分默默地背诵着。

这位尊敬的老师，还详细地解释过《正气歌》涉及的不少掌故，像"在齐太史简，在晋董狐笔"这两句诗，就引起了他讲述春秋时期的不少故事。说是在齐国的大臣崔杼杀死国君之后，太史就秉笔直书，当即被杀，他的弟弟又勇敢地往竹简上书写；也被杀死，他的第二个弟弟毫不犹豫地再次往竹简上挥洒，崔杼只好摇摇头罢手了。而晋国的太史董狐在赵穿杀死国君之后，则勇敢地声称和写下了，是赵穿的哥哥赵盾杀死国君。他在津津有味地叙述时，禁不住拍着手掌称赞起来。

我当时还不太懂得这些相当古老和复

齐庄公画像

---

* 原题为《"太史简"与"董狐笔"》，本题为编入本书时编者所加。

崔杼弑庄公故事连环画

杂的历史,很有兴趣也带着疑惑地聆听完了,竟对这些古代的历史学家十分崇敬起来。当血淋淋的屠刀正搁在脖子上,面对着死亡直接和严酷的威胁时,毫不犹豫地洒出自己的热血,抛弃自己的头颅,以牺牲自己生命的大无畏精神,坚持着要记下杀人的情况,却绝对不允许隐瞒和淹没任何有关的记录,这是何等坚贞的操守,何等高尚的品格,于是就使我对历史学家的此种职业充满了憧憬,甚至幻想着长大以后也去从事这样的工作。

后来上了大学之后,在学习"史传文学"这门课程时,有机会系统地阅读了《史记》,才在《齐太公世家》和《晋世家》中间,详尽和确切地知悉了少年时代听说过的这个故事。原来齐庄公是一个荒淫无耻的好色之徒,竟跟大臣崔杼的妻子私通,还做得十分露骨,崔杼自然无法容忍他此种猥亵的行径,觉得是遭受了巨大的耻辱,处心积虑地要去谋杀庄公,终于等待到他正作出非礼的勾当时,才下手杀死了他。春秋战国时期杀君立嗣的事情,是常发生的,通过屠戮的血腥手段,实现自己苦苦追求的利益和愿望,这无疑可以说是一种你死我活的争斗,当相互之间发生激烈的冲突时,谁如果不是首先下手去杀戮,他就会被对方所宰割,用凶狠的厮杀来解决重大的纷争,显示了当时统治者的异常野蛮和残忍。崔杼肯定是桀骜不驯和野心勃勃的,然而在他妻子被国君奸淫之后,应该如何发泄自己的忿恨呢?当然无法将国君的劣迹诉诸于公道,而且还时刻处身于被他所消灭的危殆的境地,在受尽耻辱的愤怒中,在防止被杀戮的警觉中,举起刀剑似乎是在情理之中的。

正在这万分紧张的时刻,太史竟会无所畏惧地写下了"崔杼弑庄公"的字样,他确实是个了不得的汉子;然而他写得有点儿不分青红皂白,看不出究竟谁是谁非,这总是因为在他的脑海里,始终敬仰和崇拜着被认为是无比神圣的国君,绝对想不到要揭露他的弱点甚或是恶劣之处,在他看来不管是谁,也不管是什么原因,只要是杀死了无比神圣的国君,自己作为一个记录国事的史官,哪怕冒着生命的危险,也得认真地记载下来,因为他早已抱定了要为国君殉葬的决心。这种行径确实是堪称英勇无畏的,却也显出了他实在是一个盲目和愚昧的忠臣,麻木和颟顸的书蠹。

接着就是他的弟弟挺身而出,又勇敢地写下这几个字迹,崔杼依旧把他杀死。第二个弟弟又继续去书写,崔杼也许是被这种英勇的气概威慑住了,竟轻松地放过了他。他们兄弟三人视死如归的英勇气概,多少具有一些悲剧的气息;然而作出这种行为的动机,却是不能辨别是非的盲目与愚昧,因此这又只能算是一出可怜的喜剧。

董狐的故事跟齐国这几位太史大致相似,然而比起崔杼的杀死齐庄公来,赵穿的袭杀晋灵公,应该说是更具有正义的性质。晋灵公凶恶嗜杀,竟以屠戮无辜引为无上的欢乐。大臣赵盾曾多次进谏,非但不听,竟还屡次派遣刺客和伏兵,想赶快结束他的生命。赵盾只好出奔逃亡,还未越过国境时,他的弟弟赵穿杀死了灵公,迎接颇得民心的赵盾回来主政,另立灵公的叔父黑臀即位。这本来似乎也不必引起多大的指责,然而太史董狐却在众人忙碌的交接中间,也要显露一番自己的勇气,握笔书写着"赵盾弑其君"的字迹。他这种可笑而又愚蠢地尽忠于国君的念头,似乎更要超过齐国的那几位太史。

赵盾似乎还不是一个好开杀戒的人,并未把手无寸铁的董狐刺杀,却把杀死灵公的责任推在赵穿身上,事实确乎也是如此的。董狐却发挥着一种带上诡辩色彩的议论手法,推断着说因为赵盾是正卿,既没有逃出国境,回来又不诛乱臣,他如果不算是弑君的罪犯,又能算什么呢?据《左传》里的记载,孔子听说此事以后,评论董狐是"古之良史也,书法不隐",作为一个优秀的史官,确实不应该隐讳任何人的罪过,然而赵盾又有什么罪过呢?孔子还评论赵盾是"良大夫也,为法受恶",作为一个卓越的臣子,确实应该为国政的失误诚恳地承担责任,然而他似乎也不应该替灵公的被杀

戏剧舞台上的赵盾形象

承担什么责任,在董狐和赵盾这双方的剧烈争论中间,孔子替两边都说了好话,既肯定诡辩的董狐是"良史",又认为赵盾是"良大夫"。孔子使出这种中庸之道的缘故,是因为他既要恪守君君臣臣的统治术,又比董狐更能够正视这样的现状,于是就发表了一通调和矛盾的说法,表现得异常世故和圆滑。鲁迅曾认为孔子"真是滑得可观"(《两地书》),这确乎是一种切中要害的感受。

正像前面叙述的那样,我在不断地阅读古代的典籍时,对于许多人事和有关史迹的认识,跟前人已有的定评渐渐地很不相同起来,经过了再三的思考,觉得那些称为定评的看法,其实是包含着不少谬误的成分,因而从大学时代开始,就深深地感到了多提疑问和独立思考的重要。在五六十年代极"左"思潮盛行和肆虐之际,自己也胆怯地不敢去思索和写出独创的意见来,只好屈从着撰写出一些个性化十分匮乏的篇章,有时也还跟随这股笼罩着整个大地的思潮发表议论,尽管如此却依旧被认为具有不少错误的思想,在工作中受到过严厉的批判,这也可见当时的气氛是何等的严酷。我真钦佩有些英勇无畏和大义凛然的论客,狠狠地批评着当时知识分子的胆怯和软弱,却并不去抨击那种极"左"思潮的发明者。胆怯和软弱确实是很不可取的,然而在当时那种分外严酷的氛围中,就是无比英勇地豁出命去,发表着一种孤立无援的议论,哪怕是赔上了自己的生命,其实也无法解决问题的。今天放在我们面前最为重要的任务,是如何尽可能地通过艰巨和切实的文化建设,促使整个的社会机制逐渐地改变得更为合理起来。

我在最近的这二十年中间,常常反思和总结着往昔所走过的道路,深感盲目地淹没在当时铺天盖地的错误思潮里面,当然就无法保存自己面前这片独立思考和真正从事学术研究的净土。而如果在整个民族中的绝大多数人们,都有了辨别真伪、善恶以及正确抑或错误的能力,我们的国家就必然会大踏步地前进,因此必须在这方面展开切切实实的工作。明确了这样的目标之后,我就开始

赵盾背秦故事连环画

撰写有关思想和文化建设方面的文章，从思考如何规划和完成现代新文化的宏伟工程，以及提高整个民族的精神素质和思想文化品格入手，瞻望着伟大祖国迅速往前迈进的途程。在这方面写下的若干著作中，最下了功夫的是《鲁迅和中国文化》一书，可以算是自己比较系统地研究这个课题的初步收获。此书出版以后，曾经在国内的报刊上看到过好几篇评论的文章，也曾经在韩国和日本的书籍中读到了对于它的讨论，很欣慰于自己所提出的这个问题，能够引起海内外有些学者的注意，这样就有可能更深入一步地研究下去。

对于中国传统文化不断展开重新的研究，总结和发扬它合理与优秀的成分，批评和澄清它落后与阻碍整个国家向着现代化秩序前进的内容，依旧是放在我们面前的艰巨任务，对于我自己来说，虽然是精力已经不如以前充沛了，却还愿意竭尽绵薄，继续努力地跋涉下去。

1997 年 2 月

屈原：
汨罗江边

多少年前背诵屈原的辞赋时，我就淌着眼泪，哀悼他满怀亡国之恸的焦灼与哀伤，似乎听到了他纵身跳向汨罗江的那一声巨响，稚弱的心灵中冒出无穷的凄楚和悲怆，暗暗猜测着这江水是如何的宽阔无际，汹涌奔腾的滚滚波涛，是如何在永恒地呜咽？汨罗江真像是一个神秘而又庞大的谜语，始终在我的脑海里不住地喧嚣。我常常渴望着去那里跋涉，去那里凭吊埋葬着屈原的滔滔洪水。

当我终于站立在狭窄的汨罗江边，异常惊讶地瞧见了这条浑浊的河时，真疑惑着如此惊心动魄与壮怀激烈的死亡，为什么要发生在这个平淡得近乎粗糙的场合，懊丧地感到自己猜测了半生的谜语，竟会获得如此令人失望的诠释。我从脚旁的青草丛中，拾起一块细小的碎石，使劲地往对岸掷去，悄悄掉在河滩上的那一棵老榆树底下。幽暗的河水依旧在默默地流淌，映照着从一团团云雾中间挣扎出来的太阳光，淡淡地反射出丝丝缕缕的波纹。在我的印象中似乎有着洁癖的天才诗人屈原，为什么要选择这昏沉的河流，当成自己葬身的坟墓？总是京城郢都被秦

屈原

国攻陷的不幸消息，使他感到彻底地绝望了，不愿再昼夜彷徨地噬啮自己悲痛的心弦，于是就决绝地沉没于这低洼和浅露的河水里面。

昨日此时，我曾乘坐一艘雪白的汽艇，在洞庭湖里乘风破浪地飞驰，张望着几乎要连缀到天际里去的阵阵碧波，悠扬地拍击那一朵朵光亮的云彩，不禁要想起至今

今日汨罗江

还鼓舞和升华着整个民族崇高节操的屈原来。他在《哀郢》里曾叙述自己"上洞庭而下江"的游历，那时候瞧见过的白云与碧水，跟我在两千多年之后看到的这壮丽风光，也许不会有什么迥然的差异。像我这样平庸地打发着日子的人，心里都激荡起飞溅的浪花，想在这波涛中泅泳，想在这天空里翱翔，那么这位在早年因被放逐而撰写《离骚》时，就萌生了赴水自沉此种悲剧情怀的天才诗人，为何不纵身跳向这浩瀚的水波？

屈原的心里确实也进涌着浩瀚的痛楚，他以自己料理国事的智慧与才能，本来是完全可以替生于斯和长于斯的楚国建立出色的功勋，却受尽佞臣和群小的嫉妒，在楚怀王跟前编造出多少阴险和奸诈的谗言，诬陷他诋毁君王的庸碌无能，谄媚地挑拨着原先对他的信任。这些嫉妒者恶毒的诡计，燃起了深藏在楚怀

屈原祠

王心间的嫉妒之火。他原来就隐隐地忧虑着屈原杰出的才华，会不会威胁自己装扮出的尊严，因此被狡黠地提醒和告诫之后，嫉妒心真像火山似的爆发出来，立即排斥和疏远了屈原。嫉妒心是人性中一种充满了邪恶和蛊惑的卑劣情结，为了无休无止地膨胀自己想在一切方面都高居于别人头顶的贪欲，就不惜搅乱和破坏人世间道德的规范，不惜将别人丢弃于十分凄惨的境地。无权无势者的嫉妒心，对别人的杀伤力肯定会微小一些，还同时也坑害和斫丧了自己。而掌握了生杀予夺此种绝对权力的君王，一旦萌生出嫉妒心

来,就可能将所有的人们都置于恐怖和残酷的死地。屈原的被贬抑和放逐,真可以算是不幸中的大幸了。

昏庸的楚怀王客死秦国之后,继位的顷襄王照样是不辨忠奸,听不得丝毫的逆耳之言。屈原竟又被放逐了,在汨罗江边留下他摇摇晃晃的身影,露出了多么消瘦和枯槁的面庞,多么憔悴和伤心的神色。当我也在这儿轻轻踯躅时,似乎在朦胧的幻想中跟他邂逅,隐隐绰绰地瞅见他,正于狂风的呼啸声里愤懑地悲鸣:"黄钟毁弃,瓦釜雷鸣,谗人高张,贤士无名。"在那种滥施权力的君王统治时代,一心一意忠于自己主上的屈原,只能于都城失陷的绝望中哀怨地自尽。

我心情沉重地瞧着对岸碧绿的稻田,正径直地往远方绵延开去。在许久的寂静中,突然有一只水鸟掠过树梢,像箭镞似的射向湿漉漉的河边,饮了口水,又啁啾着飞走了。我神往地盯住它扬起的翅膀,执拗地思忖着如果屈原也依旧在这块深受蹂躏的土地上疾行,掩涕叹惜着国破家亡和流离颠沛的民众,深深地眷恋着跟他们一起去面对灾难,却不再选择自沉水底的夙愿,那就肯定会留下更多深沉、厚重和感情激越的诗篇。为什么不在漫长的苦难中依旧生存和吟咏下去呢?我满腔悲愤地仰望着蔚蓝的天空,真想迈过两千多年的漫长岁月,向屈原提出这重如千钧般压住心头的询问。

1997 年 9 月

荆轲：
浩气长存

始终记得在多么遥远的少年时代,朗读着《战国策》里荆轲的故事,吟咏着"风萧萧兮易水寒"这悲怆的曲调,心中竟燃烧出一团熊熊的火焰,还立即向浑身蔓延开来。灼热的血液似乎要沸腾起来,无法再安静地坐在方凳上,双手抚摸着滚烫的胸脯,竟霍地站立起来,绕着桌子缓缓地移动脚步,还默默地昂起头颅,愤怒地睁着双眼,就像自己竟成了这不畏强暴和视死如归的壮士。

当秦国的千军万马正大肆挞伐,践踏着东方多少肥沃的土地,杀戮着无数手无寸铁的民众时,荆轲这壮士竟义无反顾地前往暴君的宫殿,想用自己的意志和力量,去制服凶残与暴虐。他虽然悲惨地失败和死去了,然而这种壮烈与决绝的精神,永远会像卷起阵阵的狂飙,越过漫长的历史,越过浑茫的旷野和嘈杂的城市,叩打着多少人们的胸膛,询问他们能否也像自己这样,为了挽救大家的生命,为了惩罚暴君残酷的罪行,毫无恐惧地去献身和成仁。这穿越空间和时间的声音,永远呼唤着人们作出响亮的回答。

对于这急迫和严肃的提问,任何一个多少有点儿血性的男人和女人,似乎都应该责成自己作出像样的回答。自然是不可能人人都佩剑带刀,去拼搏和厮杀

京剧舞台上的荆轲

的,不过这种慷慨献身的精神境界,肯定又是人人都应该具备的。只有当人们的心里蕴藏着这样凛然的正气,才能够在面对着暴虐的欺凌、贪婪的掠夺和淫佚的泛滥时,勇敢地去加以谴责与制止。而如果不是这样地去坚持正义,却浑浑噩噩地活着,醉生梦死地活着,那就会成为十足的苟且偷生。回顾我自己几十年来多么平庸的生涯,虽然也曾经满腔热血地投笔从戎,想与黑暗抗争,想去追求光明,可是在多少回面临着独断专横和强迫命令此种沉重气氛底下的荒谬与不义时,却缄默地低头,胆怯地嗫嚅,违心地附和,这是一种多么痛苦而又微茫的苟活啊!

我常常想起荆轲死去六百多年之后出世的陶潜。他也是多么地想有所作为,渴望着"刑天舞干戚"这样英勇顽强的精神,然而他置身的仕途实在太肮脏和黑暗了,无法再忍耐着混迹下去,却又不敢像荆轲那样去抗争和搏斗,只好伤心地选择了一条逃匿与隐遁的路,似乎是在度过一种悠闲和飘逸的生活,唱出了"采菊东篱下"和"飞鸟相与还"这些千古传扬的佳句,然而没有勇气作出一番事业的痛楚,肯定会常常咬啮自己的心灵。他如此动情地讴歌着荆轲,不正是痛悼自己无法献身于人世的极大悲哀吗?他在《咏荆轲》中所吟唱的"此人虽已没,千载有余情",恰巧是一种无限的憧憬和向往。他整个的人生历程自然是早已注定好了,不可能像荆轲那样英勇无畏地面向人世,可是荆轲那种决绝、壮烈和高旷的精神,却在他毕生的路途中,留下清晰和深邃的痕迹,他毕竟抛弃和超越了卑俗,向着高尚的境界攀援。

我最敬佩的巾帼英雄秋瑾,也曾经歌唱着荆轲的"殿前一击虽不中,已夺专制魔王魄"(《宝刀歌》),充满了多么豪迈的胆魄和磅礴的气概,我想也许正是荆轲那种一往无前的精神,激励着她去投身革命和从容就义。人们常常用妩媚、温柔、娇嫩和纤弱这些字眼,去形容世间的多少女子,可是每当想起了蔑视酷刑和斩首的秋瑾,我常常会惭愧得无地自容。为什么自己总是这样胆怯和恐惧呢?我想如果陶潜能够有机会碰见她的话,在内心中肯定也会激动得比我更难于自持。因为他是最敢于真诚地审判自己灵魂的诗人。真是可以这样断然地说,如果一个人阅读或听说了荆轲的故事,却依旧无动于衷,还纵容自己沉溺在无聊、卑琐和屈辱的日子里面,却并不痛下决心去改弦易辙的话,那就确实是一种庸俗和可怕的苟活。

荆轲应该说是一个十分幸运的人，因为他曾经接触和交往过的几位朋友，也都是那样的决绝、壮烈和高旷。郑重地将他推荐给燕太子丹的隐士田光，只是因为听到太子丹告诫自己，切勿诉诸旁人的那一句嘱咐，竟在催促荆轲赶快去晋见太子丹的时刻，决绝地拔出宝剑自刎了。太子丹提醒他不要泄露这个消息，当然是表示对他莫大的信任，他却惧怕这种疑虑的念头，即或像丝线那么细微，也可能会影响轰轰烈烈的义举，于是用死亡之后的永远沉默，表示出自己忠贞的承诺。我常常缅怀和思索着此种书生的意气，觉得这似乎执著得近于迂腐，却又那样温暖、鼓舞和感动着人们的心灵。正是这种刚烈和浩瀚的气势，激励着荆轲走上抗击强暴的征途。田光的死似乎显得有些轻率，其实却是囊括了千钧的重量，因为在生命中如果缺乏和丧失了诚实的允诺，变得油滑与狡诈起来，那就会成为毫无意义的存在。而田光以决绝的自刎，表达承诺的重量，整个的生命就闪烁出一股逼人的寒光来。

　　英勇而机智的荆轲，正筹划着一个有条不紊的行动方案，为了吸引秦王嬴政的乐于上钩，就需要砍下他仇人樊於期的头颅，作为晋见时奉献的一项礼品。想当初樊於期在行将被嬴政屠戮之际，匆忙逃亡到燕国投奔了太子丹，估计他不会忍心下令去砍杀的，于是执著的荆轲悄悄去谒见樊於期，告诉他一个既可以报仇雪耻，又能够保卫燕国的计划。也是决绝、壮烈和高旷的樊於期，立即撕开胸前的衣襟，紧握着拳头，倾诉出切齿腐心和痛彻骨髓的仇恨。在宣泄了这通心灵的悲愤之后，他也像田光那样决绝地自刎了。每当回顾着这三位义士的时候，我的心弦总会异常激烈地振荡着，多么希望自己也逐渐生活得像这样勇敢和昂扬起来。

　　樊於期的猝然死去，自然也激励着荆轲的意志和行动，他和太子丹所完成的最后一个计划，是连剧毒的匕首都已经淬成。这是针对嬴政在自己上朝的宫殿里，为了要杜绝行刺的危险，连警卫的兵甲都得远远地站在殿外，晋见的各色人等更是绝对禁止佩带任何刀枪。荆轲他们怎么能想得如此巧妙，将这把匕首藏在伪称要呈献那一片国土的地图中间？对时刻都贪婪地想要攫取大片土地的暴君来说，实在是一种最好的引诱。这把匕首只要刺出一缕鲜红的血丝来，就会致人以死命。被用作尝试的牺牲者，已经在刹那间倒下死去，尚未出发就造成了几个无辜者的骤然死亡，复仇雪耻和保卫社稷的代价实在是太沉重了，我常常想着也许历史就是如此悲惨地翻开它每一页的。

所有的准备工作都宣告完成了，荆轲只等候着一位挚友的来临。在荆轲从来都显得很沉稳的心中，不知道是否在猛烈地翻腾和跳荡？我常常躲在黑夜的小屋里，多么想超越时间与空间的阻塞，跟他推心置腹地交谈，询问他当时那种何等紧张的心情。此刻的荆轲自然是不会有心思谈天说地的，正焦急地等待着远方的挚友，忙碌地替他准备着行装，觉得只有他与自己同行，才应付得了秦国宫殿里警戒森严的场面。我总是猜想着荆轲正在做一个兴奋和壮烈的梦：两个人紧紧地挟住了嬴政，一把匕首在他头顶挥舞，勒令他赶快答应退还那大片侵占的疆土。

急躁难耐的太子丹，既缺乏智慧猜透荆轲周密的计划，又并未谦虚和诚恳地向他请教与磋商，却莫名其妙地怀疑他动摇和变卦了，催促他赶紧动身，说是如果他再犹豫不决的话，就将派遣乳臭未干的鲁莽汉子秦舞阳先行上路。这一番毫无头脑和气急败坏的话语，对于豪情满怀与寻觅知音的荆轲来说，实在是一种极端粗暴和无法忍受的侮辱，竟引起了他愤怒的呵斥。我有多少回读着《战国策》里的这段记载时，禁不住要扼腕长叹起来，深感荆轲后来的失败，正是在这儿栽下了灾祸的种子。这娇生惯养和颐指气使的太子，实在太缺乏远见了，太没有涵养了，太不信任跟自己共襄义举的伙伴了。正是他胡乱的猜疑与慌张的催促，刺伤和激怒了荆轲充满尊严的内心，这样就完全扰乱和毁坏了那个周密地计划。唐代散文家李翱所撰写的《题燕太子丹传后》，指责他把荆轲当成是自己所利用的牺牲品，确乎是洞察了这公子王孙自私的内心。不过李翱说荆轲未曾看出这一点来，却并不符合明显的事实。如果他看不出来的话，怎么会如此愤慨地呵斥往昔多么尊敬的太子丹？不过尽管他看出来了，却又绝对不会放弃抵抗暴秦的正义行动。

从容沉稳和豁达大度的荆轲，是并不轻易发怒的。司马迁编写的《史记·刺客列传》，在抄录《战国策》里有关的全部记载时，还刻意地补充和渲染过荆轲的这种性格，描摹他在跟不相

现代电影中的荆轲形象

干的人们论剑或博棋消遣时,每逢那些家伙发怒叫嚣起来,就默默地走开去,再也不打照面了。一个怀着远大志向的人,怎么能斤斤计较于那些琐屑的争执?从市井中多少庸人的眼里,也许会认为他胆怯和无能,却哪里懂得他这颗整日整夜都在燃烧的心,只能为着伟大的理想和目标,才会义无反顾地释放和爆发出来。

荆轲对于太子丹燃烧出这种愤懑的怒火,是因为深感他侮辱了自己尊严的人格,亵渎了曾经引为知音的情谊,所以再也不愿意居住在这座美丽的花园和繁华的台榭里面,连片刻都不能忍耐了,原来想等待着那位挚友的来临,虽然是涉及这整个壮举成败与否的重大关键,却也无法再等待下去,于是就怒气冲冲地仓促出发了。每当阅读到这儿时,我总是深深地感到有一种不祥的预兆,正笼罩在自己的周围。

在易水之滨送别的场面,永远会让多少岁月之后的人们心潮澎湃。阴霾的长空中,风声不住地呜咽着,好像整个天地都为荆轲的远行低回和垂泪。高渐离凄厉与悲切的击筑声,引起了荆轲哀伤的歌咏。平常在一起聚会的志士们,都静静地淌着眼泪,有的还动情地啜泣着,他们也会估计到荆轲的失败和英勇牺牲吗?我在默默地背诵《战国策》时,总是鄙夷着太子丹狭隘和浅陋的心胸。如果不是他扰乱了荆轲这完美的计划,那么两个充满谋略和勇气的壮士,也许能够大功告成,让多少后人惆怅叹惜的悲惨结局,或者就不会发生了?我早已发觉荆轲预感到了前途的凶多吉少,否则怎么会高唱"壮士一去兮不复还"这悲怆的歌呢?然而他既然已经不屑再这样敷衍地生活下去,当然就只有冒着生命的危险踏上征途,曾经允诺过的誓言就必须去进行,哪怕抛弃生命也要完成这庄严的承诺。我猜测着荆轲在放声豪歌时,心里一定会思念自刎的田光和樊於期,悲悼和崇敬着他们高贵的英灵,于是从忧伤的情绪中,飞升着自己的绝唱,唱得激昂慷慨和淋漓尽致,像飓风似的敲击着众人的胸膛,叩打得他们都睁大着滚圆的眼珠,头发在茎茎地竖立,还悄悄地耸起了雪白的冠冕。

《战国策》和《史记·刺客列传》里描摹的这个场面,曾经感动过世世代代的许多华夏子孙。我就听到不少朋友们都诉说过,这雄壮而又凄凉的歌声,总在心弦上振荡,鼓舞和召唤着自己,奋发有为起来,去从事正义和严肃的工作,却不该在苟且偷生中浪掷自己的生命,这样的话不是比死亡更来得令人恐惧吗?

当荆轲与秦舞阳步入咸阳宫的阶陛时,一行威严的武将和肃穆的文官,似乎都在怀疑地盯住了他们,而端坐在殿上的秦王,只是轻轻晃动着莫测高深的脸膛,好像已经窥见了他们包藏的祸心。曾经在市井中杀人逞凶却从未见过世面的秦舞阳,吓得浑身颤抖,走路摇摇晃晃的,脸色刚变得灰白,接着又泛出血红的颜色,那些臣子们都疑惑和紧张地瞧着他昏眩的神态。

胸有成竹的荆轲,把这一切都瞧在眼里,不慌不忙地走向秦王的案前,恭恭敬敬地作揖说:"这来自北方蛮夷的傻小子,哪里见过上国的天子? 一会儿恐怕还会吓得屁滚尿流,请我王宽大为怀,好让他赶紧完成使命! "于是在跟秦王的对答中,乘势从秦舞阳手里递上卷着匕首的地图,在嬴政贪婪与狂喜的目光底下,轻轻地滚动和展开了它。有多少回读到了这儿,我几乎都要击节朗读起来,钦佩荆轲临危不惧的胆魄和化险为夷的本领,凝练成这样的气质和涵养,真可以说是超凡绝俗了,永远受到后世的赞叹和敬仰,自然是并非偶然的事情。

且说荆轲左手揪住秦王的衣袖,右手执着那把可怕的匕首,从秦王的头顶凶猛地向下戳去。想置他于死地,简直是易如反掌的事情,为什么会耽误了呢?这个千古之谜竟从未有人猜透过。其实在《战国策》和《史记·刺客列传》里,是叙述得清清楚楚的。当太子丹向荆轲布置这个庄重的任务时,明白地交代了两种不同的方案,最好是挟持和胁迫他,勒令他答应退还各国诸侯的土地;如果他胆敢反抗,就只好刺杀了事,这样也可以造成秦国的混乱,然后再以合纵之势攻讨它。

荆轲当然是想心领神会地贯彻这个计划,所以异常焦急地等待着远方的挚友,因为他一眼就看清了秦舞阳粗蛮背后的颠顸与窝囊,只好独自去抓住和威胁秦王,这样就显得缺乏十足的把握,因为自己的青春年华,毕竟已经暗暗地消逝。竭力渲染着这段往事的司马迁,曾形容自己努力和认真地"网罗天下放失旧闻",这样才能够在《刺客列传》里添加另外的记载:据说荆轲曾将自己的政见向卫元君游说过,却未被采纳。卫元君即位于公元前 253 年,十二年后被秦国所迁徙,游说的事情应当发生于其间,如果说荆轲在当时早已过了弱冠之年,那么在他行刺秦王的公元前 227 年,应该是四十左右的中年汉子了,精力正在缓缓在消退,而嬴政则刚度过三十挂零的岁月,正值血气方刚和行动敏捷的年龄,想要在角斗中降服他，确实是很困难的。荆轲面临着挟持或刺杀的抉择，有些类似哈姆雷特"生存还是灭亡"这样的困惑。因为他首先是必须考虑原来计划中挟持的方案，只有等到无法降服时才好去刺杀。这把剧毒的匕首是让嬴政吓唬得心惊胆战，答应退还侵占的土地，抑或立即戳进他的头颅，等待着秦国的大乱呢？也许正是这瞬间的犹豫，耽误了整个行动的时机，才以悲惨的失败告终。

且说灵活和健壮的嬴政，从刹那的惊愕中挣脱出来，飞快地离开了坐椅，腾跳着退到了远处，撕断的衣袖还扯在荆轲手中。嬴政狠命地从剑鞘中拔着长剑，手掌却颤抖着，怎么也拔不出来，只得边拔剑，边绕着柱子躲闪，在昏天黑地般的慌乱中，竟想不起叫唤宫殿底下守卫的武将。多少手无寸铁的大臣也惊慌地张望着，有几个勇敢的，就赤手空拳地阻拦和包围着荆轲，摆出了搏斗的架势。有个侍医将手中提着的药囊，使劲地向荆轲掷去。还有的轻轻叫喊着替嬴政鼓劲，"大王快从背后拔剑！"

嬴政狠狠地打量着被几个臣子所缠住的荆轲，终于镇定地拔出剑来，冲上几步，砍断了他蹲立着的左腿。荆轲流淌着鲜血，跌倒在地上，赶紧将手中的匕首，掷向嬴政，嬴政浑身晃动着，在当啷的声响中，匕首钉在柱子上。嬴政又凶狠地挥剑刺去，遍体鳞伤的荆轲，在血泊中大声地笑骂，他于临死前还无畏地叫唤着，说起了正是首先要挟持秦王，让他答应退还大片领土的计划，才阻碍了行刺的实现，这确乎是一出永远令人扼腕叹息的悲剧。

映衬着光明磊落和大义凛然的荆轲，太子丹的父亲燕王喜，实在太卑鄙和无耻了，这个连禽兽都不如的龌龊小人，在兵败逃遁的时刻，竟下令搜捕和宰杀自己的亲生儿子，想去呈献给侵凌与屠戮自己祖国的敌人。这出丑恶得令人耻笑和唾弃的喜剧，正好也剖开了某些统治者的丑恶灵魂，为了苟且偷生，竟可以这样无耻的钻营，甚至出卖自己全部的节操和情感。

陶潜在自己那首诗里，还曾经批评过荆轲的武艺，说是"惜哉剑术疏，奇功遂不成"。他肯定是根据《史记·刺客列传》中鲁句践私下的议论，"惜哉其不讲于刺剑之术"，才作出这个结论的罢。然而荆轲的行刺，并不是仗剑而行，却是暗藏着匕首，因此陶潜这多少带着一些佩服而又惋惜的议论，其实也是以讹传讹的话儿。而且在《刺客列传》中分明描写鲁句践是跟荆轲博棋的，盖聂才跟他议论过剑术。在这个巨大悲剧的帷幕降下之后，并非是盖聂，却成了鲁句践评论荆轲的剑术。司马迁的这种写法，很值得玩味，是否有点儿像当今所说黑色幽默的味道？正是曾说过自己"好读书不求甚解"的陶潜，对此也许是作出了一个错误的判断吧？真远不如李翱的《题燕太子丹传后》，评论太子丹和荆轲不谙时移势易的道理，认为他们所策划的挟持此种打算，其实是违反了历史进程的荒谬行为。他们只是迂腐地记住了公元前681年曹沫挟持齐桓公，逼他归还鲁国土地的故事，却想不到远在他们四百五十年之前，于诸侯并立的局面中，那些所谓贤明的国君，都得标榜自己说话的信誉，以争取人心的归附；而他们所面对的秦王嬴政，正穷凶极恶地驱赶着虎狼般残暴的军队，处心积虑地要消灭所有在风雨飘摇中剩余的邻国，就算是挟持成功了，最多也只能换来一个停止侵凌的虚假承诺罢了。

我是能够接受李翱此种见解的，却同时又觉得在这里也是最好地显示出，豪情满怀和注重信义的侠士荆轲，根本就无法理解专制魔王嬴政的狡诈与卑劣，才会考虑这样去与虎谋皮，而不是大快人心地把他杀死了事。

无论是有过什么样的议论，这一幕暗呜叱咤的历史悲剧，都将会浩气长存，永远激励着百代以下的志士仁人们。当然是绝对地不必大家都去扮演刺客的角色，尤其是在像希特勒那样被历史所咒骂和唾弃的专制魔王，最终绝迹之后，民主的秩序必将替代个人的独裁。刺客是专制魔王的惩罚者，却也是民主秩序的破坏者，因此一般来说也就不再需要刺客们去建立正义的功勋了。不过像荆轲那种决绝、壮烈和高旷的精神，将会永远鼓舞着大家去抛弃苟且偷安的日子，憎恶醉生梦死与声色犬马的堕落，永远憧憬着圣洁和高尚的人生目标，尽量为人类和世界的迈进，作出自己的贡献。

电影《荆轲刺秦王》剧照

1997年6月

王昭君：
独留青冢向黄昏*

伫立在昭君墓底下的石头台阶上，聆听着两旁葱茏的松树林里，阵阵的微风，不住地吟咏与呼啸，是替王昭君唱一曲悲怆和深情的歌？这顿时使我想起了历朝历代的多少文人墨客，都纷纷传诵着她动人的故事，真是思接千载，回味无穷啊！

我抬起头颅，仰望前方这浑圆的土丘。约摸有十来丈高的斜坡上，一大片稠密的青草丛中，稀疏地点缀着正在盛开的野花，红艳艳的，黄灿灿的，白净净的，像是齐声叫唤着我，赶紧向那边走去。

湛蓝的天空里，不住地放射出晶莹的光彩，把我眼前的花草和树木，映照得明晃晃的，亮闪闪的。一朵朵缥缈的白云，轻轻地飞旋着，也想来看望和凭吊这昭君墓吗？

青冢

＊原题为《登昭君墓随想》，本题为编入本书时编者所加。

我赶紧沿着石阶前面的一条小路,迅疾地攀登起来,顷刻间就抵达了小丘的顶部,在平坦和宽敞的泥地上,缓缓地徜徉着,还默默地眺望那北边黝黑的荒山,和远处寂静的沙漠,也隐约瞧见了呼和浩特的郊外,连接在一起的田垄与房屋。王昭君在两千多年前,历尽千辛万苦,风尘仆仆地来到塞外时,不知道目睹过什么样的风景?

她自幼生长在长江岸边的青山绿水之间,倾听着竹林里鸟雀的啼鸣,面对着镜子般明亮的小溪,观看自己俊俏和妩媚的脸庞,还瞅见了一群玲珑的小鱼,摇摇摆摆地躲闪开去,藏在一堆堆光滑的石块旁边,于是禁不住伸出纤纤的手指,欣喜地拨弄自己被春风吹拂着的黑发。她深深地知道,自己出落得多么的俏丽。

这名声远扬的美女,后来被选送到了长安的皇宫里面。既然已经顺从了这样的命令,远离自己的家乡,凄清地住宿在森严的后宫中间,也只好耐心地期待着,能够很快得到汉元帝刘奭的召见,她觉得以自己如此出色的姿容和十分聪颖的才智,从此就可以长久陪伴着受到众人敬仰的皇上了。在专制帝王擅权统治的年代,怀抱着这样的一种愿望,也应该说是符合常情与常理的吧。

而作为一个男人来说,喜爱和追求俏丽的女子,自然也更是符合常情与常理的。不过统揽了至高无上的权力,就可以如此的为所欲为,强行选拔出成千上万个美女,禁锢在密密层层的后宫中间,耽误了她们青春的渴望和梦想,破坏了多少家庭亲密的团聚。这种专制和独裁的行径,实在是太贪婪了,太残酷了,太狠毒了。然而无论是多么好色和淫荡的君皇,也哪里来得及搂抱与亵玩所有的这些美女。绝大多数年轻和漂亮的女子,只好孤苦伶仃地打发时光,跟岁月一起凋零,在悠长的寂寥与痛苦中,坠入死亡的门槛。

王昭君等待了多少个落寞的昼夜,始终没有能够见到刘奭的面,经历了深深的失望之后,却意

昭君故里之香溪

外地获得了一个远嫁匈奴王国的机会。当时正值地处塞外的匈奴部落,发生了在五个君王之间,争夺最高统治权力的内讧,当强悍的郅支单于,带兵击败了呼韩邪单于,又不可一世地进犯汉朝的边关,在酷烈的交锋中间被杀死了。呼韩邪单于知悉了这仇人的下场之后,再度兴冲冲地前往长安,去觐见刘奭,提出想与朝廷结亲,翁婿之间,永世和好。根据《汉书·匈奴传》的记载,是刘奭将从未见过的宫女王昭君,赏赐给了他。而《后汉书·南匈奴传》却说是,当刘奭下令赏赐他五名宫女的时候,王昭君因为进宫多年,还始终没有见到过刘奭,怀着悲戚和哀伤的心情,是自己请求远嫁的。又说是当满朝的文武大臣和呼韩邪单于,瞅见站立在面前的王昭君时,大家望着她袅娜妩媚的美貌,觉得像是天仙下凡似的,立即都肃然起敬,羡慕不已。连每天轮流着玩弄无数美女的刘奭,也被她出众的容貌和神情惊呆了,多么想留下她来,却又不好失信于人,只得懊恼万分地放行了。

王昭君临走时的心情,应该是暗暗地埋怨刘奭,错过与辜负了自己的期待吧?而面对着呼韩邪单于诚恳的祈求,应该是默默地感谢上苍,保佑自己能够获得和睦的情爱吧?明代诗人徐祯卿的那首《王昭君》里,描摹着"单于犹解怜娇色,亲拂胡尘带笑看",细腻地想象着她此种真挚的愿望,确乎是得到了实现。不过她当然已经无法知悉,这位一千五百年之后的诗人,竟会如此贴切地诉说自己款款的情思。

当她在远走天涯的时候,也许还想到了自己这样决绝的行动,可以促进两个邦国之间的和好,免除流血的杀伐。清代诗人陆次云的《明妃曲》里,咏叹她的"安危大计是和亲,巾帼应推社稷臣",崇敬她替朝廷建立了重大的功勋。当我默默地背诵时,觉得长眠于坟墓底下的王昭君,应该是可以承受得起这种表彰的。

中国古代历史上的和亲政策,肇源于汉朝的开国之君刘邦。当他亲自统率军队,抗击入侵内地的匈奴重兵时,被冒顿单于牢牢围困在平城的白登山下,携带的粮草和兵器,都已经消耗殆尽,当时正值隆冬季节,从皇上直到普通的士卒,都置身于十分危急和狼狈的处境中间,饥寒交迫,行将崩溃。东汉时期的学者桓谭,在他的《新论》里说是,刘邦采用了谋臣陈平的妙计,命令随军的画工,绘成一幅美女的图卷,派遣细作,悄悄潜入敌营,送给跟随冒顿一起出征的阏氏,说是刘邦在万般无奈之中,将要把这绝代的佳人,进献给单于。阏氏畏惧那汉家的国色天香,真要是娇滴滴地偎依在丈夫的身边,自己将会失去亲昵的宠爱了,于是赶紧使出浑身的招数,劝诫他松开阵地的一角,说是死死地围住对方,会引起拼命的反抗,损失将会异常的惨重。冒顿果然听取了阏氏的话儿,才使得刘邦的兵将,侥幸地逃脱出来。

后来在匈奴重兵的不断进犯之际,刘邦还真的选派了宗室的女子远嫁过去,像这样的苟且偷安,实在是一桩很屈辱的事情。在他死后不久,相继登位的儿子刘恒和孙子刘启,虽然号称为鼎盛的"文景之治",却也长期遭受匈奴的侵凌,依旧实行刘邦这种可耻的做法,真像鲁迅在《灯下漫笔》里所说的,是"以美女作苟安的城堡"。

自从汉武帝刘彻登基之后,出现了卫青和霍去病这两员大将,都长于用兵,能征善战,在与匈奴军队的不断厮杀中间,击退了他们的骚扰,一路追赶,长驱直入,挥戈于茫茫的大漠之中,这样自然就不用再推行耻辱的和亲政策了。

王昭君的远嫁塞外,跟往昔那种屈服于暴力的做法完全不同,而是出于呼韩邪单于祈求和好相处的愿望,如果真的能够像这样维持下去,不再发生尸横遍野的战争,对于两国的士兵和百姓来说,也都是很值得珍重的福音。元末明初的诗人卢昭,在《题昭君出塞图》中,讴歌她"此去妾身终许国,不劳辛苦汉三军",确实是说明了这样的一点。清代诗人袁枚的《明妃曲》里,更是委婉地揣摩她远嫁之后,洋溢着多么喜悦的心情,"横波满脸向名王,手拂穹庐作洞房。生长内家风味惯,酒酣时作汉宫妆",呼韩邪单于也同样爱怜着她,一切都顺从她的心情和意愿,使她感到无比的欢快。而且像这样的两情缱绻,就使得"从今甥舅息干戈,塞上呼韩日请和,寄言侍寝昭阳者,同报君恩若个多",模仿她含着娇嗔的口吻,诉说自己替朝廷立下了多么重大的功勋,还颇有些悻悻地询问刘奭,比起眼下陪伴在身旁,获得宠爱的那些嫔妃来,究竟谁更值得惦记和褒扬?真是写得惟妙惟肖。

在刘奭的心里,自然是感到异常愤懑的,无法阻挡秀丽动人的王昭君,走出巍峨的宫殿,眼看着她悄悄离去的背影,怎么能不耿耿于怀,怒气冲天?这样才会有东晋文人葛洪的《西京杂记》中,那一段《画工弃市》的故事。说的是因为宫中的女子太多,无法一一召见,就命令画工描绘她们的图像,觉得是俏丽动人的,才准许来到自己的跟前。多少女子为了获得皇上的宠幸，纷纷用黄金贿赂画工，她却仗着自己冰雪般洁净明亮的身躯，彩霞般鲜艳靓丽的脸庞，不惜做出这种丢失身份的勾当，因此就失去了觐见皇上的机会。刘奭查明真相之后，把毛延寿等等的好多画工，都斩首示众，这样来熄灭自己心头燃烧的怒火。

王昭君

唐代的三位大诗人，都在自己的诗章中，沿用了这样的记载。李白的《王昭君》说是，"生乏黄金枉图画，死留青冢使人嗟"；杜甫的《咏怀古迹》说是，"图画省识春风面，环佩空归月夜魂"，都深情地哀悼这位美女，因为没有贿赂画工，才落下远嫁塞外的结局，还含蓄地埋怨刘奭的昏聩与糊涂；白居易的《昭君怨》说是，"自是君恩薄如纸，不须一向恨丹青"，更是直指刘奭这种荒淫地亵玩宫女的行径，才造成了画工作弊的伎俩，言辞尖锐而又激昂，立意高远而又深邃。

宋代的三位大文豪，也分别在自己的诗篇里，关注过这样的话题，表达了更为高旷的见解。像欧阳修的《再和明妃曲》里，说是"虽能杀画工，于事竟何益！耳目所及尚如此，万里安能制夷狄"，尖锐地抨击刘奭，连身边琐屑的小事都安排不好，哪里能够驾驭得住与匈奴交往这样的邦国大事？司马光的《和王介甫明妃曲》里，说是"目前美丑良易知，咫尺掖庭犹可欺，君不见白头萧太傅，被谗仰药更无疑"，愤慨地谴责刘奭一心耽于享乐，却又固执无知，莫辨真伪，错过了期待他宠爱的美女，更令人发指的是还轻信宦官石显的诬陷，把忠心耿耿的大臣萧望之，投入牢狱之中，最终迫使他服毒自杀了。王安石的《明妃曲》里，却说是"意态由来画不成，当时枉杀毛延寿"，虽然同样都涉及画工的事儿，含义竟迥然相异，他认为美女的神情与风韵，是很难于描摹出来的，因此那些画工的被杀，就显得有些冤枉了。从这种进行翻案的口气中,显示了他对于艺术作品表达神韵的高度重视。

王昭君受害于画工接受贿赂的说法,一直流传至今,在不少的戏剧作品中,都浓墨重彩地渲染着这样的情节,却也受到过有力的辩驳。像清代诗人陆耀的《王昭君》,就在开头的序言中,质疑着开创此种说法的《西京杂记》,认为众多的宫女,哪能储藏如许的黄金,而且在肃穆的宫廷中间,谁敢出面去联络这非法的交易,难道不怕受到严厉的查禁与惩罚?因此斥之为无稽之谈。从表面上看来,他的此种持论,似乎颇有道理,然而在专制帝王的独裁统治底下,无论多么冠冕堂皇的规章制度,往往都可以被奸佞的臣子扭曲与破坏,只要那至高无上的统治者,怜爱、姑息和包庇他们就成了。

王安石还在自己的那首诗里,唱出了"汉恩自浅胡自深,人生乐在相知心"的声音。追求知心、知音、知己,是古代一种朴素的平等意识。在春秋战国时期,诸侯并立,为了使自己立于不败之地,都争着吸收和优待各样的人才,所以就乐于礼贤下士,诚恳相待,十分的尊重与信任。正像《春秋左氏传》里所归纳的那样,此种"君臣无常位"的竞争状态,自然会促使在位的诸侯们,尽量扮演出宽容、谦逊与亲和的姿态,好博得众多部下的忠心效劳,直至以死相报。《战国策》里描写过的侠士豫让,正是最为典型的例子。他曾经臣事过的知伯,在晋国诸卿争权夺利的内讧中,被赵襄子杀死之后,为了报答知伯对于自己的厚爱,处心积虑地准备刺杀赵襄子,完成自己"士为知己者死,女为悦己者容"的志向。当他谋刺未成,被赵襄子的卫士抓获,临死之前,还铿锵有声地诉说了自己的伦理准则,"知伯以国士遇臣,臣故国士报之"。到了秦汉大一统的局面,尤其是汉武帝推行独尊儒术和罢黜百家的方针之后,就严厉地遵循与贯彻

京剧《昭君出塞》剧照

"君为臣纲"这样的奴性哲学,臣子只能对君皇匍匐跪拜,唯唯诺诺,往昔那种萌芽状态的平等意识和自由理念,逐渐地消隐和丧失,这样就使得整个的邦国,都笼罩着驯服、缄默、迷信和愚昧的浓雾。

不知道王昭君是否知晓豫让的这些话语,然而凭着她率真与热忱的性格,已经这样去付诸行动了。王安石则肯定会熟悉如此的掌故,并且向往着那种美好的境界,才会讴歌她和呼韩邪单于的相亲相爱,庆贺她获得了极为正常的生活。不过王安石憧憬的此种境界,跟自己生活的时代,一切都得遵循等级特权制度的所有规范,就显得不太协调了,多少有点儿惊世骇俗的意味。这固然引来了非议和攻讦,在李雁湖编纂的《王荆公诗注》里,曾经引用范冲的话语,痛骂他的这首诗作,"以胡虏有恩而遂忘君父,非禽兽而何?"分明是刘奭辜负了王昭君,她才无可奈何地去寻觅自己应该享有的人生。正统卫道的士大夫范冲,当然不敢责备自己心目中神圣的帝王,却污蔑和咒骂比自己年长四十余岁的王安石,只能说是奴性十足,而又穷凶极恶。

最可惜的是王昭君欢欣的生活,只维持了很短促的一段时间,因为年龄的悬殊,呼韩邪单于在不久之后,就衰老病故了,留下孤苦伶仃的她,带着两个年幼的儿子度日。更让她感到万分恐惧的是,还得要按照匈奴部落原始的习俗,嫁给呼韩邪单于与原先阏氏所生的长子。一个诞生在长江岸旁的汉族姑娘,怎么能够接受这样落后的规则呢?她于惊悚不安之中,立即向汉成帝刘骜上书,要求回归祖国,得到的答复是必须遵从当地的风俗行事。这对于她精神上的打击,肯定会无比的沉重,促使她很快就忧郁地死去。

《后汉书·南匈奴传》很简单地记载着这样的说法,蔡邕的《琴操》则说是,王昭君在难以忍受的愤懑与哀伤中,当时就服毒自尽了。她究竟是怎么亡故的?或许只有自己可以作出准确的回答,然而她早已长眠在陵墓底下,又怎么能够告诉后人呢?不管是什么样的结局,她心里一定会非常的惆怅和痛苦,在无尽的悲伤与惶恐中,告别了曾经眷恋过的人世。

在记载同样的一桩历史事件时,无论是画工的作弊,抑或是她死亡的原因,为什么会有这样很不相同的说法?是否因为有的人博闻强记,有的人孤陋寡闻;有的人严肃核对,有的人随意编造;有的人为了秉笔直书,可以牺牲自己生命,有的人为了谄媚君王与权贵,可以篡改事实的真相。有严肃的、深刻的、高尚的史家,也有轻浮的、肤浅的、卑劣的史家。面对着纷纭复杂和形形色色的典籍,怎么能够睿智地去辨别历史的奥秘,从中获得精神境界的升华?这是多么艰巨的工作,也是多么欢乐的历程。

听当地的朋友说起,在这一汪茫茫的草原上,还有不少的土丘,也被传说成是王昭君的坟墓,可见人们都喜爱和同情这位古代的美女。我迎着飒飒的秋风,张望着附近平原上几株苍翠的树木,和远处绵延起伏的山脉,沉思着她坦诚、慷慨和追求真挚相待的品格,她如果能够行走在今天的土地上,比起那个时候来,一定会获得无法比拟的幸福吧?

2006 年 10 月 28 日—2007 年 1 月 20 日写成和修订于北京静淑苑

司马迁：
为什么不死？ *

　　曾经有过多少难忘的瞬间，沉思冥想地猜测着司马迁偃蹇的命运，痛悼着他灾难的遭遇。有时在晨曦缤纷的旷野里，有时在噪音喧嚣的城市中，这位比我年轻十来岁的哲人，好像就站在自己的身旁。我充满兴趣地向他提出数不清的命题，等待着听到他睿智的答案，他就滔滔不绝地诉说着许多使我困惑的疑问。只要还能够在人世间生存下去，我就一定会跟他继续着这样的对话，永远也不会终结地询问和思索下去。

　　这是因为他孜孜不倦地追求着的目标："究天人之际，通古今之变，成一家之言"，始终在猛烈地拨动着我的心弦，还牢固地埋藏在那里，似乎要等待着发芽和滋长，有时

司马迁

＊原题为《询问司马迁》，本题为编入本书时编者所加。

却又响亮地呼啸和奔腾起来。我深深地感到了他的这句话语,恰巧是道出人类历史上所有思想者澎湃的心声。一个真正是严肃和坚韧的思想者,一个真正是诚挚地探索着让人们生活得更为美好的思想者,肯定会像他这样全面地思虑着人类与宇宙的关系,考察着历史往前变迁的轨迹,然后再写出自己洋溢着独创见解和深情厚谊的著作来。

司马迁对于自己这种异常卓绝的目标,究竟追求和完成得如何呢?我常常在反复地思索着这一点。从他贡献出这部囊括华夏的全部史迹,写得如此完整、详尽、清晰、鲜明和动人的《史记》来说,毫无疑问地应该被推崇为中国最伟大的历史学家。比起几千年间中国所有专制皇朝的多少史家来,他应该说是完成得分外出色的。更何况他是在蒙受宫刑的惨痛与耻辱中,蘸着浓烈的鲜血,颤抖着受害的身躯,奋力去完成的。

对于清高的士大夫来说,宫刑是一种多么巨大的耻辱,因此每当司马迁念及这割去男根的灾祸时,始终都沉溺在晦暗和厚重的阴影里面,不仅又迸发出一回剧烈得足以致命的伤痛,而且肯定还像有多少狰狞的魔鬼,在戏弄和蹂躏着自己洁白的身躯,无穷无尽的羞耻在血管里不住地盘旋和冲撞,快要敲碎胸膛里面这一颗晶莹明亮的心。此时此刻就会像他在《报任安书》里所说的那样,冒出一身淋漓的大汗,肝肠都似乎要寸寸地断裂,在一阵阵炫目的昏晕中,咬牙切齿地挣扎着。如果倾斜着跌倒在地上,就一定会僵硬地死去;这时候如果赶快去旷野里走动,让阳光底下的微风,轻轻地吹拂着头颅,也许浑身的血脉,会稍稍地舒缓过来,然而他又绝对不敢跨出自己的门槛,有多少嘲笑、讥讽和猥亵的眼光,像涂抹着毒药的箭镞,正扣在绷紧的弓弦上,焦急地等待着往自己的胸脯射来。只有偷偷地躲藏在屋子里,先是轻轻地呻吟和叹息,逐渐让浑身凝住的鲜血慢慢地流淌开来,再用悄悄地长啸与悲歌,稳定和凝聚着自己生存下去的意志。在凄惨、浑浊和肮脏得像粪土般的人世中,低下头颅默默地咀嚼着刻骨铭心的痛苦,使尽浑身的气力拼搏着去撰写,像如此剧烈和惨痛的身心交瘁,能不能把这个追求的目标,发挥得使自己异常满意呢?我猜想他的回答大概是否定的。

遭受着如此羞耻和痛楚的宫刑,几乎是让司马迁永远跌入了濒临死亡的精神炼狱。造成这事件的原因,简直太荒唐了,只是因为汉武帝刘彻在上朝召问时,他曾诚心诚意地替在沙漠绝域中转战杀敌、最终寡不敌众而败降匈奴的李陵，很谨慎地禀报了一番。他的出发点真可说是忠心耿耿，想为朝廷争取更多的人心，却未曾预料到竟会触怒皇上那根敏感和多疑的神经，因为刘彻立即会觉得这涉及到了贰师将军李广利，也许当时就在心里气愤地责骂司马迁，难道你不知道李广利是孤家宠妃李夫人的兄长？他那时统率着征战的全部军队，在李陵冒死激战时，却并未建立任何的功勋，为李陵说情，不就会诋毁自己的这个外戚和佞幸？于是在盛怒之下，狠狠地叱责着司马迁，将他投入了监狱，还听从不少臣子谄媚和附和的谗言，哪里顾得上司马迁的性命与尊严，竟判定了用宫刑来狠狠地惩罚和侮辱他。

汉武帝刘彻

即使司马迁这一回进谏的话是谬误的，总也不至于遭受刑罚吧，更何况是这种使他终生都感到无比屈辱与痛苦的宫刑。一个专制帝王的生气和愤怒，哪怕是毫无道理或荒谬绝伦的，哪怕是出于十分猥琐和卑劣的动机，也都能够高耸地盘踞在任何的法律和常识之上，成为不可违抗的圣旨，毫不容情地摧毁着任何人的生命和意志。司马迁不就是被压制在汉武帝的淫威底下，毕生都淤积着沉重的忧愁和痛楚，肯定每天都会有满腔的愤懑在汹涌澎湃，却也只敢隐藏在自己心里，哪里敢发泄出来？不知道他可曾像自己在《平准书》中描写的一般，浮起过张汤诬告有些大臣的那种"腹诽"。如果再把藏在心里的此种想法，冒失地抒发出来，已经半残的生命，肯定会在屠刀底下消失得无影无踪。然而这样沉重的耻辱与痛楚，怎么能不让自己的心灵振荡和呼号呢？那么司马迁真的是曾经产生过"腹诽"了？这也许永远是一个让人难以猜透的谜。

司马迁在刘彻之前就已经亡故，自然无法写成关于他的传记了，有文字依据可凭查找的，是《太史公自序》中《今上本纪》的简短提纲，在那里写着"汉兴五世，隆在建元，外攘夷狄，内修法度"等等，却都是些歌功颂德的话儿，真不知道他在琢磨这几句刺眼的文字时,脸上有没有发烫,身上有没有流汗,心里有没有想起汉武帝残忍和暴虐地对待过自己?然而不管在心里燃烧着多么猛烈的怒火,也是绝对不能够发泄出来的,因为专制帝王的任何暴行与恶癖,都只能够加以褒扬和美化,否则就会受到他极端严厉和残酷的惩罚。成为似男非男和女里女气的"闺阁之臣",让司马迁痛苦和忧伤了一辈子的宫刑,又算得上什么? 如果在当时,刘彻的脾气发得更凶狠一点儿,直至被凌迟处死,也不过是一桩小事而已。

正是这样"顺我者昌,逆我者亡"的专制主义统治方式,造成了几千年中间的谄媚、拍马、谗言、倾轧、钩心斗角,以及种种阴险毒辣的陷害和杀戮。谁如果想要爬上这专制王朝金字塔的顶层,不揣摩透那些无耻而又狠毒的权谋,恐怕就无法实现自己利欲熏心的目标,因此像那些看起来是道貌岸然的人们,却早已衍变成了跨起双腿走路的野兽。而对并无野心汲汲于往上攀附的人们来说,虽不必终日都熙熙攘攘和蝇营狗苟,昧着良心沉溺在笑里藏刀的势利场中,却也只好恐惧与孤独地谨言慎行,不敢有半句话儿触犯专制帝王的万千忌讳,于是在这种畏惧与盲目的服从中间,逐渐滋生和壮大的奴性习气也就盛行起来,浓重地笼罩着整个民族的顶空。

司马迁毕生都坚持着自己正直的道德理想,绝对不会刻意地去奉承别人,然而在那种弥漫于人寰的专制主义精神蹂躏底下,他大概在有的时候,也只好说一些违心的话语,却无法道出自己全部真实的见解。《今上本纪》里的那些设想,不正是如此形成的吗? 更何况专制帝王无比神圣的思想,早已通过无数圣贤的典籍,和多少前辈师长的耳提面命,浓浓地融化和凝聚在自己的头脑里面,成为无法跨越的崇山峻岭。正是这种潜入和占领了整个思维中枢的意识,遏制着他无法更从容和深入地评论专制帝王的行径,尤其是对那个正决定着自己生死命运的汉武帝,难道还能够冒着彻底

陕西韩城的司马迁墓

毁灭的危险去触犯吗？

他在《史记·礼书》中曾阐述过"君臣朝廷尊卑贵贱之序"，以及"上事天，下事地，尊先祖而隆君师"的道理。他在《天官书》中描摹许多星象的变化时，也总是经常强调它象征着人间的福祉或灾祸，主张要"日变修德，月变省刑，星变结和"，带上了不少天人感应

墓园内的石板路

的迷信色彩。尽管班固曾指责过他"是非颇谬于圣人"，其实他是尽心地恪守着似乎来自天命的君臣之道，从而也就多少沾染上盲目服从的奴性。专制帝王残酷和暴虐的统治，给予他多么沉重的精神创伤，实在是一种无可奈何的巨大悲剧。

生长在两千多年前的司马迁，离开后世整个人类的变化实在太遥远了。他无法梦见那个大声讴歌着自由和平等的卢梭，更无法梦见 1793 年法国国民公会的表决，以 387 票对 338 票的优势通过决议，判处国王路易十六的死刑。于是他只好沿着自己遵循的这条思路往前跋涉，对于自己遭受宫刑的切肤之痛，除了匍匐着身躯，长吁短叹之外，大概也不会从心里升腾出一种英勇的气魄，去谴责它的极端野蛮和违背人道。他在《史记·乐书》里写道，"刑禁暴，爵举贤，则政均矣。"刑罚确实是应该用来禁止犯罪的，然而专制帝王所滥施的酷刑，它本身就是应该被控诉的罪孽。正因为遵循着君臣之间的"尊卑贵贱之序"，他也许还没有更大的勇气，去思索、控诉和彻底否定这种残暴的宫刑。

不过司马迁这一颗始终追求善良和正义的心灵，总是在剧烈而又严肃地跳荡着，召唤和催促自己在尽量不违背"尊卑贵贱之序"的前提下，实实在在地抒写着许多人物的种种事迹。在《高祖本纪》中，惟妙惟肖地写出刘邦的宽厚和容人，好色与好货；在《项羽本纪》中，又活灵活现地描摹他无赖的品行。怎么能在项羽威胁他要是再不投降的话，就立即烹煮他的父亲时，竟狡猾奸诈地表示自己曾跟项羽结拜为兄弟，这样说来应该算是项羽在屠杀生父了，丧心病狂地提出等

到煮熟以后,分一杯羹汤给自己尝尝滋味,真把刘邦这副流氓的嘴脸写得淋漓尽致,实在是极其强烈地揭露出了他内心的丑恶。幸亏他已经长眠在陵墓中,再也看不见司马迁替自己勾勒出来的丑态,否则的话肯定会龙颜大怒,区区的宫刑恐怕就远远地不够打发了。

在受尽专制君王肆意蹂躏与惩罚的淫威底下,依旧保持着这种秉笔直书的品格和勇气,实在太值得钦佩和敬仰了。怪不得班固又会这样衷心地称颂他,"其文直,其事核,不虚美,不隐恶"了。而据范晔《后汉书·蔡邕传》中记载,那个诛杀了奸臣董卓的王允,在训斥蔡邕时竟说出这样的话儿,"昔武帝不杀司马迁,使作谤书,流于后世"。真是乱世人命,贱如尘埃,在相互屠戮中杀红了眼的官僚们,哪里会把像司马迁这样杰出的文人放在眼里?而且还萌生出如此凶狠与险恶的念头,真不知比汉武帝还要厉害多少倍,读起来真使人毛骨悚然。在专制制度凶狠、酷烈和暴虐的熏陶底下,竟能如此毒化和扭曲人们的灵魂,会变得那样的残忍、恶劣和丧失人性。

鲁迅深受司马迁的影响,十分钦佩地称赞《史记》,是"史家之绝唱,无韵之《离骚》"。他在自己的《灯下漫笔》中还议论过,每当改朝换代的"纷乱至极之后,就有一个较强,或较聪明,或较狡猾,或是外族的人物出来,较有秩序地收拾了天下。厘定规则:怎样服役,怎样纳粮,怎样磕头,怎样颂圣"。他在写下这段文字的时候,也许脑海中会晃荡过项羽和刘邦的影子罢?然而给了鲁迅这种启发的司马迁,他在撰述《高祖本纪》和《项羽本纪》时,也曾浮起鲁迅的这些想法吗?这真是一个神秘而又深刻的历史之谜。

生存在司马迁抑或蔡邕那样的环境中间,无论是张开嘴唇说话,或者握着笔管写作,都会埋藏着深深的危机,说不准在什么时刻,惩罚就会降临头顶,屠戮就会夺去生命。司马迁竟敢在

《史记》

如此危险的缝隙中间,写出自己辉煌和浩瀚的《史记》来,确实是太壮烈和伟大了。然而他有时候无法更绚丽地完成自己这个宏伟的目标,那只能说是时代限制了他,限制了他思想和精神的苦苦追求。有幸生活在两千多年之后的思想者,无论从早已冲破了专制王朝的罗网来说,从早已淋浴着追求平等的精神境界来说,都可以更为方便地完成他所提出的目标。

"究天人之际,通古今之变,成一家之言"这个迷人的目标,正等待着今天和明天的多少思想者,去艰苦卓绝地向着它冲刺。

1997 年 4 月

小乔:
芳草孤坟*

　　走进一圈圜形的围墙里面,沿着这垅坟墓四周的羊肠小道,俯视着镶嵌在荒丘底下的许多石块,我悄悄地迈开脚步,默默地踯躅起来。

　　这低矮和浑圆的坟墓,静谧地匍匐在我的眼帘底下。土堆顶上长满了萋萋的芳草,轻轻地在微风里晃荡。这一汪碧绿和青翠得让人心醉的颜色,衬托着小路旁边几棵苍翠的冬青树,笼罩着天空中朵朵灰白的云彩,显出分外的娇嫩和俊秀。绿草丛中还点缀着一株株雏菊的紫色花瓣,那雪白粉嫩的花蕊,怎么能不让人想起美女的纯洁与芬芳?

小乔

　　真不知道这小乔墓是何时建造,将近两千年来据说曾在岳阳附近被后人往返地迁徙过,那时候为什么不将她与自己英名赫赫的夫婿合葬在一起?在小乔匆匆度过的一生中,既没有博览群书和著书立说,也并未兴旺持家或建立功勋,却被一代代生存下来的人们所记住和传颂,唯一可以解释的理由是

* 原题为《小乔墓畔的思索》,本题为编入本书时编者所加。

她出落得异常美丽。美丽的容貌真是含着一种神秘莫测的魅力，真的值得朝思暮想地憧憬。不过小乔这俊秀妩媚的美女，究竟是如何的妍丽动人和倾城倾国，她如何风度翩翩地行走，她如何明眸皓齿地说话？她修长而又黝黑的睫毛，是遮挡着自己晶莹透亮的大眼，就像一簇簇婆娑的树木，

小乔墓

几乎要覆盖住湖泊中闪烁的月光；抑或是在纤巧的蛾眉底下，细长和端庄的眼睛在不住地眨动中，满含着温柔委婉与夺人心魄的深情？这已经是无人知晓的了，当时所有的目击者都早已亡故，连尸骸都化成了遍地的尘埃，还有谁能够切切实实地形容出她的美貌？

　　然而古往今来多少令人羡慕与向往的美女，当她们无法支配自己命运的时候，往往是异常悲哀和凄惨的。俄国作家契诃夫的短篇小说《美人》中，就洋溢出一种十分忧伤的气氛，大概正是为此而发的。就以小乔来说吧，像这样被世代所称颂的美女，竟连正式的名字都没有一个，能说是合理和正常的吗？当然在那个男尊女卑的时代中，这众所周知的美女就算是取了个名字又有何用？还不是嫁给和屈从于男人罢了！在那一场烽火连天和杀声遍野的鏖战中间，国色天香的小乔，更成了被人贪婪地争抢和想要俘获的一件物品？如果雄姿英发的周瑜战败了，野心勃勃的曹操彻底击溃了吴国和刘备的联军，也许真会像唐代诗人杜牧吟咏的那样，就将要"铜雀春深锁二乔"了，真犹如荷马在《伊利亚特》中描绘的古希腊美女海伦一样，她们都是妄图霸占世界的男人们所追求和获取的尤物。

　　因此可以说，像小乔这样无法掌握自己命运的美女，只能引起人们同情与怜悯的思绪。至于还有那些渴望着攀附和索取金钱与权势的妖艳女子，为了获得高居于众人之上的荣华和富贵，为了浑身都点缀着寒光闪闪的钻石和珠宝，就热衷于出卖自己的姿色与肉体，变成寄养在笼子里的金丝鸟，牺牲和斫丧了自由的意

苏东坡词碑

志与灵魂，只是俯首含笑着去充当男人的玩偶，一旦年长色衰，或者被另外的玩偶所替代，就只能遭受堕落和毁灭的结局。真正称得上是美女的所有佳丽们，应该珍惜自己卓越的天赋，自强不息地在人寰中生存和奋斗。除了保持自己美好的容颜和仪态之外，更得要提高各种的学养、智能与品行，为这个世界作出自己独立的贡献。当今时代已经为崭新的女性准备了广阔的前景，我想小乔如果在九泉底下能够知悉这一点的话，也许将会咏叹出无穷的感慨来。

　　静静地眺望着这座寂寞的土丘，我真不愿意仓促地离去，尽管在围墙外面就是烟波浩渺和浪花飞溅的洞庭湖，肯定会更让人流连忘返，却也还得在这儿再沉思片刻，好在心里继续着跟历史的对话。

1997 年 8 月

阮籍：
豪言壮语

少年时读了阮籍的不少诗文，还翻阅过有关他的传记，对他狂放地蔑视礼法和愤世嫉俗的表情，留下十分深刻的印象。在那个充满了倾轧、欺诈、侵凌、战乱和屠戮的岁月里，黎民百姓们胆战心惊地苟活着，日夜都恐惧和战栗得几乎要喘不过气来。作为一个异常敏感与聪颖的诗人，阮籍胸中无穷无尽的感受，自然像是始终在焚烧着弥漫于天际的熊熊火焰。他常常怀着孤独和愤懑的思绪驱车外出，毫无目标地任意驰骋，到了无路可走的地方就恸哭而返。生存在这样黝黑得犹如漫漫长夜的尘世中，心里会倾泻出多少诉说不完的痛苦与绝望啊！

然而人总不能够时刻都淹没在忧愁与痛楚里面，这就得用饮酒来暂时地宣泄和陶醉。阮籍的借酒浇愁和长醉不醒，在文学史上是出了名的。不过酒醒了之后，他照样桀骜不驯地邈视着那些权贵们，甚至连坐在那个控制着曹魏王朝所有大权的司马昭面前，别人都战战兢兢，唯独他却箕踞啸歌，神情自若，真是够大胆的。他有一回游逛广武山时，想象着项羽和刘邦

阮籍

竹林七贤图

在此对垒鏖战的壮烈情景，又禁不住狂傲地感叹起来："时无英雄，使竖子成名！"这种豪言壮语难道不是借古讽今吗？如果他活在千百年后"文革"的浩劫中间，恐怕也难于逃脱批判和惩罚的厄运吧？竟敢如此狂妄地贬低和蔑视伟大的英雄，岂不罪该万死！多亏司马昭并未计较他，因此比起他自己的好友嵇康来，实在算得上是个幸运儿，竟躲过了当时逮捕与杀戮的罗网。

对于项羽、刘邦或司马昭，无论称颂他们是"英雄"，或贬斥他们为"竖子"，确乎都可以说是一种让人思索的豪言壮语。不过我在经过反复的琢磨之后，才感到阮籍的此种评价，似乎还尚未触摸到历史的襞褶之处。项羽或刘邦率领成千上万大都来自农村的子弟兵，流淌着多少人的滚滚鲜血，一心要打下江山，无非是为了让自己坐稳龙廷，建立起传诸万世的家天下。项羽在与刘邦的阵前对话中，把这一点说得最坦率和清楚了，"天下匈匈数岁者，徒以吾两人耳。"司马昭则是步曹操的后尘，也精心筹划着要让自己的儿子，重演曹丕那一场篡权的活剧。二十挂零的年轻帝王曹髦，都看出了"司马昭之心，路人所知也"，不知道为什么阮籍却未能阐述出此种历史的规律与奥秘？他这句话比起唐代诗人曹松"一将功成万骨枯"的见解来，甚至还要逊色得多。豪言壮语必须具有深刻的内涵，否则就容易显得空泛和苍白。

不过包括这豪言壮语在内的整个阮籍的思想见解，在整部中国文化史上无疑也都可以算是相当辉煌的，冲撞那种只要求芸芸众生对其进行奴性崇拜的专制独裁体制，冒犯那种把人们禁锢和压制得几乎窒息的精神氛围，就意味着呼唤还属于遥远未来的平等精神。李白所歌咏的"一醉累月轻王侯"、"安能摧眉折腰事权贵"这些诗句,不正是从阮籍这里升华出来的吗？这种精神如果在中国文化史上增加得愈益浓郁的话,根深蒂固的奴性崇拜意识必将会被它渐渐地消解,要求平等的思想肯定会愈益变得完整和深入。明末清初的大思想家黄宗羲,不正是在控诉了君皇的荼毒和敲剥天下之后,质疑着"岂天地之大,于兆人万姓之中,独私其一人一姓乎？"而主张"天子之所是未必是,天子之所非未必非,天子亦遂不敢自其非是,而公其非是于学校"(《明夷待访录·学校》)。否定了家天下的秩序,否定了帝王天纵英明和睿智的谎话,而提出要在一种议事的机构里共同来讨论和决定国是,闪烁着多么了不得的近代民主主义思想光芒。然而如果想要寻觅它发源和滥觞的所在,就不能不想起阮籍这个令人难忘的名字来。一部中国思想史正是在不断地冲击奴性崇拜,和要求发扬平等精神的惊涛骇浪中,滔滔不绝和永无休止地流淌着。

1997 年 5 月

李隆基、杨玉环：
《长恨歌》里的谜

在一千余年来悠长的岁月中间，白居易的《长恨歌》获得了多少人们的喜爱，世世代代地被背诵和称赞着。这首诗歌里面，究竟有多少难以猜透却又值得索解的谜，不知道是否也曾引起过大家的注意？

《长恨歌》结尾时的那两句诗，"天长地久有时尽，此恨绵绵无绝期"，真能唤起人们深深的同情与惋惜。一个失去了权力的衰老的帝王，独自蜷缩在秋风飒飒的寒夜里，聆听着宫殿前边一阵阵沉重的钟鼓声，仰望着天空中颤抖的星辰，心窝里竟像被一把小刀宰割着似的疼痛不止，在多么难以忍受的煎熬中间，默默地呼唤着那个曾使自己心醉神迷的名字，眼前就浮荡出那张美丽、妩媚而又娇艳的脸庞，为什么竟如此匆促地生离死别，再也不能相逢和拥抱在一起了？

已经度过了古稀之年的唐玄宗李隆基，心里翻滚着多少痛苦的回忆，埋藏着多少永远都无法消除的怨恨，沉甸甸地压住了自己日益变得脆弱的生命，到什么时候才能够抵达迷茫和幽黯的尽头呢？曾有多少子民匍匐着跪拜他，曾有多少大臣虔诚地讴歌他，无限荣光和欢乐的往事，都已经崩塌和逝去了。他会想起自己最繁盛、最荣耀、最奢靡的岁月吗？他会想起簇拥着自己巧笑谄媚

《长恨歌》作者白居易

的无数六宫粉黛吗?曾经跟那些数不清的女子,搂抱、
厮磨和欢爱在一起, 却为什么就割舍不开地只怀念
着这令人迷恋的美女? 真是一个永远都无法猜透的谜
语。

《长恨歌》在描摹杨玉环进宫的前后经过时,说
她是"养在深闺人未识","一朝选在君王侧",这完
全不符合当时的情况,她其实早已是唐玄宗的儿子寿
王李瑁的妃子了。而当李隆基最宠爱的武惠妃刚去世
之后,正陷于郁郁寡欢的哀伤中间,怎么就鬼使神差

唐玄宗李隆基

地与她邂逅了,刚出神地瞥了她一眼,竟失魂落魄似的迷恋上了自己这儿子的爱
妃,于是指派机灵与狡诈的宦官们,去办妥了所有的事情,先是移花接木地让她
出家当了道士,然后再明目张胆地接到自己身边,满足了总在奔突和燃烧的情
欲。

唐玄宗已经是五十余岁的老人,杨玉环却还是未满二十岁的豆蔻年华,犹如
一朵含苞待放的花儿,两人之间存在着几乎可以充当祖父与孙女的年龄差距,却
这样如胶似漆地粘贴在一起。从唐玄宗掌握着至高无上的绝对权力这方面来说,
宠爱和占有国色天香般的美女,早已成为他淫荡的禀性;从杨玉环渴望着享尽人
间的荣华富贵这方面来说,李瑁恐怕是难以让自己很好实现这一点的,那么簇拥
在能够满足自己愿望的年迈的帝王身边,自然会衷心地觉得,这真是何乐不为和
有何不可的事情?

真像歌德所说的那样,"哪个少男不钟情,哪个少女不怀春?"明眸皓齿与光
彩照人的美妙佳人,跟英俊潇洒和风流倜傥的年轻男子,确实会相互地吸引起
来。在几十个寒暑中充着过来人的唐玄宗,对此自会有极端深切的体验,那么
当他情欲骚动和专横恣肆地抢走杨玉环时,会牵挂自己这英俊的儿子吗?会担心
他因为失去娇妻而忧伤和绝望吗? 当李瑁面临着这如同暴风雨般突然袭来的灾
祸时,他凄悼的心里究竟是一种什么样的滋味,这大概也永远是个无法索解的谜
语了。不过唐玄宗立即给他另娶了左卫中郎将韦昭训的女儿,作为相应的补偿,
多少还算得是个仁慈的父亲,比起自己听信宦官的谗言,残忍地屠杀另一个儿子

杨玉环

李琩来，那真算得是天大的恩情了。

唐玄宗或许会读过《诗·邶风》里的《新台》篇，那里曾猛烈地讥讽过春秋时代卫宣公的丑行，竟把儿子娶回的俏丽姑娘掠夺过去，实在太可恶和可耻了。当唐玄宗偶或想起这个丑陋的掌故时，会稍稍地感到不安，会偷偷地责骂自己吗？作为一个曾经是精明能干的帝王来说，他是否熟悉自己祖父唐高宗李治在位时制订的《永徽律》，是否思虑过其中可曾规定抢娶自己的儿媳，是何种应该受到惩罚的犯罪行为？这些偶或会在他胸膛里涌起的念头，自然也永远都成为无法解开的谜了。

任何一个专制王朝所颁布的法律文书，对于层层叠叠的许多统治者来说，当然都并无多少约束的效力，这就是所谓的"刑不上大夫"；而至高无上和万寿无疆的专制君皇，当然更是可以荒淫无度，为所欲为，唐高宗不就是在自己的父亲唐太宗死后，把宫中的才人武则天先送去削发为尼，经过了这一番的掩人耳目之后，再召回自己的身边，堂而皇之地册封为昭仪了。掌握着对于黎民百姓生杀予夺全部权力的统治者，必然会不断地扩张自己藏匿在心中的无穷欲望，变得愈益的贪婪、狂暴和癫疯起来，这样就必然会将自己人格中半丝善良的念头，都彻底地窒息和扼杀了，邪恶、残忍和肆虐的心肠，变成了支配他一切行为的动力。

这些专制君皇的行径，不管有多么的卑鄙与丑恶，总会有御用的文人们，想出许多花言巧语来歌功颂德，将鲜艳和芬芳的花瓣，点缀着他们污秽与血腥的身躯，而那些劣迹斑斑和伤风败俗的恶行，却在威胁与恐吓所造成的缄默中间，被悄悄地遮盖和涂抹了，这就是所谓的"为尊者讳"。不过跟白居易在一起撰写《长恨歌传》的陈鸿，为什么很明白地道出唐玄宗，从他儿子的府邸中窃取了杨玉环，而白居易却刻意地隐讳这一点，还编造了一个美丽的谎言，他想取悦于谁呢？这似乎也是个永远都猜不透的谜了。

李隆基为了宠爱这妩媚、妖艳、聪颖与狡黠的杨玉环，竟让她顽劣和无赖的堂兄杨国忠总揽朝政,于是在一派乌烟瘴气中间,贪赃枉法,上行下效,多少官吏们都打发着奢侈淫逸的日子。最倒霉的当然是哀哀无告的黎民百姓,连残羹冷炙都难以获得了,杜甫的那两句诗"朱门酒肉臭,路有冻死骨",多么鲜明和深邃地描绘出了当时的情景。像这样的统治肯定是难以长期维持下去的,于是就引起了"渔阳鼙鼓动地来",叛乱的战火开始在北方的藩镇燃烧起来。多少无辜的子民们,于逃亡的路途中受尽了劫难,有的人就在硝烟与屠刀底下纷纷地死去。

随着漫天烽火的急剧蔓延,最终连唐玄宗也只得带着杨贵妃等人,于禁军将士们的护卫底下逃离京城,并且在半途中引起了祈求皇上赐死杨国忠兄妹的兵谏。杨国忠如此的祸国殃民,自然是罪不容诛,然而这柔婉而又风骚、妩媚而又泼辣、能歌而又善舞的杨贵妃,只不过是迷惑了唐玄宗这颗眷恋美色的心灵。唐玄宗的罪孽无疑是远远地超过自己宠爱的杨贵妃,他如果在杀死了杨国忠之后,于护驾的军队面前,来一番下诏罪己的表演,应该是能够挽救杨贵妃的生命的,然而在风声鹤唳与慌张逃命的危急气氛中间,他就立即舍弃了这曾使自己心荡神迷的美女,往日里"在天愿作比翼鸟,在地愿为连理枝"的誓言,竟都变成了顺口胡扯和无需兑现的谎话。

当死亡与灾难降落到头顶的时刻,才能够充分地考验出男女之间的情爱,是否可靠或忠贞?李商隐《马嵬》诗中所说的"此日六军同驻马,当时七夕笑牵牛",从前后迥异的对比中,揭示出唐玄宗的怯懦、自私和虚伪。为了情欲的满足,他可以牺牲黎民百姓的利益;为了自己的安全,他又可以牺牲最宠爱的美女,独断专行的统治者必定会成为这样最自私的角色。李商隐如此犀利和深刻的眼光,可以说是明显地超越了白居易。

《长恨歌》结尾时所描摹的"七月七日长生殿"的浪漫情节,根据陈寅恪《元白诗笺证稿》的考证,驻跸骊山应当在冬春之际,而此时的长生殿乃是祭祀天神的斋宫,怎么能曲叙儿女间的私情?陈寅恪以治学的极端谨严著称于世,为了确证唐玄宗并未于夏日去过骊山,肯定

贵妃出浴图

会查遍了浩如烟海般的唐代典籍,然而一部历史中间隐瞒真相的事情,不是经常发生的吗?至于说在神圣的祭坛旁边不该谈情说爱,方正的书生自然会恪守这古板的规矩,对于无法无天和为所欲为的专制君皇来说,则又是一桩何足道哉的区区小事。

白居易刻意地描摹出唐玄宗暮年的孤独与寂寞,渲染着他对于杨贵妃的无限思念,就很容易引起善良却又单纯的人们,淡忘了他残暴和荒淫的另一面,流淌出一掬同情的泪水来。无论是发生在专制帝王抑或平民百姓身上,种种曲折多磨的爱情故事,同样都会激荡着许多人的心弦。而当白居易跟陈鸿分头来描摹这帝皇与贵妃生离死别的故事时,他也不可能不想起自己生活里面出现过的一段爱情经历。当他正值精力充沛的而立之年时,眷恋过一个十六岁的美女湘灵,匆匆分手之后还始终萦绕于怀,写过好几首怀念她的诗篇,像其中的"两心之外无人知"和"利剑斩断连理枝",立即会使人想起《长恨歌》里相似的诗句来。

用自己的经历和心理,去揣度笔下人物的内心冲突,这本来就是写诗和撰文的常情,不过有时候却因为各自度过的生活,实在是太差异和悬殊了,因此就难以十分贴切地写出某些自己未曾见过的场景来,像用"孤灯挑尽未成眠"这句诗,来抒写唐玄宗暮年的孤苦伶仃,辗转反侧,应该说是颇有意境的。然而北宋学者邵博的《闻见后录》,却指出宫闱中终夜都点燃着蜡烛,唐玄宗绝不会自己动手挑去燃尽的灯芯,因此讥笑白居易"书生之见可笑耳"。

西安华清池遗址公园内杨玉环雕像

如果让白居易也像他自己描摹的杨贵妃那样,在海上仙山玲珑的楼阁中,读到了"临邛道士鸿都客"送去的这一册《闻见后录》,他会高昂着头颅辩解,抑或挥舞起手臂认可呢?这自然也是一个永远都无法应验的谜了。

至于为什么陈鸿写作《长恨歌传》的动机,明确地表示要"惩尤物,窒乱阶,垂于将来也"。而一再主张"文章合为时而著,歌诗合为事而作"的白居易,却在整篇的《长恨歌》中间,弥漫着如此忧伤与哀怨的气氛呢?陈寅恪的《元白诗笺证稿》认为，"长恨歌本为当时小说文中之歌诗部分，其史才议论已别见于陈鸿传文之内，歌中自不涉及"，这或许可以作为一种较为合理的解释。然而如果真要让白居易来描摹唐玄宗忏悔与谴责自己的祸国殃民，他大概会变得诚惶诚恐和手足无措的。由于作为专制帝王来说，早就被自己所掌握的权力宠坏了，整个心灵已经被腐蚀得丧失了任何高尚的道德情操，只想更贪婪地占有，只想更严酷地统治，只想世世代代的臣民们，一

古籍中的李隆基与杨玉环形象

律都匍匐在地，赞颂和崇拜他，怎么能够忏悔和谴责自己的什么罪行呢？对于这一点来说，白居易肯定是不敢也不善于去深入思索的罢。

面临着这样的评论，他是反对抑或赞同呢？这自然更是一个最值得去破译却又无法破译的谜语了。

1998 年 12 月 31 日

秦桧:
跪着的岂止铁像*

　　在杭州的岳飞墓前,跪着秦桧夫妇等四个铁铸的人像,都反剪着双手,垂下了罪恶的头颅。多少游人路过他们的面前,总会投出轻蔑和憎恨的一瞥,有的还高声咒骂起来,甚至伸出手掌,狠狠地敲打着他们狰狞的脸庞。

　　秦桧杀害岳飞的故事,在中国的土地上几乎是家喻户晓的。他处心积虑地杀害收复了一大片沦陷的国土,并且正准备直捣敌人老巢的抗金主将,这样就吹熄和毁灭了全国上下一片旺盛的战斗意志,非但是重振山河的壮志已经无望,而且还使整个国家堕入了危殆的境地。秦桧这几个阴险和卑鄙的奸贼,确乎是应该被众人所唾弃和鞭挞,成为邪恶与可耻的象征。在这样爆发出的整个民族的愤怒中间,真可以树立一种影响深远的浩然正气。

　　出面铸造和承办岳飞这"莫须有"

岳飞墓前跪着的秦桧夫妇铁像

----

* 原题为《秦桧的铁像和文徵明的词》,本题为编入本书时编者所加。

的冤狱，然后又加以残酷地屠戮的，确乎是秦桧这伙奸佞的大臣。然而岳飞在当时也是地位极高的重臣，被称为是南宋高宗皇帝赵构的爱将，对于这样一位叱咤风云的同僚，秦桧之流怎么敢于又怎么能够轻易地下手，而且还居然会如此顺利地得逞呢？似乎是很少有人去思索这样的问题。首先是不会思索，在几千年来专制主义文化传统的束缚、蹂躏和控制底下，绝大多数的人们只敢于服从和重复由朝廷或大

岳飞塑像

儒所详细制定的思想，养成了人云亦云的习惯，却无法发表自己的见解，更无法系统地宣扬自己具有独创个性的主张了；其次是如果认为秦桧没有这么大的权力和胆量去杀害岳飞，那么就只能想到他头顶上的那个人了，这还了得，不是就怀疑到极端神圣的皇帝头上了吗？按照专制主义的传统文化学说，皇帝是受命于天，来统治普天下的臣民，是无比崇高和永远正确的，谁敢去怀疑这一点，那简直是罪大恶极。当然就极少有人会像是吞下了虎豹和熊罴的胆，往那牛角尖里面去钻的，这样不是傻呵呵地犯了死有余辜的思想的罪孽吗？于是绝大多数的人们就被迫着到此为止，不敢再往下考虑了。正是此种专制主义文化传统的深厚影响，锤打得多少中国人都养成了中庸之道，绝不敢去冒险，从而就缺少独立思考和追求真理的精神。

话虽然是这么说，不过在此种安于平庸的氛围底下，一部中国文化史上还是涌现过几位杰出人物，他们写出了不少闪烁着灿烂光芒的文字，抚慰和鼓舞着也在迷茫的暗雾中摸索与追求的后人。前面不是说过很少有人敢去思索赵构下令杀害岳飞的罪责吗？其实在岳飞墓前的廊庑中间，那一长串排列着历代名人题咏的碑帖里面，就镌刻着明代大书画家文徵明的一首《满江红》。这首词竟鞭辟入里地剖析了赵构所以要处死岳飞的阴暗、狠毒与卑鄙的内心："念徽钦既还，此身何属？"如果岳飞率领的常胜军始终是如此的势如破竹，很快就直捣黄龙的话，当过皇帝的父亲和兄长当然会被解救回来，哪里还轮得上自己掌握生杀予夺的绝对权力，享受天上人间的荣华富贵？文徵明对于赵构的心理分析应该说是一

针见血的,尽管他在论列史实时,尚稍欠严密的考核,其实当岳飞率军在朱仙镇获得大捷,威震中原,准备长驱北上时,徽宗赵佶已经死去有 5 年之久,孤魂焉能南旋,已不存在他回朝和复辟登位的可能。击中要害的是钦宗赵桓如果回来的话,赵构的政权就存亡未卜了,怎么能不叫他心惊肉跳?为了保住帝位,为了阻挡赵桓归来,捍卫着半壁江山的大功臣岳飞,自然就成了妨碍他满足一己私欲的大罪人,自然就要除去这心腹的大患,于是岳飞的惨死就成为必然的事情了。文徵明说得多么符合赵构的心理,多么符合历史的真实,"笑区区,一桧亦何能,逢其欲"。

有多少游逛和瞻仰过岳飞墓的人们,往往在秦桧这几个奸贼的铁像前面,勃发出满腔的正义感,却也许从未瞧见过这附近廊庑中间文徵明的《满江红》,也许就是瞧见了也很难认同与共鸣的。因为只有通过系统的艰苦思索,才可能冲破传统观念的藩篱,粉碎奴性主义崇拜的精神枷锁,充分认识到在通常的情况底下,封建帝王才是专制主义独裁统治的罪魁祸首。

宋高宗赵构

在弥漫着奴性主义的帝王崇拜氛围中,文徵明的见解确实是万分杰出的,洋溢着思索的豪情与勇气。另外也说明了并非每朝每代的任何一个专制帝王都心胸狭隘,疑神疑鬼,说旁的皇帝坏话,跟我又有何干? 更宽宏大量的是只要拥护自己的统治,就是当面指斥自己的毛病也都能够容许。文徵明确实是碰上了比较宽容的气氛,写一首这样的词也就不会有任何的危险。而如果他碰上了一个残酷和严厉的专制帝王,这心事重重和灵魂狠毒的寡头,总是害怕被人篡位,总是害怕有人指出他的弱点,于是对黎民百姓的思想控制和任意惩罚,达到异常严酷与荒谬的程度。这对于当时来说是屈死了不少无辜的臣民,更为严重的还在于造成了延续许久的消沉的社会风气。像清代的文字狱就整肃得人们唯唯诺诺，不敢抒发和坚持自己的见解，变得精神委靡，思想萧瑟，贪生怕死，苟延残喘，哪儿还敢挺住刚直不阿的骨气，发挥独立特行的智慧？这样一种万马齐喑的局面，就造成整个民族在沉寂无声中衰颓下去了，因此可以说大规模地制造文字狱的康熙和乾隆这两个

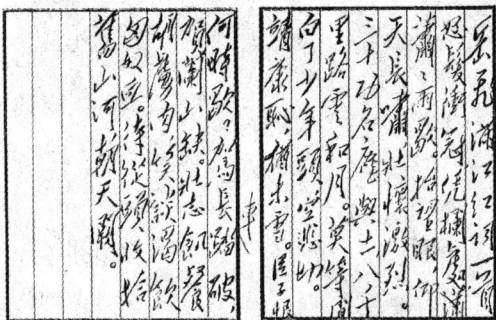

毛泽东手书岳飞《满江红》词

皇帝，尽管他们建立了某些显赫的功绩，然而在上述这个重要的方面，无论如何都应该说是历史的罪人。文徵明幸亏未曾碰上这样的朝代，平安地度过了一生，真是值得庆幸的。

　　说起来得让人捏一把汗的，是有很长一段时间生活在康熙年间的启蒙主义文学家廖燕，在《高宗杀岳武穆论》这篇杂文中，竟如此尖锐地指出，秦桧所以敢用"莫须有"的理由"杀戮天子之大臣"，正因为此乃是"上意也"，高宗才是"千古之罪人"，而他只是"高宗之刽子手耳"。廖燕也像文徵明那样指出了这个惊人的结论："高宗欲杀武穆者，实不欲还徽宗与渊圣也。"他甚至还进一步指出赵构这样做，是"实欲金人杀之而己得安其身于帝位也，然则虽谓高宗杀武穆即弑父弑君可"。赵构无耻地杀害岳飞，是为了杜绝战胜金国的可能，从而杜绝赵桓南归和复辟的可能，为了一己的私利，竟做出如此伤天害理的坏事，竟可以将多少人民抛弃于奸淫掳掠和肆意屠戮的沦陷之中，竟可以置国家的命运于不顾，实在是太丑恶和卑劣了，也实在是罪孽深重得无可复加。不过说他想"弑父弑君"却并不合乎事实，因为他的父亲早已病故，而他的兄长则是掌握在金国手中的一张王牌，赵构深知对方是绝不会轻易将其杀死的。

　　不管怎么说，廖燕如此桀骜不驯地议论"受命于天"的帝王，在大肆制造文字狱，想把黎民百姓震慑得匍匐跪拜、吓唬得胆战心惊的大清皇帝看来，实在是大逆不道得很，也许还担心他会不会透过那些胡言乱语的历史掌故，对列祖列宗或自己的行径有所影射，只要沉溺于此种捕风捉影的鬼祟心态中不能自拔，那就

文徵明画像

是风马牛不相及的事儿,也都会严丝合缝地粘连在一起,真是欲加之罪,何患无辞,这自有御用文人们来作洋洋大观的定谳的文章。不过廖燕却并未受到惩罚,总是瞧见过他文章的人们并未深文周纳和揭发请赏的缘故,才侥幸地逃过了文字狱的罗网。

文徵明和廖燕这个直指赵构罪恶用心的结论,剥落了君皇神圣的虚假光圈,确乎是发人深省和启人深思的,然而如果多少年来长期形成的整个奴性崇拜的气氛,并未得到很好澄清和消除的话,这黄钟大吕似的声音,也未必能够震响每个人的心灵,这就可见提高以平等精神为基础的现代文明素质,是一桩多么紧要的工作。

1997 年 6 月

许广平：
理解鲁迅的起点*（外一篇）

在纪念许广平先生诞生 100 周年的时候，我总是想象着一位"直率"而又"刚决"的年轻女性的形象。她对于自己曾经生活于其中的 20 世纪初年的旧中国，充满了"怀疑"和"愤懑"的情绪，她憎恨着像漫漫长夜那样黑暗的"可诅咒的万恶的环境"，她发誓要献出自己的力量，"除尽天下的不平事"。

这样令人憧憬的强烈的印象，是从几十年前读《两地书》中许广平写给鲁迅的信函里获得的。她在那里还给鲁迅叙述了一个自己少年时代的故事，这就是她曾经于"洪宪盗国"时期，一心一意地去寻找过"为国效命"的机会。这不能不让人想起英勇的女革命家秋瑾大义凛然的气概，许广平正是像她那样以救国救民为己任的 20 世纪新女性的光辉形象。在经过了"五四"启蒙主义运动的熏陶之后，她跟多少有为的青年男女一样，又积极地从事着以发扬个性和追求平等为前提的整个民族精神的解放事业。她也像鲁迅所称赞

青年时的许广平

---

* 原题为《20 世纪杰出的新女性》，本题为编入本书时编者所加。

许广平与鲁迅

的刘和珍那样，都是"敢于直面惨淡的人生"的"真的猛士"。

正因为具有这样一种深厚的思想基础，所以当她阅读了鲁迅的文章，聆听了鲁迅的讲课，就不可能不受到磁铁般的吸引，并且萌生了相濡以沫的迫切愿望。自从她与鲁迅共同生活之后，始终照顾、温暖和鼓舞着鲁迅，为中华民族的解放与新生继续不懈地奋斗，正像鲁迅那首诗中所说的，"十年携手共艰危"，"此中甘苦两心知"。

许广平在几十年来所撰写的有关鲁迅的文章，自然是这方面异常重要的研究资料，对于今天的读者来说依旧具有启发和鼓舞的力量。这位英勇和坚强的女性，在鲁迅逝世以后也一直是热忱和艰苦地为着中华民族的解放事业，努力地贡献出自己的精力。她在抗日战争时期被敌寇逮捕入狱后始终英勇不屈的精神，几乎是众所周知的事情。新中国成立之后，她又为全国的妇女运动作出了出色的贡献。令人惋惜的是，随着极"左"的社会和政治思潮不断地肆虐，她的整个工作不能不受到严重的阻挠，甚至连她自己也在"文革"的浩劫中受尽迫害而死去。

对于许广平先生的光辉业迹和生平道路，应该进行很好的研究，值得高兴的是已经有几位勤奋的学者作出了榜样。多么希望能够看到出现更多的研究成果，使我们受到应有的教益。

最后我想回顾自己在青年时代拜访许广平先生的一件往事：当我这个从不相识的后生小子坐在她对面，心里正感到很忐忑不安时，她却平易近人和热情洋溢地讲述着鲁迅的思想，讲述着鲁迅崇高的献身精神。我瞧着她眼睛里闪烁的泪光，瞧着她关怀整个人寰的神态，心里也在默默地震荡起来。将近四十年来，我始终牢牢地记住她如此热忱和恳切的表情，鼓舞着自己诚实和勇敢地生活下去。

在许广平先生的许多著作中，也昂扬着这种善良和高尚的精神，她的道德文章一定会永远激励着我们的心灵，催促我们为建立中华民族健康和合理的现代文明秩序而努力奋斗下去。

许广平与鲁迅及其子周海婴合影

与许广平一席谈

记得在三十多年前,大约是精力旺盛的缘故,我曾经豪兴大发,打算撰写一部像罗曼·罗兰《伟人传》那样的《鲁迅传》,不过对于鲁迅精神的要旨,究竟应该如何阐述与发挥,琢磨和思忖了许久之后,仍旧觉得没有十分的把握,很想去拜访许广平,向她请教一番,却又觉得师出无名,不敢冒昧造次。正好当时我在北京的一个文学刊物充当编辑,而这个刊物恰巧要向许先生约稿,于是我就自告奋勇,喜滋滋地前去了。

我当时已经将《鲁迅全集》通读过两遍,实在太敬仰鲁迅了,对许广平的品德和经历也很钦佩,不过如此唐突地前往打扰,心里总有点儿惴惴不安,走到景山东边她寓所的门口时,还犹犹豫豫地很怕伸手去按响门铃,担心会被拒之于门外。哪里知道刚在客厅里坐下之后,瞧着她和蔼的笑容和谈笑风生的神情,觉得她实在是平易近人,一颗紧张不安的心立即放松开来。

许广平听了我想写一部《鲁迅传》的话儿,笑得更高兴了,还再三地勉励,说是有志者事竟成。虽然她根本就无法知悉,我这个籍籍无名的陌生来客,究竟有没有完成这项工作的本领,因为仅仅在 10 分钟之前,她还不会知道有我这个人的存在。

她这种热忱的态度,使我深深地体会到,真正称得上是杰出的人物,总会有一颗善良和关怀别人的心,总是希望人人都能够获得成功的欢乐。

闲谈了一会儿,我就向她提出问题,"什么是鲁迅最伟大的品质,他前进的精神动力又是什么?"

许广平沉吟片刻,有点儿激动地回答说,"一个是不屈不挠

广州图书馆前的许广平与鲁迅雕像

的献身精神，即鲁迅自己所说的'我以我血荐轩辕'；另一个是想彻底改变禁锢和扼杀广大人民觉悟起来的伦理观念，即鲁迅自己所说的，'背着因袭的重担，肩住了黑暗的闸门，放他们到宽阔光明的地方去'。这就是鲁迅大智、大勇和大德的崇高精神境界。"

我见她说完这些话儿之后，眼睛里闪射出了一道深情的泪光，感到她也许是为自己伟大的丈夫而骄傲，也许是为自己伟大的丈夫早逝而悲恸。想到这里，我自己心里也

晚年许广平

异常激动起来，觉得是受到了一种神圣的洗礼，又恍然大悟似的觉得人们的命运，往往难于摆脱悲剧的氛围。

许广平的这一席话，确实给我留下了永远不会遗忘的印象。我向她道谢和告辞之后，坐在开往东单的无轨电车里，立即掏出钢笔，把她刚才的那一番话，追记在自己的小本子里面。我觉得她说的话儿都显得有根有据，力图准确地阐发鲁迅的原意。我后来撰写了好几本关于鲁迅的书籍，包括前年出版的《鲁迅和中国文化》，都是力求不要曲解鲁迅的原意，然后才说得上去进行历史的估价和判断。许先生的这一席话，至今想来确实是使我终生受益的，无形中成了我的一种座右铭。饮水思源，真是恩情难报啊！

尽管在当前，大家对于鲁迅的看法，肯定已经变得更为开阔和深刻，这是崭新时代的一种赐予。然而许先生所说的这两点，无疑都还是相当重要的，始终成为我更为理解鲁迅的起点。

这30年中间，我断断续续地出现过几次想撰写《鲁迅传》的创作冲动，在十多年前，还真的撰写了起来，不过它并不使自己感到满意，觉得缺点太多了，实在是有愧于许先生的谆谆教导，不知道今后还能否有充沛的精力，写出另一部使自己满意的《鲁迅传》来？说真的，我并无绝对的把握，经过了毕生的探索之后，我深深懂得攀登艺术的山峰，确实是太艰难了。

1990年1月

冰心：永远年轻 *

壹

　　我居住的地方,离开冰心的家很近,信步走去,不消半个时辰准能抵达,然而我已有好几年没有拜访她老人家了。这么大的年岁,应该时刻都处于宁静的氛围中,更何况她还在坚持写作,还在思索着祖国与民族的未来前景, 时间对于这位九十高龄的老人来说,真像白金似的珍贵,怎么能忍心无端地打扰她呢?因此,我虽然常常想起这位散文泰斗的音容笑貌,想起她晶莹透剔的文思,却不再奢望去聆听她的謦欬了。已经有过的好几次对话,早就成为我精神世界中的一宗财富。

　　记得是 1985 年举办的"醉翁亭散文节",曾请冰心题写了这几个字。在开会时,在攀登琅玡山时,多少散文家的胸前,都嵌上这块小巧玲珑的会徽,大家观

冰心

本文原为《秋日访冰心》、《冬日访冰心》二文,编入本书时编者将其合二为一,并加本题。

风华正茂才华横溢的冰心

赏着冰心隽秀而又苍劲的字迹，几乎都从心里涌出了洋洋得意的笑容。我至今还保存着这块会徽，常常拿在手里摩挲一番，感到有一种莫大的慰藉和鼓舞。

今年夏天，我开始编选和结集自己在这几年中间发表过的文字，当然就很想得到冰心题写书名的墨宝，于是跟肖凤商量，她觉得这是个极有意义的纪念，认为冰心一定会慷慨挥毫的，老人果然很欣然地答应了。肖凤放下电话，就摊开稿纸，整整齐齐地写上了几个书名，我也赶紧找出裁好的宣纸，完成了所有的准备工作。

正在这时，台湾的散文家郭枫从南京飞来，跟我们欢聚之际，说起要拜访冰心的事，并且拿出了向冰心发问的提纲，想把这拟访中的对话，披露于他在台北主办的《新地》文学月刊上。还是由肖凤打电话相商，又同意了我们一起前往，于是在一个阳光明媚的秋天，我们轻轻走进了冰心的书房。她坐在书桌旁边的转椅上，向我们微笑致意，还招呼看护她的一位大姐，给我们泡茶，夸这香片茶有一股扑鼻的清香之气。

肖凤站在鞠躬致敬的郭枫身旁，向老人作了介绍。老人慈祥地指着面前的圈椅，招呼他坐下来。

肖凤接着又介绍我说："林非来向您致敬。"

冰心仰起头来，装出生气的模样说："我知道!"她扭过脖子，撅着嘴笑了，笑得像个顽皮的小姑娘。她当然会记得《冰心传》的作者肖凤，这样也就连带地记住了我，我是她记忆之树上一簇细小的枝叶。

为了不让老人过于劳累，我们在途中就商量定了，不多说一句废话，开门见山，节省时间。于是我捧上自己刚出版的回忆录《读书心态录》，送给她留作纪念。她高兴地翻开书本，不用戴眼镜就看得清清楚楚，顷刻间又合拢书本，天真地笑了起来，很神往地说道："我年轻时先看的《三国》，你也是先看的《三国》。"

她清脆的话音刚落，我又双手递上宣纸，还把肖凤写的底稿铺在书桌上。冰心吩咐那位大姐摆好砚台，就伸手紧紧握住毛笔，很刚劲地蘸着墨汁，挥毫疾书起来，真是笔走龙蛇，顷刻间写成了"散文论"这三个潇洒的行书。

当她瞅着肖凤草写的《散文的使命》这几个字，往宣纸上落笔时，抿着小小的嘴，风趣地说："散文的使命？这就难说了，我说不出来。"

我心里想，老人实在太谦逊了，怎么会说不出来，因为她毕生的散文创作，早已出色地回答了这个问题，她始终是在召唤读者追求真，追求善，追求美，而且愈是写到了晚年，竟愈是关怀祖国和民族的命运，愈是渴望着建设一种更为健康和合理的新文化。

当她写到"云游随笔"这四个字时，又抬头问我："到哪里去云游了？"

"在祖国的大地上云游。"我笼统地回答着，不去讲那些烦琐的细节，叙述如何在报纸上连载，以及怎样联系出版社付印的情况。而且赶紧让位于贤，提醒郭枫开始跟老人对话。

瞅着郭枫写在稿纸上的几个问题，冰心很爽朗地说了起来："下个月初，在福州有个讨论我作品的会，希望他们不要把我放大，而要挑出缺点和不足，好当作后人的经验和教训。我一贯主张写作必须真诚，不能为写作而写作，要有迸涌的感情，才动笔去写。三言两语能表达的，就不写许多不必要的话，当然如果有很多的感情，想短也不行。我在上海的《文汇报》开了个'想到就写'的专栏，越写越短了，不写废话，也不写风花雪月。"

听着冰心的话，我正思考在她的写作中间，可以说是充满了一种严肃和崇高的社会使命感时，郭枫又向她提出了关于当前新诗创作的问题。

"真不敢说当前的新诗，看得太少了。"冰心调转话头说，"我历来信服'不薄今人爱古人'的话儿。新诗不管多好，总是背不下来，连我自己写的，也背不下来，旧诗却很好背。"

冰心的这些话儿，立即使我想起鲁迅"押大致相近的韵"，"容易记"和"唱得出来"的主张。他们这些很相似的见解，恰巧是抓住"五四"之后新诗

写作中的冰心

创作的缺陷。文学大师的眼光总是如此犀利地切中要害,虽然从表面上看来,他们的话儿都说得很朴素,而且似乎还含着浓厚的古典主义味道。

当郭枫询问她如何估价当前的散文创作时,她很从容地说:"散文最能够表现作家的性格,对读者来说,和自己相似,或者能够引起共鸣的,就更容易欣赏和喜欢,却很难说谁好谁坏。"

老人这番简短的说明,同样给予我很大的启迪。艺术批评既有客观的尺度,又有主观的倾向,只强调前者,肯定会人云亦云,毫无创见;光承认后者,却又肯定会随心所欲,遁入魔道。如何掌握二者之间巧妙的融合呢?冰心只说了几句话,自然无法对此作出系统的界说,但是她十分注意主观和客观的"相似"与"共鸣",还强调"很难说谁好谁坏",说得多么审慎,从这种冷静地剖析主客观关系的心态出发,肯定就能够得出解开人们疑窦的见解。

郭枫又提出了一个新的问题,要她预测当前文学创作的发展方向。她沉吟了片刻,很坦率地回答说:"不知道,批评当前的文学,要等待后人来做,我们不好说。"回答得多么洒脱和睿智,想要完整地评价今天的创作,确实是只有后代的文学史家才能够做到。对于今天的作家来说,当同时代的评论家探讨自己的创作时,更要采取超脱和虚心听取的态度。今天还有少数年老或年轻的作家,热衷于干预评论家对自己的估价,甚至给他们定调子,硬要他们狠狠拔高自己。比起这位智慧和豁达的老人来,真是幼稚可笑和恣睢横暴得令人咂舌了。

郭枫的最后一个问题,是怎样和台湾文学交流,以及西方商业性文化介绍来大陆后,会产生什么样的影响?冰心充满信心地回答说:"和台湾文学的交流越多越好,至于西方商业性文化的涌入,也没有什么可怕的,要相信大家的选择,引导人们去接受健康的影响。"

多么开放和宽广的胸怀,真是洋溢着泱泱大国的气魄,她像江河那样潺潺流淌的话语,使我感受到了一种青春的活力。我觉得这满头黑发的老人,永远有一颗年轻的心,真应该成为我们许多后辈人生道路上的榜样。

还有多少说不完的话,却怕她太劳累了,只好在依依不舍的情怀中,向她鞠躬告别。这时我瞧见一丝秋日的阳光,正从阔大的窗口透进来,把她丰满而又柔和的鬓角,映照得通明透亮。秋天是丰收的季节,我多么希望永远读到她闪烁着阳光,闪烁着理想的新篇,好使自己的精神获得更大的升华。

贰

旷野的寒风猛烈地敲打着窗户,屋子里却是暖烘烘的。冰心老人坐在我们对面的桌子后边,跟肖凤寒暄了几句,就笑眯眯地打量着韩国的著名学者和作家许世旭,等待着他的询问。

这位九十二岁高龄的老人,每天还款待着从世界各地慕名而来的访问者,回答着他们各种有趣的问题,诉说着自己对于人类和未来的理想。记得前年深秋,我和肖凤陪一位台湾的散文家去访问她时,她就曾洋洋洒洒地主张,散文写作必须出于真诚,必须有益于人生。我真惊讶她这么大的年岁,思想还如此的清晰和敏锐,信念还如此的执著与牢固!

我每回听到冰心发表意见时,总感到她说得是那么的严肃。她对整个国家的命运,总是抱着一种异常神圣的使命感,只要一息尚存,就得为民族献出一份力量来。在我的心中,冰心这个名字是高尚和纯洁的象征。然而她说的这些话儿,又是多么的风趣和诙谐,多么的坦率和随意,只要是跟她对话,你就愿意把自己的心都掏出来。

只见她抿着嘴,盯着许世旭的脸庞,像是有点儿顽皮地说道:"你跟中国人长得完全一样。"

许世旭叙述着朝鲜半岛跟中国文化的渊源关系,还说到自己在台湾的多年留学生涯,从此开始了对中国文学的研究,并且用汉语写诗和散文。于是他笑嘻嘻地接受了冰心的结论,"从前我就称自己是中国人,现在也有人认为我是海外的华人作家。"

当许世旭说起自己早就读过冰心的《寄小读者》,几十年来都景仰她的文学道路时,她摇摇头说:"久仰这样的话不好说,《寄小读者》都古老得

晚年冰心

快要发霉了。"她多么谦逊地看待自己过去的作品,却又多么执著地追求今天的写作,她带着一种神往和憧憬的表情说:"我还得写下去,长的写不了,就写短的,写千字文,我不能不写,我心里还有多少话想说。"

听着冰心的这席话,我的眼眶里不知不觉地涌出了泪水。我碰到过不少老人,都表示在将要抵达人生终点的时候,得好好地休息和享受了。这种心情自然是可以理解的,然而本世纪的同龄人冰心,却还惦记着继续跋涉下去,要为建设自己民族的新文化而不懈地写作。她哪儿像是一个如此高龄的老人?她简直永远都是青春的化身。在洋溢着这种青春的气息中间,我觉得她的话儿,是一种对于生命的召唤。我这个六十岁的人,自然应该显得更年轻,应该年轻得像个儿童。如果我装出老气横秋的模样,如果我优哉游哉地浪掷自己的生命,而不再发奋和努力的话,无疑是一种极大的羞耻。

也许同样是因为受到这种召唤的鼓舞,许世旭赶快打开书包,拿出一本他在台湾出版的散文集《城主与草叶》,恭恭敬敬地签上名字,双手递给冰心,冰心很高兴地翻看着。

许世旭瞧着冰心专注的目光,很激动地说:"我学着用中文写作,写得不好的地方,您可以骂我。"

"我怎么能骂你呢?当然我可以提出自己的看法。"冰心摇摇头,很爽朗地笑了。她那颗温柔的心里,也许是把骂人看得很可怕的吧。这位受过"五四"运动洗礼的老人,在灵魂深处肯定渗透着一种平等的理想。

谈得兴起了,许世旭把自己撰写《中国现代十诗人论》的进展情况,简略地向冰心作了介绍,说这部书稿的第一章就是《冰心论》。

"太感激你了,等拿到了这本书,我要好好念一遍。"冰心点了点头,表示对他的谢意。

不知怎么又扯到了女性美的话题,冰心说自己年轻时在福州乡下见过的妇女,那种自然和健康的气质,实在是美,让人感受到生命的魅力。

"你讲的这些妇女长得苗条吗?"许世旭插嘴问她。

"太苗条了有什么好的? 喜欢苗条的妇女,这是大男子主义的气味。太苗条,就不是新女性!我主张妇女应该具有本色美,不要打扮,不要追求束缚自己的病态美。我在意大利见过许多漂亮的女郎，都是一点儿也不打扮的。"冰心像连珠炮似的发表自己的见解。

我禁不住笑了起来，我既不反对许世旭"苗条美"的主张，更倾向于冰心"自然美"的见解。使我感动的是对面这位瘦小的老人，竟还这

晚年冰心在阅读

样充满了激情，坚持自己青年时代追求真善美的主张，可谓一以贯之，终生不变。这种崇高和坚韧的精神，真值得我在今后的岁月中好好地学习。我立即想起那一回访问时，请她撰写《散文论》、《散文的使命》和《云游随笔》这三本书名，她紧紧握住毛笔，运气转锋，挥毫疾书，那股认真和刚劲的气势，始终烙印在我的心里，我也应该像她这样一丝不苟地劳作啊！

健谈的许世旭多么想跟冰心进一步商讨这个问题，却又很会周到地体贴老人，怕她说得太疲劳，顿时懂得了肖凤的挥手示意。尽管他舍不得跟这位钦佩了几十年的老人告辞，却又戛然而止，霍地站了起来，向冰心深深地鞠躬道别。

走到大门外边，许世旭很激动地跟肖凤说："今天过得太充实了，太幸福了，我是汉城头一个见到冰心先生的人，回到汉城之后，得认认真真地看你的《冰心传》。"

我们在冬日的狂风中走着，心里却依旧保持着那间屋子里的暖意，这位永远年轻和纯真的老人，将会在我们心里燃起热烈的火焰。

周作人：
黑白人生*

周作人跟他的兄长鲁迅一样，都是在上个世纪的"五四"启蒙运动中，开辟了自己辉煌的路途。他那一篇产生过很大影响的《人的文学》，主张"以人的道德为本"，以"人道主义为本"，"凡是违反人性不自然的习惯制度，都应排斥改正"，"须营一种利己而又利他，利他即是利己的生活"，"我要顾虑我的运命，便同时须顾虑人类共同的运命"，很全面地提出了，要建立一种平等、健康、合理和美好的现代文明秩序。

然而在当时北洋军阀政府蛮横和暴虐的统治底下，想要进行这样的启蒙工作，也并不能够一帆风顺，平安无事，却笼罩着一丝危险和惊恐的气氛。像他的那一本随笔集《自己的园地》，就曾被当局莫名其妙地查禁过。这不能不使得他的精神状态，变得有点儿紧张起来。他在此时也还很敏锐地疑虑着，这些诉诸于追求理性的文字，又能够触动多少民众沉闷的思绪？

而且在他耳闻目睹的整个社会环境中间，种种斗争的浪涛，日益变得剧烈起来，波澜起伏，汹涌奔腾。多少的刀光剑影和腥风血雨，使他的内心感到紧张与恐惧，于是就逐渐停止了自己抗议的声音，正像他在《十字街头的塔》里表白的那

---

* 原题为《对评价周作人的若干意见》，本题为编入本书时编者所加。

样，要躲在里面撰写文章了。他论述着草木虫鱼的掌故，民间和乡土的习俗，东西方文学艺术的变迁，各种宗教的比较，底层民众的生活，以及妇女的命运等等。从表面上看来，他的情调显得平淡了些，闲适了些，其实也还是依旧贯彻着一种启蒙的主张，在星星点点的论述中，比较明显地表露了出来。

正因为有着这样足以引导人们进行思考的见解，再加上知识也相当渊博，文字又朴实流畅，苍劲老练，信笔所至，舒徐自如，显得相当好读，还很值得回味。从而在最近的这一二十年之间，又开始受到不少过甚

周作人

其词的好评，而且还回避了他投敌附逆的那一段丑恶的历史。至于他那位终其一生都热切地关怀着邦国命运的兄长，无论从思想与艺术的成就而言，也都比乃弟深刻和绚丽得多，却受到了不少充满误解的攻击，这真是一种很奇怪的现象。

当然如果稍微仔细地琢磨一下，也就很容易理解了，这是因为在以前的几十年之间，把许多历史人物都贬入了地，却把鲁迅捧上了天。而且当时的气氛是只容许那种单一的思维方式，所以在整个的社会氛围变得宽容与自由起来的时候，讨厌过去那种思维方式的逆反心理，就立即会表现出来，这里自然是既有准确的澄清，也有偏激和谬误的反拨。像有些评论家想方设法地寻找鲁迅的毛病，却由于对他缺乏深入地了解，就无法说出让人信服的见解来。更有甚者的是在个别作者的文章里面，还出现了恶毒的咒骂，何必怀着如此的深仇大恨呢？撰写文章本来应该是一种高雅的行为，用它来撒泼和骂人，就走向了反面，趋于伧俗和下流了。

包括鲁迅和周作人在内的多少历史人物，都是生活在十分复杂的社会环境里面，几乎时刻都遭遇着种种风云变幻的局势，在当时那种专制和腐败体制的压迫与锤打底下，一方面是能否很直接地应对得完美与高峻，另一方面是能否运用笔下的文字，去深邃地抒写或阐述那样的时代？对于为人与为文这二者来说，由于道德修养和辨别能力的缘故，都是很不容易做得十分理想的，却或许还会产生各种各样的差错，因此才会让人们发出"人无完人"的感叹。任何一个置身于社会中间的人,确乎都不可能是十全十美的,而只有在长期艰巨的实践中间,通过自己主观的努力,才可能逐步地变得完善起来。因此在对于历史人物进行评价时的心态,应该十分的宽容,而不能够过于苛求。做好了自然很值得赞许,如果产生了差误,则也是完全可以从主客观这两个方面的原因,加以分析和说明的。像这样来认识和评价历史人物,就可以推动和鼓励大家更好地前进。这是在正常的状态之下,评论所有问题的时候,应该持有的视角和出发点。

至于当自己的祖国,正被强敌入侵,遭受蹂躏与奴役之际,任何人都应该尽可能的以各种方式,作出捍卫与反抗的行动,这样才算得是担负了自己能够尽到的责任,正如顾炎武在《日知录·正始》里所说的,"保国者,其君其臣,肉食者谋之;保天下者,匹夫之贱,与有责焉。"个人的力量自然是很微弱的,在政府当局抵抗不力,慌张败退之际,也只能陷于敌寇的虎口之下,默默地等待和积累着抗争与光复的时机,这样就始终会保持着光明磊落的心理。而如果在敌寇的威胁利诱底下,充当他们的奴才和走卒,像这样背叛祖国的罪行,就绝对不是一般的伦理方面的差错,而必须受到法律的制裁和惩罚了。

在上个世纪的三十年代,当日本军国主义侵略者强占、屠戮和血洗中华的危难时刻,面临着整个民族处于生死存亡的局势面前,周作人竟丝毫也不顾多少友人的劝告,可耻地下水附逆,担任伪职。对于这样背叛祖国的罪行,除开法律的处置之外,从理论与文化的角度,也应该进行深入的剖析和道义的谴责,这正好也是一种属于道德伦理方面进行建树的工作。

周作人在充当了可耻的汉奸之后,曾经很积极地贯彻过日本侵略者的种种意图,使各级的主子都感到相当的满意。当他在1941年奉命前往东京时,还毕恭毕敬地向日本的天皇请安,并且参拜了充满血腥气味的靖国神社。他以前说起过的"人"的本性与道德,究竟退缩和跌落到哪儿去了?

在东京之行的一次记者招待会上,每逢碰到

周作人(中)与羽太信子(左)等

敏感的提问时，坐在周作人身旁的一个日本皇军的上校，竟直截了当地表示，得由他越俎代庖，来作出回答。周作人却默默地坐着，完全听从这主子颐指气使的指挥，因为他早就已经把自己的灵魂出卖了，也只能如此行事，却丝毫也顾不得自己曾经款款道来的那些关于"人"的尊严一类的说法了。

鲁迅（前排右）与周作人（前排左）、许广平（后排左）等合影

当时有个从左翼转向的日本文人，曾攻击周作人是"反动的文坛老作家"。他很会审时度势，立即向日本当局撒娇，表示要"洁身引退"，由于他还很有利用的价值，他们就申斥了那个无聊的文人，责成其向周作人"深表歉意"。就是这么一桩小小的插曲，后来竟被他牢牢地抓住，号称是"反动老作家"，显示和标榜自己曾经被日本的文人攻击过，企图以此来混淆是非，粉饰和涂抹自己肮脏的嘴脸，真是太可笑与可耻了。对于自己彻底堕落、背叛祖国和卖国求荣的罪恶勾当，在他离开监狱之后的漫长岁月中间，也丝毫没有表示过悔恨和自责的意思。比起投降和归顺清朝统治者的明代官吏钱谦益与文士吴梅村这些人来，也都可以说是远远不如的。

面对着像周作人这样复杂的历史人物，在评论他的时候，自然不应该抹杀他的长处与成就，却更不应该无视他充当汉奸的行径，甚至还曲为之辩，像这样极不严肃和公正的态度，就无法准确地观照历史了。

周作人从相当辉煌的启蒙主义的道路出发，最终堕落为可耻的汉奸这种结局，中间有一条很清晰的倒退、沉沦、偷生、苟且、屈膝跪拜和自欺欺人的思想线索，如果对此进行细致的分析与深刻的发掘，肯定会提高大家认识的程度，并且很具有历史的意义和理论的价值。

2004 年 8 月 5 日

萧军：
二三小事

壹

我永远记得那一回，肖凤正在写《萧红传》，我陪她去拜访从未相识的萧军。虽说是始终没有见过面，这名字却早已在脑海里烙下了深深的影子。

在 50 年代，每当翻阅现代文学史的著作时，就会看到其中批判萧军的章节。至于在"文革"的风暴中间，更听说过他被批斗、毒打和关押的惨闻，据说连儿女们也受到株连，有的被打得昏死过去，有的被工厂开除，有的还被当成动物园里的飞禽走兽那样，跪在成千上万不懂世事的小学生面前示众。他最小的一个女儿，命运就更悲惨了，因为生性好强，受不得半点儿凌辱，在被批斗之后，精神完全错乱，未满十七岁的青春年华，生命的花朵就匆匆地凋零了。

萧军曾经写过一部讴歌民族解放的小说，因而受到了文学大师鲁迅的赞赏，后来又投身革命，辗转到达延安，似乎也没有做过任何犯法的事情，只是发表了一些不合时宜的意见，为什么竟会受到这样残酷的折磨？这实在太荒谬了，可是我们长期以来都延续着这样的荒谬，甚至还忍心去

萧军

歌颂这样的残酷和荒谬。"文革"这苦涩的果实,不正是在那种土壤和气候中滋生出来的吗?

萧红

每当想到萧军这种悲惨的命运时,总要掉下同情的眼泪来,然而我从来没有产生过要去拜访他的念头,因为像这样师出无名,冒失地前往,也许是一种十分可笑和失礼的行径。不过有了撰写《萧红传》的原因,去访问这位从未相识的前辈,却又是无法避免和可以理解的了。

于是在一个阳光明媚的早晨,我们沿着什刹海旁边弯弯曲曲的小巷,寻觅着,探听着,踅行着,费了好大的工夫,终于来到后海的北岸,走进一所杂沓的大院,只见在周围不少低矮的平房中间,竖立着一座破旧的两层楼房,经过一位热心肠的老妪耐心指点,我们在底楼的角落里,找到了歪歪斜斜的楼梯,踏上这一块块破碎的木板时,它似乎在随着我们脚步的移动,轧轧地作响,这整座用木柱支撑起来的楼梯,竟也吱吱地摇晃起来,似乎我们并不是在攀援一座破旧的危楼,却像在年轻时玩着荡秋千的游戏。

楼梯底下的街道工厂里,不知道是什么样的机器,传来了轰隆隆的声响,这沉闷而又急促的噪音,顷刻间把我拉回到现实的生活中来。我拉住肖凤的手,登上二楼的过道,拐了个弯,敲响了一扇灰暗的木门。

一个满头白发的老人,打开了一条门缝,挺立在我们面前。白里透红的脸庞上,一对细长的眼睛,沉静地凝视着我们。

肖凤向他鞠躬致敬,"您是萧军先生吗?"

这位身躯矮小却显得很敦厚的老人,挺着宽阔的肩膀和健壮的胸膛,和气地点了点头。当肖凤说明来意之后,他露出了豪爽的笑容,把我们领进屋子,还端出糖果,张罗着斟茶。

肖凤是一个分外专注的人,在椅子上坐定后,就目不转睛地瞧着萧军,提出了预先想好的问题,一点儿也不注意自己走入的房间,究竟是什么样的摆设。萧军也始终保持着浓厚的兴趣,回答她所提出的问题。他深情地诉说着萧红当年的往事,如何住宿在一个寒酸的旅馆里,如何被坑害她的情人,设计卖给了妓院。在这危难的时刻,是他拯救了正怀着身孕即将临盆的萧红,并且在交往的过程中,

萧军与萧红

领略了她的聪颖与才华，真所谓惺惺惜惺惺，这一对在贫困和死亡线上挣扎的青年，终于结成了亲密的伴侣。

然而可歌可泣的侠义行为，如胶似漆的爱恋情感，在琐细繁杂和头绪纷乱的家庭生活中，为什么很难永远充满诗意地维系下去？为什么会萌生痛苦的婚变呢？在叙述这些不平常的往事时，萧军喑哑的话声里，依旧激荡着一股爱慕、留恋、惋惜和憧憬的情思，显然他至今还爱着这个早已死去的才女。充满了诗意和幻想的爱情，难道真的和婚姻与家庭生活如此难以相容吗？对于一个思想愈丰富，感情愈细腻的人来说，也许确实会更难获得美满的婚姻生活，尽管他们很容易堕入热烈奔放和充满幻想的情网。因为对于他们来说，都过于把对方幻想成美妙的极致，于是又往往会过于苛求对方，从而就变得相互都不能容忍了，所以在充满尘埃和烟雾的生活里，他们的爱情不是在这儿，就会在那儿迅速地破灭。爱情和婚姻的悲剧，正是这种似乎难解其实却易解的谜。

我一边听他说话，一边沉思冥想时，萧军忽然从狭窄的床铺上蹦跳下来，拔出嘴里的柴木烟斗，漫无目的地在这间杂乱的屋子里踱起方步来。他是不是惆怅地怀念着，永久保存于心中的圣洁爱情呢？肖凤不住地用手绢揩抹着脸上的泪水，又怕他过于悲伤，赶紧问起他们和鲁迅的交往。

这对于萧军来说无疑是最为神圣的话题，因此立即把他从低沉的哀思中拉了回来。他将手中早已熄灭的烟斗，塞进自己的嘴里，狠狠地抽了一口，又说起鲁迅对于他们的提携和栽培。鲁迅跟他们原来并不相识，为什么结成了这样亲密的友谊？这是因为他们都想为中华民族的解放，贡献出自己珍贵的生命，所以鲁迅才会替萧军这部"不容于中华民国"的《八月的乡村》写序，称赞它是"一部很好的书"；也才会替萧红的《生死场》写序，深信它会给予读者"坚强和挣扎的勇气"。

说起自己的恩师鲁迅来，萧军的话儿就滔滔不绝了。他兴奋地告诉我们，鲁迅历来都要求直面真实的人生，这是对他最为重要的启示。他几乎是大声地喊叫起来，"作家必须有真诚的灵魂，作家应该说真话，文学艺术半点儿都不能掺假。"确实是这样，古今中外许多杰出的作家，几乎都是这样主张的，然而萧军正为了要说出自己真心的话语，而不去违心地随声附和，才招惹了多少灾祸，引来了多少折磨。这对于他来说，真是一种极大的悲哀。

不过萧军是刚强和乐观的，在说到劫后余生和平反冤案，说到自己还显得相当健壮的体魄时，笑呵呵地说道："人的眼睛之所以要长在额头底下，就是为了向前看，要不然干吗不长在后脑勺呢？"说着就诙谐地笑了。

在我们访问他的那个岁月中，刚显出了一种趋于清明的社会气氛，人们都渴望着迎接一种新的生活，饱经沧桑和患难的萧军，自然也绝不会是例外的。

贰

真是连做梦也不会想到的，我第二次遇见萧军，竟在飞机场的大厅门口，虽然出发之前就已经知道，在美国召开的那个"鲁迅及其遗产"国际学术讨论会，既邀请了他，也邀请了我。

这敦厚壮实的老人，白头发剪得短短的，红扑扑的圆脸庞显得更有精神了。他一眼就认出了打过几回交道的肖凤，紧紧地跟她握手，然后就笑嘻嘻地瞅着我说："我们得万里同行了。"

瞧着他沉稳的神态，瞧着他一身劳动布的衣裤，竟像在北京的郊外漫游，哪里是出远门的样子，更哪里像前往陌生而遥远的美国。我们在十年前飞往那个国家的时候，报章杂志上介绍它的文章还屈指可数，去访问的人也并不太多，对它的认识当然就充满了神秘的气氛，因此似乎得要做许多出游前的准备。我惊讶于他为什么不像自己那样，也定做一套讲究的衣服呢？

我是生平头一回迈出国门，领了单位里发放的制

萧军《八月的乡村》书影

装费，总得做一套合身的衣服吧。肖凤风尘仆仆地找了不少店铺，耐心地向售货员小姐请教，买什么样的衣料好？多方打听之后，才买下一段灰色的呢料，陪我去做西服。当裁缝师傅在丈量尺寸的时候，肖凤的眼光紧张地跟随着他手指移动，有时还像是屏住了呼吸，琢磨这斜领和垫肩，是否合身与漂亮？尽管她对裁剪衣服的手艺可说是一窍不通，不知道好坏的关键究竟在什么地方？

当我终于穿上这套西服，耐心地系上领带时，肖凤仔细打量着我，从她那双黑白分明的大眼睛里，射出了一阵阵晶亮的光芒，舒心地笑了，面颊两旁绽出了年轻时显得很美丽的酒窝来。我们在当时压根儿都没有想到过，从这儿店铺里缝制的西服，在有些讲究穿着的西方人眼中，肯定会觉得是十分土气的。

这时候，当我瞧着萧军身上那套劳动布的衣裤，瞧着他神色自若的模样，我就感到穿在自己身上的那套西服，是一种没有多大必要的追求了。在相当匆促的行期之前，为什么非要赶着做出这套其实并不入时的西服来呢？当然我至今还感激肖凤到处奔波的一片赤诚之心，至今也并不反对身穿西服。相反还觉得穿起西服来，通体的感受确实比中山服舒服多了，不像它那样紧紧地绑在身上，从而也悟出了西服久盛不衰的原因。

在等候飞机的大厅里，我禁不住将自己的眼光，常常落在萧军的这套劳动布衣裤上，觉得他的心态比我自由得多，他的行动也比我洒脱得多，也许正因为他总是这样发挥着自己无拘无束的个性，才不会被外在的力量所左右，所扭曲，所摧垮，才有可能冲过这么多残酷的折磨。我瞧着自己身上这套不光滑的西服，禁不住暗暗地盘问自己，如果我在从前也遭受了萧军这样的灾难，那么我会在黯然神伤中死去，抑或是咬啮着自己痛苦的心灵坚持下去呢？我似乎难以作出明确的答案。然而萧军所穿的这套劳动布衣服，却在默默地启示着我，如果能够最大限度地保持心灵深处的自由意志，就会获得这个令人鼓舞的答案。

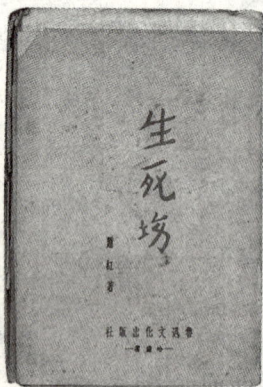

离开起飞的时间不远了，我们办完了登机的手续，向各自的送行者挥手告别，于是穿过走道，登上前

萧红《生死场》书影

往美国的飞机。在庞大和豪华的机舱里，我们恰巧坐在同一排座位上。我戴上耳机，听着列农的歌曲，偶或抬起头，看一眼远处屏幕上放映的美国电影，一边品味着空中小姐递上的点心，一边和萧军悄悄地说起话来。

身边有个五十多岁的西洋绅士，从透明的塑料袋里取出两块饼干，咀嚼了一会儿，就用轻视的眼光瞧着我穿的这套西服，耸了耸肩膀，弯着腰，想把口袋里剩下的饼干塞给我。

我瞪着他那双冷漠而又傲慢的蓝眼睛，愤慨地叫嚷着："No!"

那对蓝眼睛惊愕地眨动着，立即缩回了手，他身旁那位年轻娇小的妻子，也可能是情妇吧，同样显出了恐惧的神色，不住地抖动着满头的金发。在这个优雅和宁静的环境里，我的喊声确实是太鲁莽了。

萧军肯定会有一颗粗犷和坚韧的心，却也摇了摇头，笑眯眯地对我说："何必动肝火呢？鲁迅不是说过，最高的轻蔑是无言，而且连眼珠也不转过去。"我已经感到自己的喊声过于洪亮了，因此他的这句话语，更容易对自己产生深刻的印象。

确实是如此，如果连这样的一件小事也要生气，那碰到了萧军遭遇过的巨大的不公，不就会生气而死了吗？忘记了是哪一个外国作家说的话，生活往往是痛苦的，应该用乐观和开朗的精神去战胜它。正因为萧军经历了十分重大的痛苦，才会这样平静和沉稳地去对待它，并且尽可能用自己强劲的精神力量与它拼搏。我忽然想到了一个念头，如果肖凤能够从这样的角度，再去写一本《萧军传》的话，肯定不同于她充满柔情与哀伤的《萧红传》，而会表现出强大的力度来，不过从她这样倾注于蕴藉和含蓄的气质来说，会喜欢从这样的视角，去发掘萧军自己所说的那种"强盗的灵魂"吗？

飞机已经越过日本的顶空，向远方的西半球前进。天暗了下来，舷窗外面像是涂上了无穷无尽的墨色，看不见云彩，看不出星星。该睡觉了，好在黎明时分精力充沛地迎接日出。我刚闭上眼睛，想斜躺在沙发上休息，飞机突然震颤起来，摇晃得一阵比一阵剧烈了。整座舷舱都在颠簸着，不住地向两侧倾斜，像是即将跌落下去，冲过黑暗的夜空，冲过狂吼的波涛，栽进海底的万丈深渊。

那年轻娇小的女子，匍匐在绅士的怀里，随着飞机剧烈的摆动，不断地尖叫起来，比我刚才那声粗野的叫喊难听得多了。这位绅士的左手紧紧搂住她肩膀，右手却疯狂似的伸向头顶，跟随着飞机摇摆的节奏，在不住地颤抖。飞机又猛烈地震动了一下，似乎真的要断裂，要摔下去。我瞧见他那双碧蓝的眼睛，闪烁着一种恐怖的亮光。他的右手忽然紧紧抓住我的肩膀，抓住那件他鄙视过的西服，像抓住生命的源泉那样。

我不忍心掰开他的手指，也不忍心张望他惧怕的表情，轻轻转过头去，只见萧军睁着细长的眼睛，无动于衷地凝视着前方舷舱顶部的灯光。他也许曾多次面临过死亡的命运，也许曾用粗糙的双手抚摸过死神的脸庞，他对于生和死，都曾冷静和严峻地亲近过，因此眼前这个并不算危险的处境，绝不会使他产生恐惧的念头。我虽然从未经历萧军那种像是传奇似的苦难生涯，却也曾踏上过不少坎坷的路，在此时我尝试着盘问自己，是恐惧地幻想着死亡，抑或勇敢地打发生活？如果老在恐惧着，生命不是比死亡更可怕吗？而如果永远都乐观和英勇，死亡也就失去了它摧毁人们精神的作用。

当我瞧着萧军那副镇静的神态时，觉得自己能够理解他了，也深信自己完全能够达到他那种毫不畏惧的精神境界。萧军在一路上给我留下的印象，比他抵达美国后充满激情地谈论鲁迅的那个发言，不知道要强烈和深刻多少倍。正因为留下了终生难忘的记忆，我竟常常怀疑他怎么会病逝了？怎么会不在这人世间行走了？

1991 年 10 月

吴伯萧：
一颗燃烧的心

听到吴老去世的消息，我禁不住默默地掉下了眼泪。

我结识吴老的时间不长，在几年前参加编辑一部大型的《中国现代散文选》时，曾去访问和请教过他，那是我首次跟吴老交谈。

在那个寒夜里，当我一路打听着，终于走到他家的屋檐底下时，忽然刮起了一阵大风，挂在檐边的一根冰柱掉在我脖子上，我像是被针刺了一下似的，赶快抬起头来张望，只见数不清的长长短短的冰柱，像水晶似的在屋檐下闪亮。走进了他这间破旧而又高得出奇的平房里，也不觉得有多少暖意。当我说明来意后，吴老连忙放下手里的毛笔，迎着我走了过来，紧紧地握住我的手，在他布满皱纹的脸上，露出了柔和的眼光，和敦厚的笑容，我顿时觉得这是一个虚怀若谷的老人，至于从他的作品里，我早就感到了他有一颗使人们温暖地燃烧着的心。

我从口袋里摸出事先准备好的题目，挨个儿地询问着他，他高高兴兴地说了起来，对好多同辈的作家，他都抱着称赞和谅解的态度。他每次说完了自己的看法，总要停顿下来，笑眯眯地瞧着

吴伯箫

山东莱芜的吴伯箫故居

我，征求我的意见，面对着这个忠厚的长者，我也无拘无束地说开了。他听完我的话，总是愉快地点点头，兴致变得更浓了。

"写作不容易啊，都是一字一句琢磨出来的，要多肯定别人，看到人家的长处，不要老是揪住人家，否定人家，这样才会使文学创作繁荣起来!"他望着快要熄灭的火炉和通向窗外的烟囱，搓了搓自己的手掌。

似乎还有许多话想说，但是我坐得太久了，已经耽误了他当晚要写的散文，只好向他告辞，他挽留我再坐一会儿，我执意不肯，匆忙地站了起来，他紧紧握住我的手，说是看了我最近发表的《现代六十家散文札记》的片断，好多看法他都是同意的，鼓励我很快把它写完。

回家的路上，我在凛冽的夜风里，老是想着他那篇著名的散文《记一辆纺车》，这篇使多少读者感到温暖的作品，原来是在这间寒冷的屋子里写成的，他这颗燃烧着的心，不管在什么样的气候底下，都会流淌出精神上的暖流来啊!我是在饥馑的岁月里读完这篇散文的，当时就被从这里升起的一股强劲的力量吸引住了。用自己的双手去战胜困难，这是多么崇高的意志，而且吴老把艰苦的生活，写得充满了欢乐和坚定不移的气魄，简直像一首赞美诗，像一曲交响乐似的。在那两年中间，当我碰到了挫折，感到沮丧的时候，常常会想起这篇振奋过自己的散文。

从此以后，我就很注意吴老的作品，还在几十年前的杂志上寻找他的旧作，我从那里找到的《天冬草》和《海》，却完全是另外的一种境界，在清词丽句中倾注了青春的情思和纯洁的遐想，那种天真的稚气也是很令人憧憬的。随着对人世阅历的加深，他的《我还没见过长城》，就已经有了很壮阔的气势，《记一辆纺车》更是长期的革命生涯在思想上的升华，他从绚丽的色彩走向了朴素和单纯，却又振响着一种内在的韵律,蕴藏着一种深沉和高洁的情操,这是思想和艺术上彻底成熟的表现,这是他艰苦地搏斗了一生的收获,然而从《天冬草》到《记一辆纺车》并非无迹可寻,这种纯真的感情,都是从一颗燃烧着的心里迸发出来的。

在我们见面的这一年末尾,他调到我工作的文学研究所担任副所长了,可是除了开会见面时说上几句话之外,我和他并没有任何的来往,每当想到他伏案写作的情景,就很怕去打扰他,人生总不该在无谓的聊天中打发过去的吧,更何况他还要写出像《记一辆纺车》那样有意义的篇章呢?在翻阅他送给我的散文集《北极星》时,我深信他一定能够写出很好的新作来,只要他还有时间的话,时间对于老年人来说是更值得珍贵的。

记得是在第二年的年初,教育部要审定几册现代文学史的课本,从全国各地邀请了二十多位学者一起来审稿,在评审这一套丛书的散文选本时,会议的组织者特地去拜访了吴老,想请他在会上作重点发言,他很客气地推辞了,说是反正我已经参加了会议,并被推定发言,因此我完全可以代表他的意见,他最多在听完我的发言后,作一点儿补充。

当会议的组织者回来告诉我时,我对于吴老的信任异常感动,却又很踌躇和惶惑起来,我怎么能够代表他这位前辈作家的意见呢?这种复杂的心情使我沉默不语。

这个会议的组织者很和气地瞧着我说:"吴老一定跟你很熟吧?"

我低着头没有回答,因为我实在也无法回答,我跟吴老仅仅见过几面,是绝对说不上熟悉的,然而他给予我表达自己意见的高度信任,难道可以用并不熟悉的话儿来回答吗?不,这是绝对不能够的,我觉得吴老这种信任别人的感情,不正像是古人所说的"倾盖如故"吗?那么我和他就应该说是很熟悉的了。

好些人长久地生活在一起,说不出有多么的熟悉,简直可以把别人的经历讲上几天几夜,有时还抹上一点儿幸灾乐祸的色彩,然而在他们相互之间都是不太信任的,像这样的一种熟悉又有什么意思呢?这种失去了信任的熟悉,会把生活变得庸俗和无聊起来。人们应该相互信任,才能够消灭猜疑和嫉恨的霉菌,才能够使挚爱的阳光照暖大家的心房。信任是一种巨大的道德力量,它可以使人们变得纯洁起来,一心一意为伟大的事业贡献自己的力量。

散文集《北极星》是吴伯箫的代表作，其中的《记一辆纺车》为中学语文传统课文。

吴老对于我的信任，也正是这样给了自己极大的鼓舞，我白天黑夜阅读着材料，开始草拟发言提纲，我还从来没有像这样认真地准备过发言，是他的信任使我产生了强烈的责任感。这几年来，当我在料理各种棘手的工作，有点儿缺乏勇气的时候，就会想起吴老这种对别人信任的感情，像是瞧见了他柔和而又关注的眼光，于是我又渐渐地恢复了勇气。

去年冬天，吴老从英国访问回来不久，就患了重病，我赶去看望了他。依旧是在一个寒冷的夜晚，依旧是在那间破旧而又高得出奇的平房里，他很忧郁地躺在床上，大概是太疲倦，再也拿不起笔了。他看见了我，执拗地要坐起来。他的脸庞消瘦得多了，两颊深深地陷了下去，那双柔和的眼睛显得没精打彩的样子。

他很关心地询问着我的工作，询问着我不久前访问美国的情况，我轻轻地回答了几句，他却提起精神说话了，说是要将在英国的见闻写出来。他刚说几句话就感到累了，静静地闭了一会儿眼睛。虽然他生命的火光已经很微弱了，他这颗给予人们温暖的心，却依旧在燃烧着啊！我突然觉得有一种说不出来的凄凉。

我在向他告辞的时候，他用双手扶着床沿，挣扎着要下来送我。我赶快拉着他的手臂，让他躺下休息，他握了握我的手，我感到他干枯的手掌在颤抖着，两年前跟我紧紧握手的那股气力，已经消失得无影无踪了，于是我顿时感到了这间屋子的寒冷。他参加革命几十年，居于领导的岗位，却一生清贫，似乎至今还在体验着艰苦的延安窑洞精神，只想到把温暖和信任给予别人，而来不及将自己的生活很好地安排一下。我觉得自己的眼睛已经潮湿了，我怕他瞧见自己含着的泪花，背过脸匆匆地走了。

我不相信他会离开这人世，因为他这种信任别人的感情，总是使我想起他忠厚和诚挚的神情，想起他这颗燃烧的心。人不是应该这样活着的吗？这样活着又怎么会死亡呢？

1982 年 8 月

方令孺：
师心·诗心*

我永远记得方令孺老师，严肃而又慈祥地站在讲台背后，诚挚地诉说着对于文学艺术的种种见解，向往着许多无限美好的理想。

我是在复旦大学读书时，听过她一年文学写作的课程，我永远记得她黑黝黝和胖墩墩的脸上，总是含着镇静与机智的笑容；而在圆鼓鼓的眼睛里，也总是射出一阵阵热情澎湃的光芒。她说话的声调，她挥手的姿势，她身上穿着的那套列宁装，都显得朴素而又平凡，然而她流露出来的神情，却又显得那样庄严、纯洁和高贵。

我朦胧地觉得，像她这样气质的人，总会关心着年轻的学生们。果然是如此，她批阅大家的作业时，那种认真和仔细的程度，实在使我感到惊讶。大学生的作文，也许还是幼稚的，却往往倾泻出内心的纯真，充满着美丽的幻想。她正是从一篇篇作业的字里行间，寻觅出这样的文句来，然后在课堂上逐一地讲评，当朗读着某位同学写得颇有韵味的段落时，她的脸上就布满了笑容，眼睛里闪烁着

青年时期的方令孺

---

*原题为《怀念方令孺老师》，本题为编入本书时编者所加。

方令孺与著名电影演员秦怡在一起

晶莹的泪光。她希望在我们这群男女青年中间，能够出现一批很好的作家，讴歌自己的祖国和民族。

有一回，我写了篇诉说自己母亲悲苦命运的诗，她在批改的意见中间，说是有几句写得很动人，约我到她家里去详尽地交换意见。我走进她宿舍的小门，穿过短短的走廊，拐入一间矮矮的客厅，觉得真是个小巧玲珑和异常高雅的地方。红漆地板在阳光的映照底下，闪闪烁烁地发亮。墙壁上挂着一幅绒毯，那碧绿的大树和妩媚的野花，立即把我领进了一片缤纷的世界。这世界并不在遥远的他乡，而就在窗外那一架紫藤花的前面，几只画眉鸟正在草丛里扑腾着翅膀，飞向杨树的枝梢，一面还愉悦地鸣叫着。

我坐在沙发上，张望着茶几背后一尊玉石的雕像，分明是安徒生笔下那个海的女儿，一双秀丽的明眸，立即使我想到方老师站在讲坛上，眨着她那充满神往的眼睛。

方老师拉开客厅背后日本式的木门，从卧室里走了过来，刚在沙发上坐定，就专注地谈论着我习作的诗了。她一再重复地表示，只要是抒发自己的真情实感，而且文字必须透出一种自然和明朗的美质，这样就一定能写出好的作品来。

对于年轻人的一篇习作，她竟也如此认真地指点和探讨，使我感动得说不出话来，只是微微地点着头，揣摩和领会她谆谆的教导。她对于写作要凭真情实感，以及对于散文美质的主张，可以说是影响了我的一生，每当我下笔撰文，或者发表关于散文创作的主张时，总会想起这位知名作家几十年前说过的话语。她对所有的学生，都是这样真诚的相待，约大家去谈话，指点大家写好文章。有不少同学被她这种诚挚的情绪所感染，常常上她家里去请教，我自然也是其中的一个。

见面多了，说话就更随便和广泛了，谈文学，谈历史，谈人生，谈理想，我多么爱听她亲切和充满了诗意的谈话。记得有一天，她依旧是从我写自己母亲的那篇习作谈起，说到妇女们在旧中国悲惨的命运时，她噙着泪水，很激动地诉说着自己的经历。她嫁在一个阔绰的富豪家庭里，在那座用金丝编成的牢笼中，没有自由，没有尊严，没有独立的意志，历尽了精神上的折磨，终于冲闯了出来，过着依靠自己劳动度日的崭新生活，她真是追求妇女解放的先驱者和实践者。听着她的话，我不能不想起自己的母亲，因此也默默地淌下了眼泪，思忖着跟方老师同样聪颖和善良的母亲，为什么无法改变自己寄人篱下的惨淡命运？而比她还要年长几岁的方老师，却能够坚强地突破家庭的樊篱，实现了自己的理想？

"人的命运真是变幻多端，你少走了一步，或者不敢再往前冲去，就会求生不得，求死也不得，这样活着也许比死亡还痛苦，所以要勇敢，要奋斗，要越过有形和无形的死亡。"她紧紧地攥着拳头，眼睛里那一阵蒙眬的泪光，在突然之间消失了，顿时变成一道灼热和强烈的光芒，聚精会神地望着前方。我不由得钦佩地瞧着她那副凛然不可侵犯的表情，像是瞧见了她艰苦卓绝的一部奋斗史。这位和蔼可亲的老师，有着一颗多么刚毅和坚韧的心。

我到北京工作以后，也常常思念她，断断续续地给她写信。她那时已经调往杭州去当浙江省文联的主席了，她是个仔细和认真的人，千头万绪的工作，想必会够她忙碌的，却也从未耽误过给我回信。她说起在新的工作岗位上，结识了好多从前不认识的作家，说起她在绍兴漫游的豪兴。我觉得她的心情是欢快的，她想多多地贡献自己的力量，我为她高兴，为她感到骄傲。

她每年来北京开会时，总要约我去看望她。我们每一回都谈得高高兴兴的，她总是鼓励我做好自己分内的工作，还希望我继续练习写作。记得有一回她来北京前，随便翻阅手头的《诗刊》时，看到了我发表在上面的《泰山的诗》，竟当着我的面，朗诵了其中的两句，赞许这首诗写得还有意境，问我能够背出来吗？真想不到她还这样认真地背我的诗，一种感激的情怀，把自己的心冲撞得不住地颤抖，可是我又确实背不出自己写的诗。

她睁着又圆又亮的眼睛说："做诗，得认真推敲，反复斟酌，这样自然就背出来了，以后写诗要注意这一点！"也许是为了给我作出示范的缘故，她铿锵有致地背诵着自己在前一年发表的散文《山阴道上》。听着她充满柔情的声音，

本社出版的方令孺著作

就像是听门德尔松的《春之歌》那样，觉得回肠荡气，令人神往。

我真钦佩坐在自己对面的这位老师，总是把文学创作看得如此严肃和神圣。正是这样的精神，影响了我在毕生的写作中间，都字斟句酌地去吟味。可惜的是我放弃了诗歌的写作，只写散文和文学批评了，而且写得很少，简直少得可怜。

我跟她最后一次的晤面，是在1966年的暮春季节，她前来北京参加一个文艺方面的会议，约我去看她。记得我是在那天的清晨，就赶到她住宿的华侨饭店，在她的屋子里谈了许久之后，她又要我陪着一起下楼，走到美术馆门外的绿树丛中去散步。那一回见面，我觉得她不像从前那样愉快，话说得很少，声音显得低沉和缓慢。她老是端详着我，一本正经地问我，如果在当时已经显得火药味十足的思想批判运动，再进一步往前发展的话，能不能经得住考验？

我当时真的一点儿都没有预感到，再隔短短的两个月之后，那场令人恐怖和战栗的"文化大革命"，就在整个中国大地上爆发了，只是整日为那种愈来愈不讲道理，因而觉得自己永远也跟不上去的思想批判运动，感到心烦意乱，惆怅地摇摇头。

"应该经得住一切考验。你上大学时，可能是受到我们这些老师的影响，总也改不掉唯美主义的习气。"她默默地瞧着我，忧郁地笑了。我至今还咀嚼着她说过的这几句话，我终于懂得了，她因为在当时知道更多来自高层的消息，所以不像我那样闭塞和无知，而比较清楚地预感到，那场从未见过也无法抗拒的灾难即将降临，才会如此苛求自己，才会如此语重心长地叮咛我。

我们沿着大街，默默地走了很长的一段路，她终于又高兴地说话了，回忆在斯德哥尔摩参加世界妇女保卫和平大会时，曾跟几位中国代表去外面参观，返回旅馆时忽然迷了路，她嘱咐伙伴们不要慌张，并且仔细地辨认着路途，终于找到了住宿的旅馆。说着这些往事时，她又充满信心地笑了。

上海的方令孺故居

骇人听闻的"文化大革命"爆

发了,在那些充满辱骂和殴打的日子里,有不少性子刚烈的人,因为受不了折磨和蹂躏,走上了自杀的路。我十分担心方老师的安全,她冲破过家庭的羁绊,却无法躲避这时代的狂潮,不知道她的处境和心情究竟怎样了,给她写过几封问候的信,却像石沉大海似的,丝毫也没有回音。大约在 1974 年,她才寄来了一封信,说是已经"解放"了,一切都很好,盼望我能有机会去杭州看望她。她一点儿也没有说起自己吃过的许多苦头,也许是不屑说吧。我深知她思想的高雅,常常做着美丽的梦。她甚至还有洁癖,有一回我在她家里吃饭时,她不小心把一粒虾米掉在地下,赶紧弯着腰到处寻找,说是

晚年方令孺

弄脏了地板,就吃不下饭了,她确实是怕看和怕说不干净的东西。不过从信上的口气感到,她的心情还并不太坏,她总是对未来充满了天真的希望。

在当时的气氛中,我自然是没有机会出差南下的,只好这样断断续续地通着信,好像是到了第三年的夏天,就再也盼不到她的信了。1978 年的初冬时分,我去黄山参加"鲁迅讨论会",见到来自杭州的老作家黄源,说起她过世的情形,我才知道当自己正等待着她的来信时,她却悄悄地离开了人间。那天傍晚,我张望着从山峦背后西沉的一轮红日,沿着松树底下的泥地,沿着溪水旁边的小路,飞也似的奔跑着,我不知道自己想干什么,我似乎要忘记那无法忘记的往昔,我怕自己被太多的痛苦所压垮。

每当怀念这位敬爱的老师时,我就拿起她的散文集《信》来,反复地阅读着。虽然在几十年前曾读过这本书,却是愈读愈感到有无穷的韵味。她写得多么清新,多么俊秀,多么蕴藉,多么亲切,多么充满了诗的意境,多么闪烁着聪颖的思索,因此我在十多年前撰写《现代六十家散文札记》时,就情不自禁地写成了评论她散文的章节。我希望有更多的年轻朋友们,都知道曾经有过一位善良与智慧的妇女,她毕生都热爱着纯洁和高尚的文学,渴望和追求着光明的世界。

《现代六十家散文札记》问世之后,有几位研究散文的朋友告诉我,台湾刚出版了《方令孺散文集》,是梁实秋作的序言。记得方老师曾告诉过我,她跟梁实

秋在重庆同事时,有过不少的交往。梁实秋是新月派的著名评论家,又擅长于写散文,由他来评说方老师的这些佳作,想必会有很多精辟的见解,因此很想找来看看,却至今还没有找见。后来又听说上海出版了《方令孺散文选》,同样也没有看到过。幸亏手头有一部巴金的《随想录》,我把收录在其中的那篇《怀念方令孺大姐》,读了不知道有多少遍,虽说还未能背诵,却也可以详细地复述它的内容了。

我多么想超越死亡的界线,重新见到方老师的面。我常常幻想着,她似乎还活在另一个缥缈的世界里,依旧在沉思和吟哦着,依旧在回忆着地平线上所有的朋友和学生们,当然也猜到了我对于她的思念。

1991 年 4 月

陈翔鹤：
折翅春寒中*

壹

这已经是三十年前的往事了。记得每逢傍晚下班时，陈翔鹤常常不急着赶回家去，他不是戴着老花眼镜在灯光底下翻阅和查找发黄的线装书，就是在窗下逡巡着，歪着头，眯着眼，拾掇和浇灌自己心爱的十多盆兰花。

我赶往食堂，匆匆吃完一碗炒白菜和两个窝头，就走回自己的办公室。经过他敞开的门口时，总会停下脚步，瞅着他瘦小的身影，在幽暗的灯光里晃动。我几乎都是例行公事似的问道："翔老，还不回家？"接着是照例地寒暄，说几句当时的见闻，然后转过身子回到自己的办公室。当几位同事下班离去之后，这儿就成了我的天堂，夜夜都在这儿读书和听音乐，度过了多少单调、寒伧而又丰盈和深沉的时光，直到半夜才回寝室里去蒙头大睡。

我正打开唱机，放上柴可夫斯基的《b小调第一钢琴协奏曲》。这张密纹唱片是中午才从王府井买回来的，想痛痛快快地听它几遍。这璀璨的旋律，像是吹拂着一阵和煦的春风，无限深情地鼓舞着我的心灵。当这令人回肠荡气的主题，

---

* 原题为《回忆陈翔鹤》，本题为编入本书时编者所加。

中国社会科学院文学研究所 2009.5

陈翔鹤

刚使我充满了一种渴望与追求的思绪时，突然响起一阵轻轻的敲门声。

是陈翔鹤吧？我赶快打开门，只见他身上的中山装，穿得整整齐齐的，手里捏住一个方方的布袋，眼神很诙谐地打量着我，不紧不慢地说道："跟你聊几句,欢迎吗？"

"太欢迎你了!"我赶紧扶着他坐在藤椅上，大声地叫喊着。我确实从心坎里喜爱这位直爽而又风趣的老人。他像一个天真无邪的儿童，无论心里有什么奇异的念头，也都会坦诚地表露出来。他对我们这些年轻的同事，也常常嘘寒问暖。他当然也有讲究原则性的一面，因为他毕竟是40年代的老党员，总得想到注意当时强调的种种原则，克服自己身上太多的人情味。

他询问我,最近在读些什么书？还没有等我回答,他就高高兴兴地嘟囔着："你看书很多,记性也好,是得趁着自己年轻,好好用功读书。"他从我胡乱翻阅的那堆书籍中间，找出了一本爱伦堡的《人·岁月·生活》，好像是有点儿生气似的责问："干吗看这书？"

当时全国都在批判赫鲁晓夫，有多少文件义愤地谴责他的"修正主义"。从当时具有规范化的眼光看来，社会主义社会是不可能有缺点的，赫鲁晓夫批评斯大林，当然就合乎逻辑地成了坏蛋。而爱伦堡的这本书，暴露了斯大林时期的不少阴暗面，当然也是十足的修正主义了。如果有些经常批判我"白专道路"的同事，要向我问起的时候，我肯定会痛快淋漓地冒出这一句假话："为了彻底地批判它！"不过对于这位总是用善意对待我的老人，我就绝对不允许自己扯谎，因为阅读它的动机，绝不是为了批判，我已经从接触到的许多材料中间，深深地感到在那片冻土上，曾经发生过许多残酷的事情，所以想尽量多阅读一点儿材料，重新思考它那一段艰苦的历程，然而在当时那种很严肃地批判修正主义的氛围中间，我又不能将内心的这种愿望，毫无隐瞒地告诉他，只好轻描淡写地说道："我想多了解一点苏联的情况！"

"了解苏联的情况,也不能通过这样的书,得学习中央下达的文件。"他眯着眼,鼓着嘴,好像还没有消气似的。

我知道他刚参加过高级干部学习班,总是领会和掌握了不少新的精神,诚心诚意地想开导我。还没有容得我吭声,他就指着唱机里正在倾泻出来的那股声音,想跟我说话,我却只管低头倾听这迷人的乐曲,分明是一种热情澎湃的召唤,在激励着忧伤和惶惑的人们,必须充满信心地生活下去。他皱着眉头,摇摇头说道:"要多接触我们自己的革命文艺,人家批评你只专不红,你是得好好注意,只要解决了这个问题,我相信你会成为一个很有造诣的学者。"他伸出短小的双臂,紧紧压在我的肩头,显出了对我的期望和信任。由于恪守组织性和纪律性的缘故,他虽然也不能不遵守支部书记批判过我的调子,却诚恳地盼望着我好,我似乎感到了他这颗真挚和热忱的心,正在激烈地跳荡。

人真是太复杂和奇怪了,我虽然很钦佩他的革命性,却不懂得为什么像他这样经历了"五四"洗礼的老人,20年代就成为著名的小说家,后来又接触过不少人海的波涛,真是白云苍狗,变幻无穷,有了如此丰富的经验,他的思想怎么会比我还简单呢?不过他确实是为我好,才这样劝导我的。从他悲天悯人的眼光里,似乎透出了一种识破天机的精神,这就是绝对不能扭着当时那股愈来愈"左"的社会思潮,否则将会坠入危险的深渊,大吃苦头的。

对于这一点,我自然也隐约地预感到了,因此就不再固执地引用革命导师列宁教诲的这个道理:"只有用人类创造的全部知识财富来丰富自己的头脑,才能成为共产主义者",跟他进行辩论了。

他以为自己已经用刚领会的文件精神,有力地说服了我,开怀大笑,站起来走了。我送他到门外,瞧着他矮小瘦削的背影,消失在黑黝黝的走廊里。

贰

几天之后的又一个夜晚,我刚正襟危坐地伏在桌上,开始撰写计划中的《鲁迅小说艺术谈》时,陈翔鹤蹑手蹑脚地走了进来,从布袋里摸出一本刚印出的《人民文学》,摆在我面前的台灯底下,压抑不住内心的喜悦,却又显得很谦逊地说:"我刚发表了一篇小说《陶渊明写挽歌》,你给我提提意见。"

我已经在白天读完了这篇小说,而且说心里话,也并不是十分喜欢。它叙述陶渊明对于人世的忧伤和那种追求超脱的生死观,似乎是过于淡雅了,很难去拨动许多读者绷得太紧的感情之弦。人类在20世纪所经历的灾难实在太巨大了,为什么他们取得了比中世纪远为发达的高度文明时,所遭受的厄运却来得比祖先们更为凄惨呢?更为残酷的暴政,更为骇人听闻的虐杀,使无数的人们直不起腰来,不敢自由地表达内心的意志。多少严刑拷打和肆意屠戮的牢狱,多少施放毒气和焚烧尸骨的法西斯集中营,更在摧毁着人们的生命。喜欢思考的人们,肯定会把自己的精力,都集中在这些方面。我就常常思考这些跟20世纪人类命运有着密切关系的问题,常常翻阅与此有关的书籍,因此在不久之后引起了有些批评家叫好的《陶渊明写挽歌》,当然也无法引起自己的兴趣了。

我无法将这些尚未理清头绪的想法,有条有理地告诉他,可是我又养成了一定要跟他说真话的信念,因此在沉吟片刻之后,就坦率地说道:"我已经读过了,觉得并不是太喜欢。陶渊明内心的痛苦,陶渊明那种淡薄的生死观,好像写得太雅致了,不太能触动很多读者的情感。不像读你20年代的成名作《西风吹到了枕边》,写出一个知识青年深沉的苦闷,真是太令人感动了。"

"亏你还读了不少魏晋的文章,怎么对这样的情怀还掌握不透!"他摇晃着脑袋,带了点儿傲气地笑着。

"我对魏晋思想哪儿说得上有多少研究,不过小说毕竟是写给大家看的,而不是为了写给少数几个学者去研究。"我心悦诚服地接受他的批评,却也辩解了几句。

他扑哧一声笑了,"你总是有理。走,去东单喝酒!"看来我这些也许是肤浅的意见,并没有让他扫兴,这位心胸宽厚的老人,要和我一起举杯畅饮,庆祝这篇小说的问世。

在初冬的夜风里,我拉着他的胳膊,匆匆走向东单那个小有名气的四川菜馆,推开玻璃门,穿过几张围满了顾客的桌子,登上狭窄的木板楼梯,拐了个弯儿,走进楼上的餐厅。我们挑了一张摆在角落里的小桌子,坐在这儿正好能瞧见从楼梯口走进来的顾客。

陈翔鹤一边点菜要酒，一边跟我搭讪着说："艺术家时刻都要揣摩人生，现在我们就得开始注意，从这楼道里走进来的每一个客人，看他的眼神和穿着，我们都来猜一猜，他是做什么工作的？他喜爱和憎恶什么？他会做什么样的梦？"

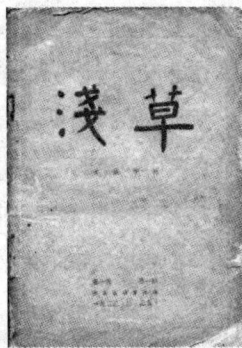

陈翔鹤主编的刊物《浅草》

我们正斟酒对饮时，一个苗条而又潇洒的女子悄悄走了进来，她的脚步是那样轻盈，她的仪态却是那样端庄，又长又黑的睫毛，遮掩着她明亮的眼睛。她挑了个没有客人的座位，低头坐在那儿，细声细气地跟服务员说话点菜。

"你猜得出来她是干什么的？你能替他编一个合情合理的故事吗？"陈翔鹤缓缓地喝着酒，在沉思似的说着。

"可以假设她是一位婀娜多姿的舞蹈家，也可以假设她是一位聪颖智慧的大学教师，正因为她处处都有自己的思想见解，她就必然会显得不合时宜，而且跟现实的距离会愈来愈遥远，她的内心世界也就会变得十分的痛苦。"我随心所欲地瞎扯了一通。

"哲人就是痛苦的，我写陶渊明，正是想写出哲人的痛苦来。"陈翔鹤说的这几句话，像是从心里汩汩地流淌出来似的，不过这似乎又多少有点儿离开当时所规定的那种原则性，因为根据当时报纸上所宣传的基调，革命者绝不应该也绝对不会陷入痛苦中间。尽管他常常用当时认定的那种革命原则性，防范和禁锢自己从事创造性的思考，却也无法彻底地消灭内心中充满生命力的见解，这样他才会去写《陶渊明写挽歌》，也才会造成后来的悲剧吧？

叁

在 60 年代中期，只要打开收音机，或者翻开报刊和杂志，就会觉得鼓吹阶级斗争的呐喊声，日日夜夜都在惊天动地般袭来，整个的生活气氛变得很严酷和冷冽，机关里忙着开会，学文件，谈思想，批判各种错误的文学主张。作为《文学遗产》主编的陈翔鹤，自然更忙于把关审稿，千万不能发表什么"毒草"啊，责任可太重大了。我又常常被自己所在的《文学评论》编辑部，派遣到穷乡僻壤去劳动锻炼，这样我们见面和说话的机会就更少了。而且在这种风声鹤唳的氛围中，人人都害怕受到无休无止的严厉批判，自然更难于进行敞开心扉的交谈，这样就匆匆打发了好几载紧张而又乏味的岁月。

记得在1964年的秋天，办公室里有个同事奉命去北京展览馆剧场，听康生向文艺界人士所作的一个报告。她听完回来后，有声有色地学着康生一边训话，一边发脾气拍桌子的模样。说是康生把许多报刊丢在话筒前面的长条桌子上，斥责这是坏作品，那是坏作品，还凶神恶煞似的痛骂了不少文学艺术家。

我听了之后，心里觉得分外的反感，怎么能这样横蛮地对待别人呢？这不是一副十足的恶霸嘴脸吗？我顿时想起几年前听过一回康生的录音讲话，他那时还说得多么兴高采烈，要观摩京剧《花田错》中几段露骨的色情戏，像这样左右逢源，见风使舵，不是契诃夫笔下的变色龙，又是什么呢？

还记得陈翔鹤曾悄悄地告诉过我，康生用化名在《文学遗产》上发表了两篇短文。我先是在报纸上看到了，因为觉得立意虽很平庸，口气却是如此的乖戾而又高傲，似乎颇有来头，才向他打听作者究竟是谁？他很神秘地说出真相之后，并不告诉我这文章究竟是怎么约来的，还再三叮嘱我千万不要告诉旁人。看来似乎是康生尽力要造成这种神秘的气氛，因为陈翔鹤是异常坦诚的人，如果不是受到再三地嘱咐，绝对不会装出这种异常神秘的模样。那么为什么像康生这样身居高位的大官，要表现得如此的诡谲呢？

尽管我对康生那番当众训斥的话语十分反感，却也绝对不敢发表任何浅薄的见解。我深知如果对这样的大官稍有非议，一场横祸将会从天而降。我只是因为想执拗地坚持一些浅薄的见解，才引起了几位顶头上司的指责，老挨批判的厄运才始终笼罩于头顶，怎么还敢去闯入这样危险的虎口呢？如果我还想平平安安地苟活下去，不再遭受更大的灾难，就得压抑住自己鲁莽的性情，沉默地去打发日子。

康生这个辱骂了不少文学艺术家的报告，不久之后就正式传达了，还学习和领会了好长的日子。在这一阵阵吹得很猛烈的飓风中间，《文学评论》编辑部接到了上峰的通知,要发表文章批判陈翔鹤的小说。忘掉是谁出的主意,约请著名的古典文学研究家余冠英撰写这篇文章。我有机会阅读过他的原稿,分外欣赏这通篇都是隽秀的蝇头小楷。余冠英在 30 年代曾写过不少清新俊逸的散文,文章保持了那种流畅和洒脱的风格,批判的调子却相当高亢,说是"充满了阴暗消极的情绪,宣扬了灰色的人生观","只能听到没落阶级的哀鸣和梦呓",比起当时很流行的"反党反社会主义"的用语,自然也还显得轻松一点儿,不过仔细一想,也真会使陈翔鹤大吃一惊,感到左右为难的。难道能让陶渊明也跟我们一起来讴歌"三面红旗"吗?

这篇题名为《一篇有害的小说——〈陶渊明写挽歌〉》的批判文章,在 1965 年头一期的《文学评论》发表后不久,刊物的主编何其芳忽然兴冲冲地跑到办公室来,喜笑颜开地告诉大家,周扬在昨天给他打了电话,说是余冠英的文章写得好,文风也值得学习,替老一辈学者撰写批判文章起了带头作用,因此建议有关的报纸转载。等何其芳走后,我打开刚送来的《光明日报》,就发现了这篇文章,记得还是用很显著的版面刊登的。

在这篇文章结尾的地方,显得很有礼貌地询问陈翔鹤,请他思考究竟"迎合了什么人的口味",表现出似乎是一种平等的对话,看来从余冠英到周扬,都希望批判文章尽量写得合情合理,具有科学性和说服力,能够让被批判者也心悦诚服和毫无精神压力地同意这种结论。这种愿望确实是善良的,然而经历了后来"文革"的这场浩劫,我才彻底地明白了,此种天真幼稚的想法肯定无法实现,因为康生他们所掀起的大批判高潮,并非真的想要争论什么文艺或学术问题,其最终目标是要建立一种彻底抛弃近代民主和法律观念的绝对权威,彻底取消人们发表自己意见和行使各种公民权利,而只需要有一个人来发号施令,数不清的芸芸众生,应该不动脑筋地去盲目服从,紧跟和贯彻他任何一个甚至是荒谬得不可思议的命令,口里还虔诚地高呼万岁。

从那个时候开始,陈翔鹤下班后就早早地回家,我找不到跟他聊天的机会了。有一回在走廊里,我们两人迎面相逢,我向他鞠了个躬,他紧紧地握住我的手,很有信心似的说:"我正在清理自己的思想,会跟上这个时代前进的。"

我捏住了他的手掌,说不出一句话来,真不知道自己是深深地同情他,抑或还要鼓励他这样去做。其实他是不可能跟上当时那种社会潮流"前进"的,甚至连周扬也无法最终跟上这样的潮流。正因为如此,不仅是他,还有从余冠英到何其芳和周扬,也都在震动了全国的"文革"中间,成为应该被彻底打倒在地,还要"踩上一只脚"的"反革命修正主义分子",他们勉强能够接受的这种批判方式,在"文革"中间也成了"假批判,真包庇"的所谓"阴谋"。历史正是沿着这条愈走愈荒谬的路,跌入了灾难的深渊。

成千上万个像我这样的人,虽然无法在当时就洞察这凶险和恶浊的浪涛,却也多少看出了不少荒唐的苗头,但是问题在于我们都不敢开口说出这一切,我们都害怕自己会遭受毁灭性的打击,为了追求达到一种安全的境地,我们还从内心深处检查自己思想的差距,想恭恭敬敬地跟着这个潮流走下去,我自己就曾写过几篇大批判的文章。于是我们无法阻挡"文革"的爆发,我们真像是庄子笔下的鸠鸟那样,在狂暴的大风中不住地颤抖。

肆

1966 年夏天,"文革"的风暴刮得天昏地黑,人们都有点儿晕头转向,觉得一切都紊乱了。虽说曾有过"反右"和"反右倾"这样的政治运动,伤害了不少善良和无辜的人们,然而比起这一回的"文革"来,简直只能够算是一阵轻微的风儿了。这风暴不知道怎么就突然刮起来了?不是说中国的工作效率很低,几年都办不成一件事儿吗?然而这破坏一切的风暴,实在是迅猛得太惊人了,至今回想起来依旧是个难解的谜。怎么能在某一个早晨,偌大的北京城里,多少机关的什么长官,多少大学的什么专家,一律都戴上纸扎的高帽,不是跪在地下挨打,就是敲锣打鼓地游街。多少有自尊心的人,多少性子刚烈的人,自然受不了这无休无止的凌辱和蹂躏,于是都纷纷走上了自杀的路。

这种可悲的阶级斗争,立即流传和推广到了全国各地。从通都大邑直至穷乡僻壤,多少人似乎都疯癫了,四通八达的火车上,挤满了千千万万个"红卫兵",他们是去"革命串联"和"揪斗黑帮"的。在我们这个不满两百人的机关里,以何其芳为首的"黑帮",竟高达三十余人之多。

说起"揪斗黑帮"来，真让人胆战心惊。在"造反派"和"红卫兵"召集的会议上，当有人突然受到莫名其妙的厉声斥责时，几个"红卫兵"立即会大喝一声，替他戴上高帽，从此就推入"黑帮"行列。每当我瞧着这晴天霹雳似的场面，顿时就想起自己多年来被指责为白专道路的罪过，真有点儿兔死狐悲之感，心里不禁怦怦地蹦跳起来，害怕也会被戴上纸糊的高帽。又过了几天，刚夺完何其芳权力的"造反派"，似乎并无扩大战果的迹象，于是我就又放心地苟活下去了。

且说被"造反派"定为"黑帮"的这些同事们，都奉命集合在一间很大的阁楼里，整天书写交代材料，除了召开批判或斗争大会，规定他们参加之外，平时就跟大家完全隔离了，因此我很少有见到陈翔鹤的机会。有一回在批判会上，只见他眍着眼，弯着腰，站在何其芳的身旁。

有个"造反派"突然命令他回答，《陶渊明写挽歌》是不是影射和攻击庐山会议？还责问他为什么用笔下那个傲慢的慧远和尚，恶毒地攻击伟大领袖？

陈翔鹤倔强地摇摇头说："我写小说时还不知道有庐山会议，这小说跟庐山会议毫无关系。对伟大领袖我一向都是衷心热爱的！"

"不许狡辩，打倒恶毒攻击伟大领袖的陈翔鹤！"一个年轻气盛的"造反派"愤怒地喊着口号，快步奔向前去，狠命拍打他头上的纸帽，倾斜着挂在他的头顶上，他赶紧伸手护住，怕掉落下来，就又会是犯了滔天大罪。

我远远地瞧见他依旧瞪着眼，歪着嘴角，伤心地摇了摇头。我深知这位孤傲的老人，正强忍着内心的悲痛。

过了好多天，他这一双直愣愣的眼睛，还依旧在我脑海里闪烁着，我很担心他瘦弱的身躯，和自尊感极强的内心，能不能经得住这样残酷的折腾？

有一天，我去开水房打水，瞧见他也刚往暖瓶里灌，一个满脸胡楂儿的烧水工人，很严厉地瞪着他。这老工人在"文革"前总是挺和气的，这时却显得相当凶狠。我亲眼见过他津津有味地审问"黑帮"，然后就挥起铲子敲打起来，真不懂他从这残忍的游戏中，能够获得什么样的欢乐？

这老工人开始审问陈翔鹤了："你犯了什么罪？"

"我没有犯罪！"陈翔鹤昂着头回答。他说的是真话，从近代法律观念的角度来说，他确实没有犯罪，因为他丝毫也没有损害过任何人的财产和生命安全，可是像这样回答问题,在"文革"中间肯定会被当成是"狡辩"的。

这老工人果然恶狠狠地叱骂起来:"这黑帮没有一个是好东西,谁也不会老实交代,这就叫做阶级斗争啊!你要没有犯罪,怎么成了黑帮呢?"根据"文革"中那种荒谬的逻辑,他确实说得让陈翔鹤无法回答。

眼看这老工人要拿起铲子动武,我赶紧扯着嗓子大喝一声:"还不快回去,等着你的交代材料哪!"我很少这样的大声叫喊,这一回的情急智生,真像是鬼使神差似的。

1968 年,"工宣队"和"军宣队"进驻我们的机关,把所有被"造反派"定为"黑帮"的同事,都混合编入"革命群众"的班排中间,这样我又有机会跟陈翔鹤随便聊天了。他还提起我那回打开水时,恶狠狠地叱骂他的那场喜剧,轻轻拍着我肩膀说:"我早就知道你这个机灵鬼,忘不掉老朋友的。"说了这几句闲话,他又为《陶渊明写挽歌》苦恼起来,说是绝对不会影射伟大的领袖,还担心这停顿和荒废了多少年工作的"文革",不知道有没有结束的时候?

第二年春天,陈翔鹤在从家里前来办公室的路上,突然昏倒在公共汽车站旁边。送到医院后,没有过几天就病故了。也许在他临终之前,还为这篇小说发愁吧,正是这种深重的精神压力摧垮了他。

我从心里痛恨这种折磨和蹂躏人们灵魂的"文革",看不出生活里有任何希望的光芒,因此充满了一种惆怅和绝望的情绪,我怀疑这样活下去究竟有多大的意义,常常盼望着最好能有一种平静的死亡赶快降临。陶渊明所憧憬的"死去何所道,托体同山阿",比起陈翔鹤在无穷忧虑中的病逝来,不是要自在得多了吗?

今天当我再回想起陈翔鹤时,跟"文革"中的心情就很不一样了,在惋惜那严寒和冰霜的煎熬,终于摧毁了他病弱的身体时,却又从极端恐惧的死海里,凝聚成了一种无畏的情绪,深深地相信无数人们像海潮般汹涌的意志,必将会永远结束"文革"那段荒谬的历史,而跨出艰难和充满勇气的步伐,走向更为美好的明天。

[为纪念陈翔鹤(1901—1969)诞生 90 周年而作]

1990 年 10 月

赵树理：
挺直的身影*

说真的，我几乎快忘却了赵树理那些很闻名的小说，那好像已经是异常的遥远了，然而他这个人，他走路时挺直的身影，和他含着一丝忧郁的笑容，却始终在我的眼前晃动。

在经历了人世的多少惊涛骇浪之后，我常常跟自己独语着，这是多么高尚的人！如果生活里的每一个人，都能像他这样的话，我们的日子肯定会过得更愉快，更明亮；许多丑陋的、阴暗的、肮脏的东西，也许再也无法滋长了。

是将近三十年前的事情了，我当时在北京的一个文学杂志当编辑，曾奉命去访问他，找到了他在大佛寺附近的寓所，提心吊胆地走进他的屋子。他当时曾被推崇为中国最出色的小说家，而我只是一个默默无闻的青年编辑，不知道他会怎样对待我？在我寻找有的作家写稿时，就遭到过白眼。想不到他竟会这样和和气气地走上前来，招呼我坐在沙发上，让他的老伴给我倒茶，然后就热心地跟我搭讪起来。他这样的彬彬有礼，他这样的侃侃而谈，很打动了我的心，对我产生了像磁石似的吸引力。

后来我又去看过他几回，相互之间变得更熟悉了，他的话儿也就更多了，慢

---

* 原题为《零碎的回忆》，本题为编入本书时编者所加。

慢吞吞,有条有理,还穿插一些风趣的故事。他思索的问题真够多的,从有些文学爱好者对写作的迷恋,盲目的自信,耽误了他们在工作中可能作出的贡献,谈到文学作品的水平难于很好确定,而自然科学研究的水平却比较容易判断。

他跟我讨论这些社会人生的课题时,往往竖起浓重的眉毛,在宽广的前额上,露出几道细长的皱纹,从眼睛里射出一阵凄楚的光来,他的鼻翼跟着翕动了一下,似乎有一股悲天悯人的念头,掠过他狭长而又丰满的面颊。

赵树理

我非常惊讶,他这种爱好思索的习惯,怎么没有在自己朴实和浑厚的小说里表露出来?

在50年代的最末一个冬天,我们这个杂志急于想发表一篇他的论文,那时他已经搬回山西阳城去了,我又奉命赶去约稿。

我永远也忘不掉那一回冬天的旅行。黎明时分,我从太谷搭上敞篷的大卡车,挤在扎着羊肚子毛巾的老乡们中间,冒着严寒的朔风,在太行山的顶上,颠簸了整整的一个白昼。手冻僵了,脚冻麻了,周身的血都像凝成了冰,可是我的头脑却被暴风刮得分外清醒。

掠过眼前的山坡,光秃秃的,灰扑扑的,一片苍茫肃杀之气。卡车在呼啸的风声里,沿着峭壁攀向蓝天底下的峰顶,我张望着一条条蜿蜒的山脉,将手掌伸向头顶的天空。看哪,亮晶晶的,像一块蓝色的巨冰。

我忽然觉得,也许从我们几千年前的祖先以来,就像眼前的这个样子,几乎没有任何的变化,于是我一路上都想着他,这个常常思索社会的人,此时在偏僻的山沟里,不知道正在思索什么呢?

旷野里的寒风在不住地号叫,我已经冻得像冰柱似的,两条腿勉强插在一群老乡的缝隙里,丝毫也动弹不得,完全失去了知觉,像是已经不属于我自己的了,不过只要还在碧蓝的天空底下,照着鲜红的阳光,默默地思索着,我这颗冻得一阵阵颤抖的心,也会在刺骨的寒气里感到暖融融的。

思索,使我在幻梦中尝到了甜蜜的滋味。

薄暮时分,大卡车到达阳城。我跟随着老乡们,在慌乱中跳下了车,觉得自己竟像是个离开了牵线的木偶,双腿戳在纷纷扬扬的尘土里,跨不动步子。我赶紧扭动腰肢,伸出僵硬的双手,使劲捶打着膝盖,等老乡们拖着蹒跚的步子,陆续走散时,我才穿过狭长和杂乱的街道,在一座座低矮的瓦房面前,躲开了几头昂首阔步的公猪,踽踽地向县委会走去。

当我跨进县委会破旧的院子时,瞧见赵树理正跨着大步,往一间窗户上糊满白纸的小屋走去。他一眼认出了我,赶紧拉着我走进屋子,挨着坑坑洼洼的方桌,并肩坐在摇摇晃晃的条凳上。

"怎么不打个招呼就来了,万一我不在这儿,不就扑空了,走多少冤枉路?"在他有点儿忧郁的眼神里,露出了喜悦的表情,这顿时使我觉得浑身都暖融融的,整整一天刀割似的狂风,早已给抛得远远的了。

大师傅端来了两碗面条,赵树理招呼他快给我也端上,自己就低着头,慢慢地吃起来。

"我在太原早打听好了,知道你在这儿。"我拿起筷子,高高兴兴地回答。

"是催我赶文章吧,写封信就行了,寒冬腊月的,干吗老远的走这一趟?"他打量着我满身的尘土,心疼地咂着嘴。

"这样来表示编辑部的诚意,你的文章就非写不可了。"我笑眯眯地瞧着他。

"母鸡肚子里要是没有蛋,再诚心也下不出来啊!"他也抿着嘴笑了。

我们正说话时,坐在旁边刚吃完面条的一个小伙子,招呼他说,"老赵,你的病好点儿了吧?干脆陪客人去看场《杨排风》,怎么样?"小伙子眨了眨眼,朝我笑了。这小二黑式的人物,多热情,多开朗。

赵树理嘟哝着说,"你们宣传部还有票吗?"

"票早分光了,我替你把让给张书记的票要回来,我这一张让给你的客人,不就成了?"这小二黑真机灵,我想一定会有哪个小芹爱他的。

赵树理摇摇头说,"让张书记两口儿欢天喜地出个门,多有劲,再说送给了别人,又讨回来,这不太扫兴了?"

"这样吧,咱往剧场打个电话,让临时加两个椅子好了。"这秀气的小二黑,又眨了眨眼，想出了一个好主意。

"在戏台底下放两个椅子，真够出风头的，观众是看戏哪，还是瞧你哪？咱可出不了这风头！"赵树理摆了摆手，拒绝了他的建议。

"咱先打个电话问问。"小二黑奔出去了。

我们也放下筷子，款款地走出食堂，小二黑迎着我们奔来，说是戏票早已卖光了。于是那天晚上，我就坐在赵树理的房间里，各人占据一张木板的小床，聊起天来。等我说完了向他约稿的事儿之后，他就兴致勃勃地谈论今晚演出的山西梆子，当讲到技艺精湛的生角或旦角时，禁不住轻轻地拍打着桌子，有板有眼地哼唱起来。他对山西梆子的研究，真够细致的，而且比起阅读研究他小说的那些论文来，也提神得多了。我似乎有点儿恍然大悟起来，他那些朴实、刚健和诙谐的小说，不正是与山西梆子有着血缘的关系吗？

据他说，这《杨排风》演得很精彩，他在太原时就曾看得津津有味，本来一心一意想再去看的，因为这两天有点儿腹泻，才很惋惜地将戏票送给了张书记。其实他今晚上如果真想去看，也是易如反掌的事，当然那就得摆椅子了。

那几年，我常有机会上北方的县城走走，像加座之类的事儿，似乎也并不奇怪，谈不上是什么恶劣的风气，我坐在后面的观众席上，从未听到过大家对这有什么反感，可是赵树理宁愿牺牲自己的艺术享受，也绝不坐这样的椅子，用当时的话来说，他的原则性是够强的。

因为他在生病，我又是风尘仆仆，说了一阵话，就匆匆睡了。我一觉醒来，只见窗外依旧是黑黝黝的，一阵阵公鸡的啼叫声，在告诉我清晨即将来临。屋子里响起了窸窸窣窣的声音，原来他怕吵醒我的好梦，不敢开灯，暗地里摸索着穿好衣服，下了床，蹑手蹑脚走出房间，轻轻掩上厚厚的门板，隔了许久，才听到木板的扶梯上，弹出一阵轻悠悠的声响，该是他放慢脚步的节拍，走下楼去了。

我赶紧穿好衣服，蹚了出去，在幽暗的晨光中，摸着扶梯，走到院子中间。天空里依旧是乌沉沉的，几颗小小的星儿，在飒飒的冷风里闪亮。我抖擞精神，挺着胸膛，大踏步地兜起圈子来。这彻骨冰心的寒气，带给我一种说不出的快感，我真正体验到了寒冷的滋味，这难道不是一种幸福吗？

当我从沉思中抬起头时，瞅见了赵树理，他正在院墙角落的一株枯树底下，一会儿伸出手臂,一会儿捶着双腿,像在做操似的。

"我还是把你吵醒了吧?"他瞪着眼,直视着我,含着歉意跟我寒暄。他是主人,他是老人,他是名人,却处处想着我这个年轻的客人,实在使我感动,赶紧说明自己从来就有早起的习惯。我在当时看到过一些名人,或者是一个不大的官儿,他们见了平常的客人,往往毫不理会,最多也只是鼻子里哼一声,算是打了招呼,可是当他们见到了有权有势的人,又完全是另外的一种姿势

赵树理与农民在一起

了。我曾在一个公众场合,见到过一位名流,其实跟我还算是熟悉的,然而他打量起我来,冷飕飕的眼光,沿着我鼻梁,直扫到我的脖子,使我感到有一股浓重的寒气袭来。正在这时,一个地位更高的人吧,走了进来,这位名流立刻弯着腰,打皱的脸上布满了笑容,像一朵蔫了的花儿似的,一会儿又贴着那人的耳朵,说起悄悄话来。欣赏了这种人生舞台上的片断之后,我分外渴望着在人们之间,能够有一种善良、温暖和平等的交往。在赵树理的身上,我分明感到了这种使人鼓舞的情愫,顿时觉得这破旧的小院,这周围光秃秃的荒山,这天空里刚抹上的朝霞,都笼上了一层迷人的光泽。

他约我去散步,我们走出县委会的门口,折过一条破旧的小巷,瞅见了一片平坦的田地,荒凉地铺开在山脚底下,天空开始发蓝了,太阳还被挡在山岭的背后,反射出阵阵的金光,映红了一条条紫褐色的云霞,团团的白云,从渐渐泛红的霞光底下掠过,使我幻想着充满希望的生活。

然而当我俯视田野,瞅见零零落落的高粱梗子,在晨风里瑟瑟发抖时,心儿又顿时紧缩起来了,我知道在这个"大跃进"之后的饥馑岁月里,人们是捞不到几颗粮食下肚的。

赵树理伸出手来,指着田垄那边的几间瓦房,喃喃地说,"烟囱里不冒烟了,这儿一天只煮两顿稀粥吃。"

听了他的话,我心里有说不出的难受,踩着田畔间枯败的野草,找不出一句

话来。我当时想得很多，却懂得很少，不过我也已经意识到了，强迫整个民族去蛮干，肯定会产生灾难和悲剧。

他也在我身旁踱起步子来，很沉重地开腔了，"万事万物都有自己的规律，违反规律，由着性子干，哪能不出娄子？咱们当干部的，过得再清苦，也有定量的粮食，定额的工资，最苦的是几亿农民啊，没有粮食下肚，日子怎么过？"他忧郁的眼光老盯住我，好像要从我这儿得到回答。

面对这憨厚长者的赤子之心，我信口说了起来，"大集体，小自由，给农民的自由应该更多一些。"刚说完我就懊悔了，在那个讲真心话会受到惩罚的岁月中，我为什么冒冒失失地乱说呢？难道我该接受的教训还少吗？

"你的想法太对了，只有让农民自由自在，安居乐业，才会国泰民安。"他一把抓住我胳膊，亲切地瞧着我，带上一点儿神秘的口气说，"我在北京和太原，都谈过这样的意见。"过了半晌，他又问我一句，"你是党员吧？"

我知道他问话的意思，因为他将刚才的对话看得十分严肃，为了保卫党的利益，为了不损害党的威信，自然不能随便跟党外的同志议论，事实上几乎所有在农村里生活过的人，都抱着我们这样的看法，这是常识，而不是哲理，不过它似乎又是一种异端邪说，谁会有勇气坚持这一点看法呢？你如果坚持了，悲惨的下场就在等待着你。当时的那种气氛，只能使人们变得胆怯，不敢相信简单的真理，却崇拜明显的谬误，这种严酷和悲惨的气氛，是怎么弥漫起来的呢？怎样才能够消除和廓清它呢？

赵树理怕伤害我的自尊心，眼光里满含着歉意，然而他是一个忠心耿耿的老党员，不能不提出这样严肃的问题，那么我又怎么能隐瞒他，简单地说一声"不是"呢？

"我的党籍被取消了。"我露出了淡淡的哀愁。

他目不转睛地望着我，丝毫没有鄙夷的神色。

"我可以向你保证，我并没有什么过失。"我斩钉截铁地说，可是我觉得自己说话的语气更沉重了。

他拉着我的衣袖，折回县委会去了，半晌，半晌，谁也不说话，临近县委会的门口时，他终于启口了，"我们的党不会让好人长期受冤屈的，要有信心，从自己这方面好好进步。"

我抬起头，跟他的眼光交织在一起，分明感到这里有一团灼热的火，鼓励我绝对不要灰心失望。像这样关切的眼光，我在当时是很少能够获得的。

吃过早饭，我上汽车站，买好了去侯马的票子，回到县委会跟他

赵树理故居前的赵树理雕像

告别时，他拿出一包闻喜煮饼，塞在我的行囊里，我抢过这包小小的点心，放在他床前的桌上，当他也去争夺时，我伸手拦住了他。在那个饥饿的年头，一包点心，是多么厚重的礼品？我跟他素无这方面的交情，怎么好意思接受呢？当时我曾见过这样的人，两口子在食堂里分开吃饭，因为怕对方多沾了自己粮票的光，见到这些事情，叫人的心里好冷啊！

"给你在路上吃的，要找不到饭馆，也好充个饥，干吗推来推去的？"他有点儿愠怒了。

我只好伸出颤抖的手，默默地将点心塞在背包里。我想起了《史记·淮阴侯列传》中一饭之恩必报的故事，古人这种重视恩情的品德，是值得钦佩的，然而我想不出能找到什么有效的方法，报答这个享有盛名的人。

"我有个会，不远送了，一路顺风，可要努力啊，好好干一番工作！"他伸出硕大和粗糙的手，从他的眼光里，我又一次领略到信任、关切和期望的感情。我的心不住地跳荡起来。

我转身走了，没走几步，又回过头去，瞅见他还在向我招手，我拼命挥舞着双手，一滴滴的泪水，从眼眶里流了下来。

我记得没过多久，他就寄来了文章，当然很快就在刊物上披载了。后来我在北京又偶尔见过他几回，谈得高高兴兴的。不久以后，"文化大革命"的浩劫来临了，我估计他的境遇肯定不会好的，有一回听消息灵通的同志说起，他在太原多次被打得鲜血淋漓，还从戏台上被推下来，当场摔断了几根肋骨。这消息使我闷闷不乐了好几天，我默默地思忖着，为什么我们这个民族会变得这样残酷？怎样

才能够消灭这种愚昧野蛮和无法无天的习俗呢?

　　赵树理一生都渴望老百姓能够"安居乐业",他为此而勤勤恳恳地工作,善良忠厚地待人,然而他受到了异常暴虐的折磨,他死了。这个很乐意思考的人,不知道在临终前有没有思考过,这场大灾难和大悲剧是怎么来的? 有没有思考过,怎样从根本的制度上防止它再度产生?对这些至关重要的事情,他自然是无法将自己的意见告诉我了,因此更使我增添了无穷的怅惘。不过沉重的悲剧毕竟换来了觉醒,血毕竟是不会白流的,现在不是许多人都已经觉醒了,懂得要为实现社会主义的民主和法制而不懈地奋斗吗?中国正在大踏步地前进,他如果在九泉之下有知的话,肯定会感到莫大的慰藉吧。

吴世昌：
总不能讲假话吧？[*]

　　吴世昌先生去世后，我看到过有些报纸上发表的文章，评论了他作为词学大家和红学大师的成就，还记述他在 60 年代初，正值饿殍遍野之际，却毅然辞去英国牛津大学的教席，归国参加文化建设的往事，确实是可钦可敬得很。然而在我的脑海里，却常常浮出另外一个吴先生的影子，这就是他作为一个平凡和普通的人，十分亲切地活跃在我的记忆里。我当然深知他在学术上的建树，深知他挚爱着自己祖国的精神，可是更能够触动我感情的，却是这个可以亲近的吴先生，除了他的热忱与善良之外，我甚至还想起了他异常执拗的表情。

　　我虽说是跟吴先生同事多年，在"文化大革命"之前却并不熟悉。因为他早已是大名鼎鼎的学者了，我却还属于后生小子之列，加上自己生性疏阔，不善结交名流，所以似乎连一句话也没有跟他说过。认识吴先生的缘分，开始于到达河南罗山的"五七干校"之后，想不到我竟会跟他同睡在一条长长的大炕上。

　　我们住宿的是一间狭长的房子，听说原来是关押劳改

吴世昌画像

---

[*]原题为《吴世昌小记》，本题为编入本书时编者所加。

犯人的囚室。他们在几天之前才被转移走的，因为林彪刚下了"一号通令"，说是要准备打仗，抗击入侵之敌，大概是要防止他们在战乱中闹腾和破坏吧，将他们迁往不容易捣乱和逃跑的地方去了，于是这囚室就权充我们这批"五七"战士的宿舍。窗下那一排布满了泥块和尘土的大炕，加上满地的破纸和碎草，实在是显得肮脏不堪。我们把炕上和地下都彻底打扫了一遍，将从北京带来的床板搬进屋内，整整齐齐地叠在炕上，各自铺开了五颜六色的被子，这囚室顿时变得干净起来，可以放心地睡觉了。

每逢白昼，我们这些年轻一点儿的人，都被"工宣队"派去搬运砖石，修葺房屋。像吴先生那样的老"战士"，就留在菜园里干点儿轻活。"工宣队"照顾大家刚下乡，又逢上冬天日短，早早地布置收了工，在夕阳西下时，竟已吃完了晚饭，夜间也很少有学习或批判的会议，精神上固然可以不至于太紧张，却又有点儿奈此长夜何了。

吴世昌书法

吴先生真会抓紧时间读书，只见他斜躺在床头的被服上，撅亮了电筒，慢悠悠地默诵着周邦彦的《清真词》。有一回，我见他翻到"楼前芳草接天涯，劝君莫上最高梯"这两句，正在细细地吟味。如果满世界都是萋萋的芳草，登上华屋的高处眺望一番，那真可以说是风景如画，跟我们这一大间寒伧的囚室比较起来，委实是两种迥然不同的境界。幸好文人喜欢想象，尤其是在宁静的夜晚，念这样的绝妙好词，该会有一个温柔而又美丽的梦吧。每当我瞅着吴先生眯住了眼睛时，总是忧伤地祝愿他有一个迷人的梦。

他每晚都孜孜不倦地读书，似乎忘记了一切人世的烦恼。我不知道他是否怀念着自己的妻子儿女？也许是在心里想得深切，表面上反而显出淡然的滋味吧。我那时整天牵挂着分散的家庭，忧思百结，心神不定，不管是谈论什么话题，都缺乏十足的劲儿，有时跟吴先生闲聊几句，也总是三言两语便结束了，这样就都想起《世说新语》里的对话，竟借用它来交谈了。它是那样简短，可以毫不费力；又那样含蓄，可以不致触犯忌讳。

1981年国务院学位委员会第一届文学评议会成员。前排自右至左：钟敬文、王瑶、王元化、钱锺书、王力、萧涤非、朱东润、吕叔湘。后排左四起：李荣、吴世昌、夏鼐

我真想跟他聊聊离愁别绪的话题，却又被传统的礼节所拘束，觉得在两个刚强的男子汉之间，似乎不该谈论这些儿女情长的事情，终于没有启口。但是吴先生用读书来消愁的做法，倒是给了我很大的启迪，因此也学着他的模样，随便找了几本书来翻阅。书本中各种纷杂的内容，果然驱除或冲淡了自己内心的忧思。

不久之后，我们的干校又奉命迁往罗山东边的息县，"五七"战士们都分散开来住在老乡家闲着不用的破屋里。说来也真凑巧，我们又同住在一间低矮的草棚里，这草棚的四堵泥墙都已开始倾斜，寒风从数不清的窟窿里吹进来，冷得我的心直发抖。仅有的一个窗子，小得像张开的巴掌那样，还贴上了发黄的旧报纸，两扇勉强合拢的木板，就算是进出的门户了。白天坐在屋里，也是黑沉沉的，想见到一点儿亮光的话，得要敞开大门，不过冷风也随着凶猛地刮了进来。

我们把箱子放在土坯上，把行李放在战友们刚搬来的床上，摊开被褥，取出蚊帐，摸黑往床头挂着。我很快就挂得方方正正的，躲进去一看，觉得在这片洁净的世界中，依旧能够安身立命，驰骋自己的思想，人的需求原来可以降低到最小的限度。当我高兴地钻出蚊帐，看见吴先生在暗中移动的影子时，才发觉他那双曾撰写过多少文章的巧手，竟无法将铁钉稳稳地敲进泥墙里去，蚊帐依旧乏力地团在床上。我赶紧替他敲好钉子，系上绳索，将蚊帐挂在床顶。他这才坐在雪白的帐子里，抚摸着自己稀疏的头发，轻轻地喘着气。过了一会儿，他打开自己的袖珍收音机，随手丢在床上，那里正在广播新闻，总是说着"无产阶级革命路线的伟大胜利"吧。他站了起来，在坑洼的泥地上踱起步来，又用手指弹着剥蚀的泥墙，像是陷入了沉思之中。这时候，收音机里传来我国人造卫星上天的消息。

"卫星上了天，可是人们住的房子却跟三代以上没有多大区别。"吴先生沉

思地说。

"不是说生活得太好,就不利于思想改造吗? 我们刚适应了囚室,又奉命上这儿来适应草棚的生活。比起这草棚来,那囚室真可以说是天堂了,因此得从天堂里撤退出来。不过从增加见识的角度来说,却又是多大的收获!"我瞧着屋顶乌黑的稻草和四壁散乱的泥块,顿时又想起那一间在白天洒满了阳光的囚室,想起自己在囚室里读《英汉辞典》时,他曾回忆过在牛津大学教书的情形,竟又冒出了一个奇怪的问题,"你刚从中国去牛津大学的时候,会感到有这种突兀的印象吗? "

他摇摇头说:"绝对不会的。"

"这就可见从认识的角度来说, 我们今天的收获确实太大了。" 我又想起《庄子》里的《齐物论》来,差一点儿要背诵"未知有无之果孰有孰无也"这句话。因为坐在干净的帐子里,隔开了肮脏的屋顶,我心里很舒坦地说:"我们不仅认识了,我们还创造了一个干净的世界。"

他仰起头,打量着乌黑的屋顶,像吟咏一首四言诗似的说:"匪夷所思,匪夷所思!"他眼睛里露出一道忧伤的光来,这凄怆的神色,这悠长的话音,至今还像是在我眼前似的。我常常回想着他所说的"匪夷所思"这四个字,为什么要这样说呢? 是不是他早已觉得不能理解这"文化大革命"的涵义? 他满腔热情地回到祖国,本来是想大干一番事业的,他也许准备写出几部巨大的学术著作,也许准备在中国的研究院里教导出一批得意门生来,却也不得不服从"无产阶级革命路线的伟大战略部署",被卷到这千里之外的"干校"无谓地劳碌,不恰巧是应了《易经》里"匪夷所思"的话吗?

为什么不让人们过正常的生活,为什么会有"匪夷所思"的感叹呢? 这"匪夷所思"听起来相当含蓄,却是对这种生活最为彻底的否定,因为在"文化大革命"的风暴中,如果直白地说不该办"五七干校",那简直就是犯了大罪,甚至可以吃官司的。

每逢白天,他去搓麻绳,我去老远的地方搬运石头,到了夜晚,我们都躲在自己的帐子里,张望着搁在土坯上的煤油灯,随便说几句白天的见闻,就先后都打起鼾来。

有一天深夜里,我忽然从睡梦中惊醒过来,老是听到屋子里有一阵哗哗地响声,赶紧拧亮电筒,往蚊帐外面探望,这才慌张起来,原来雨水正冲过屋檐的漏缝往里灌着,淌满了泥地,积水在电筒的光线底下,泛出了浑浊的影子。我急着寻找布鞋,想下床悄悄巡视一番,看这草棚有没有倒塌的危险?可是在床下找遍了,也不见自己的鞋子,也许被积水冲往门外去了吧?

这时从吴先生的蚊帐里,忽然闪出一道电筒的光线来,这束微弱的白光,在我面前摇晃了一会儿,就停滞在一块厚厚的土坯上。我随着光线看去,只见那双鞋子早已搁在上面了。我这才恍然大悟,原来吴先生已在我之前醒来,做完了抢救的工作,又悄悄地躺在床上,听着屋外的风声和雨声,听着从墙上淌下的汩汩水声,也许嘴里还默诵着"楼前芳草接天涯,劝君莫上最高梯"吧。

我默默地张望着他的蚊帐,虽然眼前是一片漆黑,却幻想着他正在芳草天涯中徜徉,为什么不和我说话呢?是又睡着了?在这样的滂沱大雨中,他竟显得如此从容和淡漠,可是在他的心里,却又多么关怀别人,我突然觉得他像个天真无邪的赤子那样,让人从心里喜爱和尊敬。

河南的泥土比北方黏得多,一场大雨过后,满地都是厚厚的泥浆,许久都不会干燥,双脚踩在上面,陷得深深的,费好大的劲儿才拔得出来。食堂离我们住的草棚很远,我让吴先生在草棚里等待,独自迎着早晨的阳光,瞧着地上的一片泥浆,踽踽地走向食堂。食堂其实也是一片浑浊的泥地,只在顶上遮了几张竹席,哪里经得住暴雨的摧残,地上布满了一片稀烂的泥浆。我买了几个馒头,匆匆地赶回去,跟吴先生各自坐在蚊帐里,慢悠悠地啃了起来。

早饭之后,我背了一捆稻草,铺在泥泞的草棚里,一股阴森森的潮气却依旧发散不掉,冷得人浑身颤抖。吴先生说是想去外面阳光下走走,拿起一根竹棍出了门。我懒得在泥团中踽躅,迎着从门口射进来的阳光,写起家信来,写了好久还不见他回来,就去村子里寻找,兜了一个圈子,才发现他在河边的小树林里,神往地瞧着一群雏鸭,在扑扇着翅膀游水,他也许想要吟咏那些自由自在的禽类吧,我不愿打扰

吴世昌编辑过的刊物《学文》

111

他的诗兴，悄悄绕到他的背后，也默默眺望起来。

吴先生又站了一会儿，挂起竹棍，踩着泥浆，很艰难地走了过来。

"吴教授，胡为乎泥中？"我瞧着他开朗的神色，高兴地喊叫起来，说着《世说新语》里的对话。

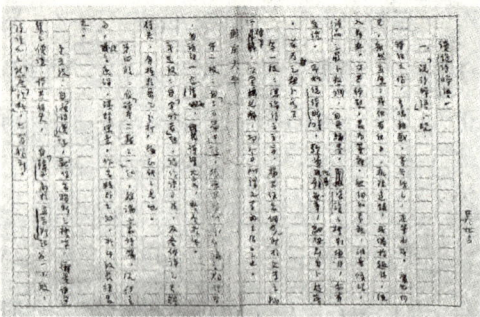

吴世昌先生著述手迹

"薄言往愬，逢彼之怒！"他背诵了《世说新语》里那段文字的答案。

"震怒者何人也？"我沿着《世说新语》里的思绪，信口发挥了起来。

"天耶人耶？恣意为之耶？"吴先生充满玄机似的回答着。

我瞧着他眯住的眼睛，仰天大笑起来，这真是一个哲人的答案。为什么知识分子会被迫放下手里的工作，无法将自己所掌握的文化知识，贡献给整个的社会，就说像他这样饱学的教授，为什么会被莫名其妙地遣送到这儿来，无谓地遭受冻馁呢？这难道不是"恣意为之"的结果吗？不过面临着这种悲苦的命运，他似乎并不感到十分沉重，却抿着嘴微微地笑了，也许正是因为他已经窥破了"文化大革命"的玄机，才会露出如此坦然的表情吧。

放晴了几天之后，我们草棚前面的泥地，全被阳光晒干了，一行行隆起的脚印，竟像石块那样坚硬地挺立着。趁着星期天休息，我动员吴先生一起晒晒潮湿的被子，于是在杨树上拴起一根绳子，抱着被子轻轻地往上挂。

当我搬走他床上的垫被时，竟发现木板上蒙了一层水汽，中间狭长的一条痕迹显得更为分明，俨然是他躺着的身影。他惊呼起来了："隔着垫被还能留下我的影子，真是匪夷所思！"

我为了打消他恐惧的心情，赶紧拉着他奔往门外，将他团在绳子上的被褥轻轻拉开，只见缝住被面的白线几乎掉光了，一大块棉絮全露在外面，我找出针线，吃力地替他缝上，他绕着绳子张望，又吃惊地喊道："你还有这样的本领？"

正在这时，"工宣队"一位胖胖的师傅跑了过来，称赞吴先生从来到干校之后，各方面都表现得好，让他在下周的"毛泽东思想讲用会"上发言，讲讲自己走

"五七"道路的体会。

吴先生眯着眼,摇了摇头,不假思索地拒绝说:"我没有什么值得讲的,我真的讲不了。"

胖师傅又耐心地劝他无论如何得讲一讲,还告诉他这是"工宣队"领导上一致决定的,他却毫不领情,依旧是固执地拒绝了。

胖师傅的脸色有点儿愠怒,摇摇头走了。

吴先生摊开双手,无可奈何地说:"我能讲什么?说真话肯定不行,总不能讲假话吧!"

阳光照着他稀疏的头发,照着他瘦削的脸庞。我感到从他眯着的眼睛里,闪出了一股晶莹的光来,我至今还记得他当时那种执拗、诚恳和无畏的表情,这似乎比词学大家或红学大师那样的称号,更鲜明和牢固地烙印在我的回忆里。

动乱和荒诞的"文化大革命"终于结束了,在最近这逐步走上正轨和清明的十年中间,吴先生终于有机会作出了大量的工作,写论文,编自己的文集,对我国古代文学研究方面的贡献,是相当可观的,他还培养了新中国的第一代博士研究生。记得在两年前,我们几个人正忙着筹办一份散文月刊,我前往他的府上,请他撰写几篇关于牛津大学的回忆录,以飨有些想了解国外大学情况的青年读者。没过几天,他就跑来找我,给了我一篇回忆李四光的文章,并送我一本他刚在香港出版的《罗音室诗词存稿》,很谦虚地表示,如果这篇文章不能刊用的话,千万不要为难,说是等忙过了这一阵之后,再尝试写几篇回忆牛津大学的文章。

"我是要写的,写我在那里看到和学到的东西,写我为什么要回中国来?一个人总得为自己的祖国工作,当然国家也应该让人们有得到工作的权利,我们在干校的那些日子,不就是无法正常地工作吗?那种匪夷所思的日子,永远也不能让它再来了!"他深思了一会儿,开朗地笑了。

《回忆李四光》已经在那个杂志的创刊号上登了出来,可是他答应要撰写的牛津大学回忆录,却永远也无法读到了。他报效祖国的愿望,总算开始得到了实现,他还可以做出多少有意义的工作来,为什么竟这样匆忙地离开我们呢?

1987年3月

刘大杰：
一生的憾事*

　　每当我拿起自己刚印成的新书,抚摸着装帧精美的封面时,总会想起给自己打开眼界和思路的导师刘大杰先生,而每当想起他时,又总会在脑海里浮现出他讲课时的表情。

　　我毕生都折服于他惊人的智慧与才气,然而我绝对不能夸口说,他是一个仪表非凡的人。他的脸庞似乎过于狭长了,下颚也翘得太高,前额却又过于短促。当他在一阵上课的铃声中,匆匆走进教室和跨上讲坛时,我觉得这位闻名已久的老师,整个脸部的线条与结构,似乎缺少一种匀称与柔和的情韵,然而当他张开阔大的嘴巴,讲起屈原的辞赋时,却又不能不信服他过人的才智。他先是勾勒这位伟大诗人行吟于汨罗江边的图画,接着又用诗一般的话语,描述屈原内心的忧伤与愤懑,用音乐一般的旋律,击节朗诵着诗人的作品,又用哲人那样犀利和深刻的语言,剖析着诗人的思想与精神。

　　听着他将诗歌、图画、音乐和哲理融合在一起的那些话语,瞧着他乌黑的头发、晶亮的眼睛和颀长的身体,分明又觉

刘大杰

* 原题为《文学史家刘大杰的憾事》,本题为编入本书时编者所加。

得他是个风度翩翩的美男子，一种华瞻的精神气质笼罩着他壮实的躯体，这难道不是最高境界的美吗？曾听一个喜爱拨弄是非的老人说，有不少女学生发狂似的爱着他。我不知道这老人所说的"爱"字，究竟具有什么样的含义？如果是指倾心与仰慕的话，那么他让人萌生这样美好的情感，应该说是很自然的事情。

听刘大杰老师讲授中国文学史课程，确实是一桩极大的乐事，不过这同时又是一件辛劳的苦事。那间可以容纳四五百人的教室，在上课的十分钟之前，就挤满了旁听的理科学生，熙熙攘攘，竟像个热闹的集市，想要在这儿找到一个空位，真是谈何容易的事。为什么相当深奥的中国古代文学史课程，能够吸引这样多攻读化学和物理的年轻朋友呢？也许是稍微有点儿文化知识的炎黄子孙，都渴望着了解自己民族的往昔，渴望着提高自己的文明程度和审美情趣吧。然而许多讲授中国文学史的教师，都缺少鼓舞和实现他们这种愿望的本领，只有刘大杰老师充满机智与艺术魅力的讲演，才震动了他们的心灵。

我还清楚地记得，他在批阅我关于《桃花源记》的读书心得时，曾经跟我详细地交换了意见。他肯定了我某些独到的艺术见解之后，紧接着就严肃地指出，我对于陶渊明那种乌托邦思想的论述太不充分了。他头头是道地叙述着英国人莫尔的《乌托邦》，和意大利人康帕内拉的《太阳城》，还讲到了中国古代的鲍敬言和邓牧，评论着他们那种要求摆脱被统治与奴役的幻想。他如数家常，娓娓道来，使我听得趣味盎然，却又涉猎广博，寓意深远，顷刻间就打开了自己狭隘的视野，我的思想顿时变得豁然开朗起来，像是越过了缭绕着云雾的冈峦，站在群峰的顶巅，俯视着低矮的小丘，涓涓的河流和一大片广漠无垠的原野，整个世界似乎都可以一览无余了。

正是在刘老师的点拨和指导底下，我废寝忘食地读书，苦思冥想地写作，我的多少知识、思想和审美情趣，都是他所赐予的啊！几十年来，每当夜深人静，坐在桌旁奋笔疾书时，总像是听到他严肃而又慈祥的声音，在朦胧的灯光底下悄悄地嘱咐着我，应该不懈地跋涉下去。

我也从未忘记过在 60 年代初的一个冬天，他前来北京开会时，嘱咐我通知一批复旦大学的校友，于北京展览馆的西餐厅聚会，有将近二十位同学赶来了，整整齐齐地坐在长桌两侧，他端坐在我们中间，瞧着大家刀叉并举，铿锵有声，津

刘大杰：一生的憾事

津有味地吃着盘子里的菜肴。大家刚度过严酷的三年困难时期，肚子已经饿得空空的，都当着他的面狼吞虎咽。他劝大家再多吃一点儿，还让我找来服务员加菜，自己却只喝着杯子里浓浓的牛奶。我知道他的结肠癌刚动过手术，最适宜吃这种流质的食品。

刘大杰学术代表作《中国文学发展史》

我们一边吃喝着，一边张望他瘦削的脸儿，有多少想跟他倾诉的话儿，都从含着泪花的眼光里，献给了这位尊敬的老师。我们多么想老是这样默默地瞧着他，回忆着他对大家谆谆的教导，可是天下无不散的宴席，只好怏怏不乐地分手了。在大家离座起立之前，他简短地讲了一通对我们祝愿的话，希望大家都能够努力地学习和工作，为中华民族的文化建设作出一番事业来。

如果说这是一回气氛热烈的聚会，那么我在 1976 年 10 月中旬去上海出差，最后一次见到他时，却带上了一丝悲凉的意味。我坐在他府上的客厅中间，从口袋里掏出一位前辈学者托自己带交给他的信，恭恭敬敬地放在他手中。他打开信封，很快速地掠了一眼，神秘地摇摇头说："现在还羡慕我，真是羡慕得太晚了。"

他将摊平的信纸递给了我，我也草草扫了一眼，只见上面写着这样的字句："尊著蒙伟大领袖之赞许，并提出按儒法斗争线索修订，诚人生最大之幸事，日后如能专程趋府，拜诵此最高指示，何其欢乐哉！"

客厅里静悄悄的，四壁的书橱牢牢地包围住它，似乎已经与外边的世界完全隔绝开来了，刘老师却还害怕会有人偷听我们的谈话，抿着嘴唇轻声地说："中央'文革'的'四人帮'已经被捕。我修订这部《中国文学发展史》，都由他们手下的人安排，我也许会倒霉的。"

我是从他的嘴里，头一回听说"四人帮"这个名词，也头一回知悉那些爬在人民头上作威作福的家伙已经倒台了，却还不知道是谁把他们抓起来的，不过我总觉得这不应牵连到惯于听命和服从，却不得不放弃自己独立主张的学者，因此诚心诚意地劝慰他说："你没有损害过别人，怎么会牵连到你呢？如果整个气氛能够正常起来，你还应该把这部书恢复成原来的样子。"

一年好景君须记
三月春愁水不如

郁达夫赠刘大杰对联

他又懊悔地摇了摇头,我在后来才愈益明确地觉得,他当时就已经预感到自己的命运会变得暗淡起来。我匆匆回到北京后,果然就听见了关于他的传说,有些在当时也曾十分羡慕过他的学者,竟讥讽他是谄媚的"高力士"。将他喻为愚鲁和颟顸的"高力士",显然是不确切的,他倒像善于回旋在李隆基和杨玉环之间的李太白,据说他就是这样为自己解嘲的,这很符合他开朗和诙谐的性格。不久之后,他就死于结肠癌的宿疾,因为我没有前去探视他的机会,不知道他在临终前究竟是一种什么样的心情?

在"文革"这个蹂躏和践踏人们灵魂的风暴中间,他无疑也是被损害的人,或许是为了保存自己生存的权利,他只好巧妙地略施小技,这又有什么办法呢? 是压制和破坏人们正常生活的畸形时代,使人们的心态也变得畸形起来,不管怎么说他都是无辜的。

最近我去广州参加秦牧创作五十周年研讨会时,曾跟一位知识渊博的年轻学者聊天,他由衷地称赞着《中国文学发展史》,认为全国解放之后出版的好几部中国文学史教材,无论在思想见解、艺术分析和文笔的风采方面,都远远赶不上这部30年代问世的著作。这位青年学者从未见过刘大杰老师的面,却这样毫无保留地推崇他,可见他经过艰苦创造的巨大精神财富,已经烙印于一代又一代后人的心坎中了。

1990 年 10 月

李霁野：
文人相"亲" *

壹

记得是五十年代初期，我在复旦大学读书的时候，曾经聆听过伍蠡甫老师讲授西方文学史的课程。他总是在追本溯源中间，讲得那么有声有色，真让我听得逸兴遄飞，因此只要他在课堂上所论及的作品，我都会兴致勃勃地从图书馆里寻找出来，认真地阅读一遍。记得那一回，他刚开始讲解英国作家夏洛蒂·勃朗特的长篇小说《简·爱》，我立即借来了这本书，上课时也放在桌子上，一面听他细致地分析，一面就张望着封面上那幅棕色的图画。

在一阵下课的铃声中，伍蠡甫老师离开讲台时，笑眯眯地告诉我说，李霁野先生翻译这部小说的笔墨相当流利，会读得挺舒畅的。他这一番简短的话语，才引起我对于李霁野的这个名字的关注，留下了相当深刻的印象，并且辗转地听说了，他在天津的南开大学教书，还兼任外语系的主任。

我当时还没有系统地阅读过有关鲁迅的资料，因此并不知道李霁野与鲁迅有着很亲密的关系。直到六十年代初期，我很偶然地产生了研究鲁迅的念头，仔

---

* 原题为《对于李霁野先生的点滴回忆》，本题为编入本书时编者所加。

仔细细地读完了人民文学出版社在不久之前重新编纂成的《鲁迅全集》，才从鲁迅写给他的好多信件中间，知悉了他们之间的师生情谊，知悉了鲁迅对于他无微不至的关怀。

对于李霁野所写的一篇短短的杂文《生活！》，鲁迅都很认真地进行阅读，并且提出详尽的修改意见，提醒他应该写得蕴藉与含蓄；至于他所翻译的安得列夫《黑假面人》，鲁迅更是仔细地加以指导。而当他写信告诉鲁迅，说是准备出售这部译稿来交付学费时，鲁迅又劝他以未名社的名义自行印刷出版，这样既可以保证装帧的质量，印数也会多些，为此还特地从厦门汇钱给他，好让他及时交付学费。

生活在人寰中间，应该怎样对待自己所相处的群体呢？是冷漠，是嫉视，还是至诚地关怀着大家？冷漠与嫉视，自然是极不可取的，这样就会使得整个社会产生重大的危机；只有相互之间的关心与爱护，才能够逐步形成健康和合理的生存方式。像鲁迅这样挚爱着青年一代的精神与行动，实在是太令人感动了，不由得要从心里震颤着呼喊出来：这才真正说得上是伟大的人！

鲁迅写给李霁野的信件，极大地触动了我的心灵，使我更牢固地树立了研究鲁迅的决心。因此李霁野的这个名字，也就在我的脑海中间，更留下了十分强烈的印象。

可是在当时那种很严酷的社会氛围中间，只要稍微发表一点儿不符合"左倾"社会思潮的话儿，就有可能会被揭发出来，从而受到严厉的批判或惩罚，因此在人们之间，都很警惕地防备着，尽量减少相互的交往，尽量少说一些敏感的话儿。更何况当时学术与文化方面的活动，也远不如今天这样繁多，想要认识一位外地的学者和作家，并不是一件很容易的事情。像这样的话，我自然就无法见到李霁野先生了。

贰

又过去了十多载的岁月之后，在 1977 年的冬天，我才有机会前往天津，去访问李霁野先生。那时候，"文化大革命"的浩劫刚刚结束，在这场灾难中尝尽了苦难的多少同事，却还是壮心未泯，都盼望着能够赶快拾掇起荒废了十余年的学术研究工作。尤其是长期领导着大家研究鲁迅和现代文学的唐弢先生，精心起草了一份研究鲁迅的详细计划，他自己准备撰写考虑已久因而变得胸有成竹的《鲁迅传》，同时又布置我们十来个中青年的研究人员，分头撰写鲁迅思想研究、鲁迅小说与散文研究，以及编纂《鲁迅手册》等等的项目。为了要听取有关专家的意见，他还派遣了几名研究人员，前往北京、天津和上海的大学以及研究单位，就这些题目进行认真的请教。

我正是在那一回，匆匆地前往天津，向李霁野先生等几位著名的专家请教的。

多么寒冷和肃杀的季节，天空中正飘洒着片片的雪花，粘落在空空荡荡的街道上，和几个零零星星的行人身上。

去年夏天的大地震，依旧留下许多触目惊心的痕迹。一座座低矮的小木棚，簇拥在大街两旁的走道上。有不少古老的洋楼倒塌了，到处都是倾斜着的断垣残壁，临街的那一面砖墙，活像一座演出话剧的舞台，可以清楚地瞧见屋子里的床铺和桌椅。一家子的人们正在那里忙碌着，有垒砖的，有拌泥的，有提桶的，来来往往，川流不息。他们不是在演出建设生活的话剧，而是在真实的生活里面，发挥自己的才干。一个身穿红棉袄的姑娘，唱着欢快的歌，像是替父母的劳作伴奏。

在经历了巨大的灾难之后，人们并没有沮丧与绝望，却依旧充满了信心，洋溢着欢声和笑语，顽强地搏斗下去，那么这个民族就应该可以迎接阳光灿烂的明天。这活泼泼的场景，顿时使我觉得似乎刮起了一阵温和的暖风，完全吹走了周围凛冽的寒气。

我正是怀着一种快乐的情绪，找到了这条名叫大理道的街巷，走进李霁野先生的家里。说明了自己的来意之后，他很高兴地带领我走进了自己的房间，招呼我坐在桌子旁边的沙发上。在他稀疏的华发底下，一对细小的眼睛里，闪烁出阵阵的光芒，将自己布满了皱纹的脸庞，映照和衬托得很明亮起来。我张望着他堆积在案头的文稿，和支撑在小床顶端防备着屋顶倒塌的

青年时代的李霁野

铁架,想象他在去年一夕数惊的地震中间,大概也并未中断过笔耕的习惯。

他温煦的笑容,和从容地归置着文稿的姿势,鼓励我充满勇气地展开了自己的话题。他一边听我说话,一边和气地询问我,唐弢先生的《鲁迅传》,什么时候能够写完呢?

李霁野先生听着我说话,笑容满面地瞧了我一眼,说是他自己早就认为应该撰写鲁迅的传记,这样可以给予世人无限的教益,而如果许广平先生还健在的话,此书的作者当然以她最为适宜,因为她跟鲁迅朝夕相处,肯定最了解他的性格与为人,并且还能够随时笔录他智慧和风趣的谈话。

我听着李霁野先生的话儿,觉得他的想法是很有道理的。许广平先生所撰写的《欣慰的纪念》,事实上也正是另一种形式的鲁迅传记。不过对于撰写传记的作者来说,除了必须很熟悉传主的一切情况之外,更重要的是还必须具有深邃的目光,描摹性格和场景的高超本领,和熟稔地驾驭奔突着气势与文采的笔墨。司马迁比荆轲晚生了几百年,罗曼·罗兰跟贝多芬也并非同时代的人,为什么司马迁笔下的荆轲,和罗曼·罗兰笔下的贝多芬,却永远会叩响和震撼着多少人们的心灵?除了他们强烈地挚爱着自己所描摹的主人翁之外,还因为他们具有此种撰写传记的卓越才华。

他又提起鲁迅在逝世前不久,写信给他谈论撰写传记的问题,说是鲁迅实在太谦逊了,认为自己的一生过于平凡,只是有一些"小小的想头和语言"。其实在本世纪之间,像鲁迅这样深刻的哲人,肯定是寥寥无几的。

听着李霁野先生的这番话语,立即触动了我也曾思虑过此事的心灵,竟狂放地诉说起来,"不要说这个世纪了,就是在整部中国历史上,如此深刻地思考和关怀自己民族的哲人,大概也只有司马迁、李卓吾、黄宗羲和唐甄这几位!"刚说完,就很懊悔了,怎么能够在尊敬的前辈面前,不知深浅地随便说话呢?

瞧着他抿住嘴唇的笑颜,和点头鼓励我的眼光,知道他一点儿也没有责怪我的意思,忽然觉得自己的心里,充满了极大的勇气,要去好好地思考和论述中国文化史上的许多问题。

李霁野先生讲起了,自己正在撰写几篇回忆往日的文章。他兴冲冲地诉说着,不管多么的忙乱,不管精力正在日渐地衰退,每天总得写上几百字,像这样坚持不懈，一年中间也可以写出十几万字来，相当可观的数字啊！说着就爽朗地笑开了，哪里像是早已进入了古稀之年的老翁。

我虽然很愿意跟他说话，却怕他再聊下去，会太劳累的，只好快快地站起身来，说是以后再继续向他请教。他送我走到大门外边，一面走路，一面喃喃地说，"只要活着，就还能写下去！"老人这种执著的神态，立即使我想起刚才在路上瞧见的情景，心里也升腾出无穷的希望来。

叁

又一回跟李霁野先生的见面，是在 1981 年的秋天。鲁迅诞辰一百周年的纪念活动，正在北京进行，来自全国各地的许多著名学者和作家，都住宿在西直门外的一座宾馆里面，热情澎湃地参加这个很隆重的会议。只要是讲起鲁迅的这个话题来，真有着永远也诉说不完的情感与思想。

在这一回的活动中间，还要举行研究鲁迅的学术讨论会。张罗这样的一摊事务，实在是非常繁忙的。记得当时我跟十来位中青年的学者，一起操劳着许多琐碎的杂事，常常忙碌到夜深人静的时辰，因此就很少有余暇的时间，跟那些与鲁迅交往过的前辈作家畅谈一番。

这短短的几天之间，我常常在会场、食堂和走廊中间，瞧见和蔼可亲的李霁野先生，向他点头致敬，有两三回还坐在他住宿的房间里，断断续续地说上几句话儿。

记得我跟他回忆过在自己的大学时代，学习外国文学史的往事，很神往地说起伍蠡甫老师，称赞他翻译《简·爱》的功力。他高兴地点着头，说是伍蠡甫老师具有极为渊博的学术素养，对于东西方的审美方式及其内涵与特征，已经烂熟于心，了如指掌。还说起他的父亲伍光建先生，是中国翻译西方文学趋于成熟和规范的大师，自己在翻译《简·爱》的时候，还参照了他《孤女飘零记》的译本。

李霁野先生洋溢着一种很钦佩与神往的表情，谈论着那些掌故。这立即使我想起了曹丕《典论·论文》里所说的，"文人相轻，自古而然"；和英国哲学家罗素所说的，"嫉妒可以说是人类最普遍、最根深蒂固的一种感情"。不过事情也并非

李霁野先生在工作中

完全如此，并非所有的文人都那样轻薄和狂妄，并非所有的人们都是嫉妒别人的。李霁野先生和伍蠡甫老师，就是十分尊重别人的成就，衷心地欣喜于这样绚丽的贡献，会造福我们的整个民族。

当我们在谈起鲁迅研究的问题时，他表示自己最多是再写一些回忆性质的文章，理论方面的探讨，绝非自己的长项，希望长期从事于此种研究的同人，能够不断提高这一领域的学术水准。他还说起在将近二十年前，曾经在天津的《新港》杂志上，读过我对鲁迅小说进行艺术分析的文章。已经是这么久远的事情了，却还烦劳他记挂在心间，我立即向他表示了深深的谢意。

他喜笑颜开地鼓励我，要时刻总结自己研究和写作的经验，写出更成熟的著作，发表出更系统的思想和艺术见解来。他这样诚挚的教导和期望，至今还提醒着我应该努力地去加以贯彻。

记得还有一回，是说起了鲁迅劝阻几位朋友，为他提名诺贝尔文学奖的往事。李霁野先生很感慨地说，鲁迅实在太谦逊了，不主张替自己撰写传记，又不主张谋取多少人梦寐以求的那顶桂冠。他说至今还依旧牢牢地记得，鲁迅在那封给台静农的信里，竟认为自己写不出像望·蔼覃《小约翰》那样的作品，"要拿这钱，还欠努力"。其实无论在当时，抑或在今天，总觉得鲁迅的作品，给自己留下了远为强烈的印象。李霁野先生一再地强调，文学作品各有自己的特点，采取这样很谦逊的态度，可以更好学习别人的长处，至于文学创作的根本目的，是要温暖与激励读者的心灵，而不在于获奖与否，因此鲁迅的这种人生态度，是最为可取的。

李霁野先生的这一席话语，我是非常赞同的，因此至今还依旧留下了很深切的印象。在庆祝他诞生一百周年纪念的时刻即将来临之际，我还进一步地想到了，他此种人生的观念，显示出了生存于这世上，并不是为了熙熙攘攘地作秀，而是要踏踏实实地劳作。

那一回的会议结束之后，我记得是跟他一起乘车，送他抵达景山附近的朋友家里,才分手告别的,以后就始终未再晤面。又过了几年之后,我在《文汇月刊》上读到他的一篇散文《花鸟昆虫创造的奇境》,觉得很有意境和情韵,因此在编选《中国当代散文精选》和《中国现当代散文三百篇》时,都将它收录了进去。这两本典籍一直竖立在自己的书柜里面,白天黑夜都能够瞧见的。

2003 年 12 月 1 日于北京静淑苑

陈荒煤:
一座丰碑*

壹

好多朋友都关心着荒煤的身体，常常议论和希望他，能够跟我们一起迎接21世纪的来临，哪里知道突然会传来这个不幸的消息。在万分惊愕和伤痛的思绪中，我的眼前老是浮现出他的身影，禁不住想起了那些永远难忘的日子。

是将近二十年前的往事了，最初见到荒煤的印象，至今还永远飘荡在自己的脑海中。记得那天早晨上班的时候，在那座低矮和狭长的楼房前面，有一个秃顶的老人正挺着胸膛，缓缓地迈开脚步，默默地张望着爬在墙壁上的一丛绿叶，突然从他显得很忧郁的眼睛里，闪烁出炯炯的光芒来。映着蓝天里鲜艳的太阳光，这像彩虹般晶亮的眼神，使得我心里莫名地颤抖了一下，感到这老人似乎陷入过绝望却又充满了希望的情怀。

匆匆地走进办公室，听好多同事纷纷扬扬地议论，说

陈荒煤

---

*原题为《荒煤，我心中的丰碑》，本题为编入本书时编者所加。

是原来的文化部副部长陈荒煤同志,到文学研究所来工作了。这大名鼎鼎的作家,我早就读过他几十年前撰写的小说,也早就知道他曾领导过全国的电影工作,而且还因为《林家铺子》和《早春二月》这些电影被撤了职,"文化大革命"开始时又被投进监狱,真是尝尽了人世的磨难。虽然是这样熟悉的名字,其实却从来也没有见过面,我忽然想起了刚才邂逅的老人,很有把握地猜测他正是大家所议论的对象。在不久以后召开的一次全所大会上,果然是他默默地坐在大家面前。我几乎要从心里叫喊出来,怎么可能会猜错呢!

陈荒煤《解放集》书影

他始终是轻轻地说着话,丝毫也不带上抑扬顿挫的声调,就像悄悄流淌的小溪那样,从来都没有轰鸣的波浪,开始听起来感到有点儿吃力,耐心听下去就觉得蕴藏着无穷的味道,因为他反复阐述着要恪守文学艺术的规律办事,否则就会产生巨大的灾难,这种说法深深地吸引着我。我瞧见他翕动的嘴唇在微微地颤抖,两条眉毛中间竖起的皱纹也在不住地起伏着,从眼眶里还射出一道悲天悯人的亮光。我深深地感到他这番话语的分量,而且也强烈地觉得有一股亲切的力量,鼓舞和激励自己应该努力去治学,过去那种批判和斗争的氛围将会消失,现在是充分发挥潜力去从事学术建设的时候了。不过我长期以来都是生活在最底层的人,说起话来一不小心就会受到指责和批判,因此很怕跟身居领导职务的人士接触,只是在心里暗暗地同情他的遭遇和钦佩他的人品,却从来也没有勇气想去跟他交谈。

话说从沙汀和荒煤这两位著名的前辈作家,被调来文学研究所主持工作之后,他们一心扑在公务中间,不知疲倦地规划着许多研究的任务,谆谆地嘱咐大家要开创文学研究的新局面,许多同事都齐心协力和摩拳擦掌地想大干一番事业,好弥补过去荒废了的多少光阴,当时真是充满了一片百废待兴和欣欣向荣的气氛。我也被调到了新成立的鲁迅研究室,正夜以继日地赶写着计划中的研究项目,觉得几十年来都没有像这样兴奋和欢乐过。在查阅资料和埋头写作的过程中,生活的节奏显得分外紧张,时间像流水似的迅速消逝了。我在多次参加所内的会议时，常常跟荒煤碰面，却从未单独在一起说过话。

大概是度过了将近一年之后，他有一回在走廊里瞧见我，约我去他的办公室谈话。当我静静地坐在他对面，默默地瞧着他时，他也默默地张望着我。从窗外刮进来一阵温馨的微风，吹动了他桌上的纸片，他这才像是从梦中惊醒过来，低声细语地问我，"为了明年的鲁迅诞辰一百周年纪念，你们考虑过没有还该做一些什么工作？"

"除了已经上报的三部学术专著之外，还发动大家多写一些论文，针对当前存在的问题发表意见，着眼于提高鲁迅研究的学术水准，这样来发挥我们鲁迅研究室的作用，大家都有信心去完成。"我也像他这样慢条斯理地说着。

"你们没有想到过其他的工作吗？"他默默地望着我，然后就和蔼地笑了。

我无法回答他突然的询问，摇了摇头说："还没有。"

"应该赶写一部言简意赅的鲁迅传，让更多的人们准确地了解鲁迅，这既是最有意义的纪念，也是拨乱反正的重要工作啊！"

这个主意实在太好了，我在好多年前就想到过撰写《鲁迅传》的事情，还认认真真地钻研过罗曼·罗兰的《贝多芬传》，挥舞着红笔在自己的这本书上圈圈点点，想从里面学到一点儿写作的窍门，怎么这一回制定研究计划时却忘记了呢？并不是忘记了，却感到这是一桩相当艰巨的攻坚战，得放在以后再考虑去进行，于是有点儿犹豫地说道："怕不容易写好。"

荒煤拉开办公桌的抽屉，拿出几本书来，握在自己手里，默默地瞧着我说，"我找来了你写的文章，认真地看了看，觉得你应该能写好它。时间很紧了，回去研究一下，几个同志合作撰写也可以，好好研究一下就决定下来。"

除开荒煤之外，从来还没有哪一位领导者，是在阅读我的著作之后，再布置和指点我去从事研究工作的，我的心激动地跳荡起来，多么想冒出一句感谢的话儿，可是他不动声色地翻开面前的一沓卷宗，好像急着要处理另外的事情了，我只好把这句藏着千斤分量的话儿压在心里。更何况他根本就没有想到过要别人来感谢，却只是为了完成自己分内的工作。然而，他对于我衷心信任和期望的这句话儿："你应该能写好它"，显示了他多么善良和崇高的情怀，将成为熊熊燃烧的火炬，永不熄灭地照亮我的心灵。我肯定会永远记住他如此热情的鼓励，虽然长年练习的写作,至今还并未做得使自己满意。

贰

　　从 1981 年夏天开始,纪念鲁迅诞辰 100 周年的准备工作就一天天地紧张起来。荒煤是这个纪念委员会的秘书长,工作的头绪相当纷繁,首先是筹划有上万人参加的纪念大会,全国的著名作家都会前来北京,聆听当时的总书记胡耀邦讲演,真是事关重大啊。对于我参加的学术组这一摊事务,他也经常来过问和指导,想开好一个有全国上百位著名学者参加的研讨会,也实在是谈何容易的事情。就在人们纷纷前来报到,会议即将开幕的前夕,他终于劳累得病倒了,我前往首都医院向他汇报工作时,瞧见有几位电影和文学界的朋友们正围坐在床边,倾听着他说话。

　　他跟我握了握手,依旧滔滔不绝地继续往下说去,发表着对电影《伤逝》和话剧《阿Q正传》的看法。我瞧着他消瘦的面颊和额头上深深的皱纹,瞧着他异常憔悴的脸色,惊讶于他躺在病房里,怎么还能这样不顾一切地工作?我真想阻止他说话,然而我有这样做的权利吗?瞧着那几位朋友正用心地往本子上记录,我忽然想起从前那几部精彩的影片里面,不正是包含着他呕心沥血的才华吗?我如果阻止他说话,难道不是对艺术事业的茁壮成长犯罪吗?然而像这样不能挺身而出去阻止他,那么他患病的身体又怎么能痊愈呢?面对着这位充满了献身精神的殉道者,我心里翻腾着一种痛苦而又崇敬的感情,暗暗地发誓毕生都要努力地工作,才不会辜负他的言传身教。如果已经有了一种崇高和圣洁的光芒照射过自己,却依旧浑浑噩噩和随波逐流地苟活下去,这不是太可怜和可耻了吗?

　　当我正想得出神时,荒煤轻轻地招呼我走到他床前,询问着宾馆里对于食宿方面的生活安排,是不是都做得很妥善?嘱咐我务必转告全体工作人员,一定要尊敬和团结所有的作家与学者,说是只有分外地尊重和发挥知识的作用,国家才会有前进的希望。从这件细小的工作中,我也强烈地领会到了他宽厚和广博的胸怀。他像这样诲人不倦地启发和教导过多少后辈,他也许不会记得自己所有说过的话了,然而接受过他殷切教诲的人们,如果忘记了这些动人心弦的情景,不也去追求这种人生的境界,那不是在自暴自弃地浪掷生命吗?

不久以后,荒煤又奉命回到文化部去工作了,回忆着往昔几年令人神往的岁月,真感到有些怅然若失。我跟他并无更多的交往,还由于在我们之间年龄和地位的悬殊,几乎从来没有过私人之间的谈心,然而他燃烧和发光的生命,他出自内心地关切着所有人们的情怀,始终使我感到无比的亲切。我常常想去看望他,却又知道他的工作十分忙碌,因为他关心着整个中国的文学事业,要阅读数不清的作品,然后给这些作家们详尽地提出自己的意见来,怎么能平白无故地去打扰他呢?有一回我下了决心前往他家里,准备好了坐一会儿就走。在那间朝向马路的屋子里,坐着好几位年轻的作者,正说得十分热闹,有个年轻人气愤地诅咒着人人憎恨的贪官污吏,说是要让他们早些死亡。

"应该大家共同来努力,有效地采取道德的裁判,有效地进行法律的惩处,仅仅是停留在烦恼和愤懑中间,那就远远地不够了。"荒煤依旧是轻轻地诉说着自己的看法。

我斜靠在沙发上,倾听着他娓娓动人的谈话,感到了一种智慧的理性在闪光,禁不住在心里盘问自己,为什么他对许多课题都能够发表自己独特的意见?我的思想不断地飞腾起来,怎么就想到了希腊的神话,想到了那个普罗米修斯的故事⋯⋯

回到了家里,我继续揣摩着荒煤非凡的思索能力,总是因为他人生的阅历异常丰富,又有着广博的知识,这两者相互印证起来,就能够涌现出许多深邃的真知灼见,再加上他孜孜不倦地勤于钻研,多少难题当然会在他面前迎刃而解了。我真想提出许许多多的问题向他请教,正好在不久之后,自己的一本游记选将要出版,于是又拿起一沓剪报去找他了。

他仔细地翻阅着剪报,摇着头笑道:"我是个从来不写游记的俗人,能发表什么意见呢?"

"你不管发表什么意见,都会对我有启发的。"我诚心诚意地笑了起来。

他瞧着我笑得好欢畅,也嘿嘿地笑了,"这不是逼

青年时期的陈荒煤

上梁山吗？"

没过几天，在一个阳光明媚的午后，荒煤突然找到我家里来了，气喘吁吁地坐在椅子上，举起手来轻轻拍打我儿子的肩膀，高高兴兴地跟肖凤说道："孩子长得这么英俊，真是青出于蓝啊！"接着又关心地询问她，正在撰写什么传记作品？闲谈了一番之后，他才从书包里拿出一沓剪报来，将夹在里面的序言递给了我。

在匆匆告别时，他还回过头来打量着这间狭小的屋子，眺望着书柜顶上堆积如山的典籍，皱着眉头像是自言自语地说道："书太多了，太拥挤了！"

我瞧着他忧郁的眼光，在凝重地张望我，多么像一阵飞驰的流星，撞击着我厚厚的胸膛，深深地感觉到他总是关怀别人的一切。我一直送他坐上了汽车，才回到家里，赶紧翻开他的序言阅读起来。他对于游记能够开阔视野、沟通心灵和提高境界，阐述得多么的精辟。这篇序言在《光明日报》上发表之后，我听到好多朋友说起，读完以后受到很多的启发。

如果永远能够听他说话，永远能够阅读他的文章，永远能够受到他的启迪，这是多么的幸福啊！因此我常常幻想着，荒煤一定会健康长寿，一个善良和高尚的人，永远地活着，该有多好。记得山东省的东营市在那一回举办笔会时，东道主委托我邀请荒煤参加，他很高兴地答应了下来，却拒绝那儿开小轿车来接他，宁愿跟我们十几个同行的伙伴，一起搭乘面包车前往。快80岁的人了，一心一意地跟我们同甘共苦，真使我觉得又崇敬又心疼，又兴奋又难过。一路颠簸到达了目的地，他还兴致勃勃地要大家陪着去观看开采石油的井架。

有一天清晨，当地的市委书记搀扶着他乘上了轮船，大家直往黄河入海的地方驶去。船舷底下是汩汩流淌的波涛，船舱顶上又卷起阵阵的狂风，我瞧着荒煤直挺挺地站立在栏杆旁边，挥着手臂跟人们说话，眼睛里闪烁着欢乐的光芒，多么的神采奕奕，再也瞧不见丝毫忧郁的神色了，我深信他肯定会跟人们在一起迎接21世纪的来临。

哪里知道灾祸会这么迅捷地降临。虽说是"人生七十古来稀"，何况还远远地超越了这个期限，本来可以昂起头颅，用最虔诚的敬礼为他送行，却总是抑制不住眼眶里的泪水，抑制不住悲哀和痛苦的呻吟，因为他实在太善良和高尚了，实在舍不得他离去；不过他虽说是离开了大家，却永远在我们心里矗立起一座高大的纪念碑。只要是接触过他的人，就一定会在心里竖起这样的碑石。让我们都面对着自己心中的丰碑，也发誓要像荒煤那样，使自己的生命过得更充实、更美丽和更有意义。

1996 年 10 月

郑子瑜:
修辞人生 *

壹

　　有多少年了，只要一提起修辞学来，人们往往会立即想到陈望道的名字。他的巨著《修辞学发凡》，正是在近代中国创立这门学科的开山之作。听说他曾在复旦大学中文系开过这门课程，可惜的是我在母校上学时，陈校长已经不再授课，我自然也就无法聆听到他在这方面的教诲了。不过每逢重大的集会，陈校长那些风趣和诙谐的讲话，在经过了几十年的风霜雨雪之后，还依旧能亲切和有味地回忆得起来。

　　有一回，我很偶然地翻阅着郑子瑜先生的《中国修辞学的变迁》，看到他盛赞《修辞学发凡》是"千古不朽的巨著"，认为它"前无古人，后无来者"，还说虽然从未见过面，却衷心想充当陈校长的"私淑弟子"时，心里竟感到怦怦地跳荡起来。我有多少回见过陈校长，还回答过他询问自己的话，对于《修辞学发凡》却一点

郑子瑜

---

　　* 原题为《郑子瑜印象》，本题为编入本书时编者所加。

儿都没有研究，实在觉得太惭愧了。

后来我又听说过，这位新加坡籍的华裔学者，在海峡两岸相继出版了《中国修辞学史》，他无疑已经接下了陈校长治学的接力棒。正像郭绍虞老师在这本书的序言中所说，它"是第一本的中国修辞学史"，他确实像陈校长一样，也是这个学术领域中的开拓者和先驱者。

我曾有幸阅读过郭老师讲授的《中国文学批评史》，至今还觉得神秘莫测的是，他怎么能将"风骨"和"神韵"这些空灵的概念，抒写得如此的清楚和明白？好像变魔术似的，太奇妙了，太不可思议了，太令人惊讶了，想要达到这种出神入化的境界，得有多么高超的本领，才能够随心所欲地驾驭这门学问？虽然我至今还只是在治学的洼地和沼泽中跋涉，可是郭老师在学术高峰上自由徜徉的神采，将会永远使我神往，因此他对于郑先生的称许，就不能不给我留下深深的印象，也许我永远都会记得这位不相识的著名学者了。

有一日傍晚，我拆开刚收到的信件时，瞧见一个很精美的信封，印着香港中文大学的校名，钢笔的字迹写得很清隽和飘逸，不知道来自哪位不熟悉的朋友？摊开信纸一看，才知道原来是早就留下了印象的郑先生，原来在七年前的秋天，他在北京大学讲演时，曾请王瑶教授介绍友人，替自己的《〈阿Q正传〉郑笺》撰写序言。也许是王先生知悉我给不少作家和学者写过这类文字，这才想起了把我介绍给郑先生的吧。急性子的郑先生回到香港后，还没有等王先生跟我磋商，就寄信给我，恳切地邀我替他作序。

王先生和郑先生都是属于我老师一辈的著名学者，我曾有机会多次向王先生讨教过，对于心仪已久的郑先生，却从未谋面，也并未通过书信，想不到他竟会如此厚爱与器重我，这使我产生了一种拨动心弦的知音之感，当时就决定务必要认真地去完成他们的嘱托，尝试着写出一些读后的心得，以便得到他们的教诲。

仔细读完了郑先生的信，我才知道这部书稿的命运，实在是相当悲怆的。原来在1941年的冬季，日本侵略军占领了马来亚，郑先生逃亡到沙捞越的乡下，白天在烈日或暴雨下耕田谋生，尽管已经劳累不堪，却还从一所停办的学校里，借出一部《鲁迅全集》，每当夜晚来临，就强打着精神，在光线幽暗的油灯底下，正襟危坐，孜孜不倦地翻阅许久，写成这部用鲁迅杂文说明《阿Q正传》的笺注，像珍宝似的藏在身边,直到 1945 年日本政府向盟国投降之后,才有机会辗转寄往远在上海的郑振铎先生寓中。总是因为难于付梓的缘故,始终都躺在他堆满了纸张的书斋里,直至 1958 年郑振铎乘飞机去国外访问时,因空难丧生,郑子瑜当然就不便再去询问了。哪儿知晓竟会在"文革"的浩劫结束之后,有位建筑工人在北京一条街道旁边的书摊上,很偶然地购得此稿,这热心肠的汉子,竟依照稿子上开列的许多人名和地址,寄往福建厦门,几经曲折,终于又返回了郑子瑜手中。

这部埋没了四十余年的书稿,渗透着人世间的多少悲苦和辛酸,却也闪烁着善良、友谊和热爱文化的光芒,这不能不使郑子瑜感慨万千,觉得在痛楚的人寰中,毕竟还存在着良知与理性,于是他下决心要把这本书稿印出来,下决心要更努力地治学,他确实看到自己艰苦的治学,已经开放出花儿,结出了果实,这肯定会使紊乱的世界,渐渐变得聪颖和高尚起来的。当我从他的信中,知悉了这个真实的故事之后,心里也十分的激动。我正是在这种情绪中间,写成了那篇序言的。

不过事情并未到此结束,始终无缘晤面的郑先生,常常寄来热情洋溢的信,诉说着自己治学的近况。我每一回仔细地阅读后,总想用他的榜样鼓励自己,让自己赶快接受这位长者前进的号令,也好好地干一番事情。为什么他早已过了古稀之年,却还活得这样充满了兴味,还一心一意想在学术上作出更多的建树?反观我自己,常常变得很慵懒,常常虚掷了已经不多的光阴。是应该活得更勤奋一些,应该去做更多有益的事情,好使自己的生命变得更丰盈和饱满。

贰

我跟郑先生的这种交往,在今年的三月下旬,可以说是出现了小小的高潮。那一天我刚在外面办完几件琐事,午后才回到家里,睡过大大延迟了的中觉,已是暮色苍茫的时分,突然响起了电话铃声,原来是他从北京饭店打来的,约我赶去跟他晤面。神交数载,终于有了促膝畅叙的机会,自是人生中的一件快事,就匆匆地洗漱穿衣,匆匆地奔往他下榻的地方。走进他屋子里,只见沙发上围坐了好几位朋友,这些比他年轻得多的客人,都静静地倾听着他欢畅的话语。

从他凝视的目光和豪爽的笑容里，我顿时发现了这是一位热忱和恳切的长者，他愿意将萍水相逢的邂逅者，当成是倾盖如故的知音，慷慨地掏出自己的心来。他诚挚地叙述着自己的青年时代，怎样与命运搏斗的苦难历程。他因为家境贫寒，受尽势利之徒的欺凌，刺激实在太深了。像他年少求乞时，就有毫无心肝，不知同情和怜悯的恶少，竟拾起泥沙向他投掷，这才有"只掷泥沙不掷钱"的咏叹，然而他依旧自强不息，捕捉了一大把萤火虫，包在玻璃纸里，用这凄凉的光映照着自己，不懈地学习着写作。他还回忆自己于穷困的山村里当小学教师时，住在荒芜的破庙里，用学生的课桌临时搭成床铺睡觉，夜风从空荡荡的窗洞里卷进来，一股潮湿和冷冽的雾气弥漫于教室中间，睡了几个月，浑身都冒泡糜烂了。

讲着这些悲惨的往事，他双眼都闪烁着晶莹的泪光，不过脸上的表情依旧显得相当开朗，大约是因为已经超越这样的苦难，才会像贝多芬所说的那样，获得了"用痛换来的欢乐"。他的人生道路确实显得艰苦卓绝，他战胜和超越了苦难，成为中国第一部修辞学史的作者，再加上他曾在 60 年代初期，被修辞学的大本营早稻田大学聘请讲课，成为那儿第一个不是由日本人担任的教授，而且还获得了巨大的成功，更使他攀上了这门学问的山顶，目前已是国际汉学界相当知名的人物，在不少国家出版的名人辞典中，都可以找到他的条目。俗话说，"有志者事竟成"，似乎是一句空泛的成语，然而对于他来说，却又是千真万确的事实。

在那个令人兴奋的晚上，几乎都是听着他的欢声笑语。夜很深了，我虽然听得津津有味，却也只好匆匆告别。他笑眯眯地握住我手，说是等我四月初抵达香港中文大学时，他也会从北方南归了，希望能够再痛痛快快地畅谈它几个白天和黑夜。

我走出北京饭店的大门，觉得白昼里车水马龙的长安街，已经变得静悄悄的，它似乎也想休息了。我依旧回想着郑先生的好多话儿，真佩服他那一股坚定和执著的劲头。他已经获得了很大的成就，获得了广泛的声誉，也完全改变了穷困的生活，却还在埋头写作，乐此不疲，他追求的是一种什么境界呢？是不是想达到浮士德那样的目标，"要每天每日去开拓生活和自由"。我正在沉思中跨着脚步，一辆轿车飞也似的从身边擦过，把我从梦幻中唤醒了。

上月初，我去香港中文大学访问，在朝向海湾的"曙光楼"住下后，瞧着血红而又浑圆的夕阳,在黑黝黝的水面上冉冉地下降。这日落的瞬间,一阵阵耀眼的火光,似乎想燃红幽暗的水流,和昏沉沉的天际,显得多么的悲凉、雄壮和美丽。像我这样年龄的人,或者比我还要年长的人,能够出现日落时那种高昂的意境和璀璨的色彩吗?我顿时想起了远在北方的郑子瑜。真也凑巧,当天晚上他就打来了电话,说是刚从大陆返回香港,约我明日午后在他办公室里见面。

我曾于前年参观过香港中文大学,多少还熟悉这儿的地形,站在布满了绿草和红花的山坡上,透过一株株苍翠的松树,倾听着鹧鸪清幽幽的叫声,眺望着远方闪亮的海水时,心里觉得舒坦极了。瞧够了明暗相间的山光和水色,我又静静地观赏着山谷里许多迷人的建筑,有的高楼坚固得像方形的城堡,有的别墅玲珑得像一朵芬芳的花。我在郑先生上班的那座院子里徘徊过,沿着透明见底的水池,张望那喷泉飞溅的水花,和在池子中悠闲晃荡的金鱼,觉得这世界真安宁得可爱,如果庄子能够坐在这儿冥想的话,他肯定不愿前往熙熙攘攘的香港闹市。哲人的最高境界,不正是渴望着有一个静穆的旷野,默默地坐在这儿,思索着人世间繁盛而又缥缈的谜。郑先生也许会常常在这儿往来踯躅,想着这世界的轨迹向何处延伸吧?我真羡慕他有这么豁亮和宽敞的办公室,不像我整天躲在狭窄和幽暗的斗室里,一边听着窗外市廛中嘈杂的汽车声,一边在随便地想象着人类这几千年残酷的历史,有时深长地叹息,有时还掉下泫然的泪。

坐在郑先生的办公室里,我们又欢畅地说起话来,却并未讨论多少显得有点儿枯燥的学问,尽聊着东京的街道,新加坡的天气和香港的跑马场,他的谈兴浓得像一壶酒,一边说着话,一边就沉醉在自己的笑声中。我高兴地瞧着他,偶或也插上几句话,这样似乎没有过多久,天色开始阴沉了起来。

郑子瑜打量着从窗外飘来的暮色,很吃惊地叫喊起来,"还没有说上几句话,天怎么就黑了!"对于兴致很浓厚的人们来说,时间也许总是在飞也似的消逝。他邀我去大学宾馆的西餐厅吃饭,我们边说边走,兴冲冲地走到这座圆拱形的大门口,只见橘红色的大门紧紧关闭着,我失望地摇了摇头。

郑子瑜伸出拳头擂着大门,还高声喊道,"这么早就关门了?"看来他对待生活的态度,要比我勇敢和积极得多,在这样的紧急关头,想不耽误这顿晚饭,就得拔着嗓子呐喊,无缘无故地退让了,只会使自己挨饿和吃亏。人想要生存,真得靠自己去争取,也许正是这种猛进的精神,才使他在几乎沦为乞丐的生活中,不屈不挠地搏斗下去,终于取得了巨大的成功。如果我这时还年轻的话,一定要好好学习他如此韧性的劲头。

当我正陷入沉思中, 从屋里走出一位穿着白罩衫的小姐, 笑眯眯地招呼他说,"郑教授,别着急嘛!"

我们终于走进了漂亮的厅堂,在精巧的玻璃桌旁边坐下来,他似乎从未生过气那样,又欣喜地跟我聊天了。他和我约定,明天午后 4 点钟给我打电话,晤面后一起来探讨关于中国近代文化的研究问题, 这里当然要包括他颇有心得的黄遵宪研究,也包括他饶有兴趣的鲁迅与周作人研究。

叁

约定的午后 4 点钟,早已悄悄地消逝了。我坐在电话机旁边焦急地等候着,却始终听不到铃儿的声响。他会发生什么意外的事故吗?不会的,身体这么硬朗,精神这么饱满,而且在这样美丽和静谧的校园里, 会有什么意外的事故呢? 那么他为何不来电话?确乎找不出答案。到了五点钟,电话铃终于轻轻地响了,我赶紧把话筒捏在手掌里,紧贴着耳朵,哎,不是他,是九龙的一位朋友,约我去玩儿的。

为了等候他的电话,我不敢出门,就找出他刚出版的《唐宋八大家古文修辞偶疏举要》,逐字逐句地琢磨起来。一个深受中国古典文学熏陶的学者,竟忽发奇想地去给"道济天下之溺"的韩愈修改文章,这种平等和自由的心态,勇敢和求实的精神,实在令人钦佩。

两千多年来,世世代代的多少中国人,在儒家"父子君臣以为纪纲"的思想钳制底下,对这个圣贤也磕头,对那个伟人也作揖,却把自己贬成了应声虫和跟屁虫,凡事都得考证圣贤和伟人是如何指示的,哪怕它原本很荒谬与可笑,也不敢说一个"不"字,总是匍匐在地,直不起腰,歌功颂德,谄媚一番,至于自己的灵魂呢? 早就丢弃和丧失了,禁锢在这样的文化氛围中去治学,当然就无法建设现代的文明秩序。郑子瑜走着一条与这相反的路,竟会把人们推崇了好几百年的唐宋八大家古文,当作是学生的课卷那样,一丝不苟地删改和润色起来,这是多么了不得的胸襟和气魄!想当年他的福建同乡严复老先生,在《辟韩》这篇文章中,痛快淋漓地责骂过韩愈,曾使多少人感到惊讶和震颤。今天又迸跳出另一个福建人,大讲"文起八代之衰"的韩愈,有多少文句不通顺的地方,读起来真感到壮怀激烈,气冲霄汉。

我就这样读着《唐宋八大家古文修辞偶疏举要》,直读到深夜,打了个盹,推开窗门,瞧着海湾对面一幢幢灯火通明的高楼底下,一辆辆闪闪放光的汽车,不住地往前疾驶,不知道这些人们为着什么而奔忙?为攫取更多的金钱,为获得更大的权力,为占有更美丽的女人?郑子瑜无疑不属于这样的任何一个圈子里面,他在此时也该握着一卷书,津津有味地阅读吧?

电话铃突然响了,终于是他在跟我说话,他的嗓音为何如此沙哑?他告诉我一个不祥的消息,原来昨夜分手之后,他回到宾馆的房间里,很迟才睡着,顷刻间又被窸窸窣窣的声音吵醒,他在黑暗中好像瞧见有人影儿在晃动,不由自主地喊叫起来,还没有等他完全清醒,三个盗贼飞奔到床前,一齐掐住他脖颈。他伸出手想挣扎,正好露出手腕上的金表,有个盗贼立即把它掠走,还没头没脑地捶打他。另一个最狠毒的盗贼,从桌上抢起香烟缸,直往他眼窝里砸,等这三个盗贼跳窗逃走时,他觉得左眼剧烈地疼痛,血淌在脸上,淌在被褥上。

"我这就赶去看你!"我从床边站了起来。

"绝对不要来,我已经在医院里治疗过了。有一辆汽车正在楼下等我,我一分钟也不能停留,太怕人了,我立刻就得走。现在还不知道眼睛会不会瞎掉?等我稍好一点儿,再跟你联系。"电话里传来的声音,显得极端的惊恐,也分外的感伤,容不得我再说话,就挂断了。

那天夜里,我焦虑地牵挂着这位77岁的老翁,也是在万分惊愕中渐渐入睡的。香港有多少数不清自己财产的富豪,盗贼们却去抢劫一个知识远远多于金钱的学者,真是无妄之灾啊!黎明时分,我醒来了,立即想到郑先生的身体,不知道好一点儿没有?挨到了上班时间,就赶往中国文化研究所,询问一位管理事务的小姐,她说刚知道郑先生被盗贼殴打了,至于搬到哪儿去住,实在不清楚。我走回"曙光楼",瞧见会客室里的报纸刚送到,随便拿起来翻看,在《明报》和《文汇报》这几种报纸上,都发现了郑先生遇盗挨打的消息。

我坐在屋子里等候着,好听到他痊愈的喜讯,反正无事可做,每天都阅读他送给我的台湾版《中国修辞学史》,给我印象最深的是,他不仅在搜罗材料时,涉猎得那样广博,而且在钻研找到的材料时,又能够不断地深入挖掘下去。比起我的浅尝辄止,和好读书不求甚解来,显得多么谨严和踏实,而我不过是知识海洋里的云游者。就以对《史记》的态度来说,我从未思索过这门学问的奥秘,只是沉醉于司马迁那种悲歌慷慨和暗鸣叱咤的情调,他却逐字逐句地细心钻研,不仅指出王若虚的《史记辨惑》,有将原文润色好了的地方,也有改错和改坏了的地方,一一加以说明和纠正。记得我上大学时,听朱东润老师讲授史传文学,就知道了像金代王若虚的《溸南遗老集》,和清代林伯桐的《史记蠡测》等书,都详细考订过《史记》的疵瑕。为什么我不像郑先生那样,严肃和认真地去推敲一番呢?这无疑限制了我治学的成绩,想到这儿就使我感到震惊和懊丧。

还没有读完郑先生的全部著作,他就打来了电话,说是已经大致痊愈,并且约定了见面的时间,等到我和他晤面时,瞧着他左眼底下一大块淤血的伤痕,乌黑乌黑的,很担心地问候他,他却扑哧一声笑开了,说是毕生中碰到过多少劫难,却都没有死去。我想这总是因为他活得爽朗,活得坚韧,活得充满了兴趣的缘故。

他忽然想起了什么似的,询问我寄宿的"曙光楼",房门上装了防盗的链条吗?说是如果搬回大学来住,一定得安好这样的装置。真是的,如果生存都得不到保障,还说什么旁的呢?

郑先生又喜气洋洋的,约了几位朋友,一起去沙田吃饭,大家开玩笑说是给他压惊,是庆贺他的康复,是显示他无法摧毁的钢筋铁骨。于是在欢乐的气氛中,跟一场突然袭来的灾难告别了。

肆

我从香港匆匆北归,又去逛了扬州的瘦西湖。在明媚的阳光底下,在缤纷的月季花丛中,许多少男少女们唱着歌,欢快地攀登着弯弯的石桥。我不禁又想起了郑子瑜,这位头发刚开始稀疏的老翁,是从哪里来的劲儿,天天都高高兴兴地钻研学问?在这种蓬勃的精神里面,哪儿有丝毫衰老和迟暮的情调?他竟比很多年轻人还充满着拼搏的朝气。

他已经写出了这么多的书，他已经研究了这么多的学问，除了《中国修辞学史》和《唐宋八大家古文修辞偶疏举要》这两部著作外，还出版过《鲁迅诗话》、《古书辨惑》、《人境庐丛考》、《东都讲习录》、《日本的汉学研究》等书，不久还将有《郑子瑜墨缘录》、《郑子瑜学术论著自选集》和《郑子瑜学术演讲集》，在作家出版社和北京大学出版社付梓，真可以说是著作等身了，正因为有如此出色的成绩，才会于国外汉学界崭露头角，而在汉学的发源地，他念念不能忘怀的故国，也相继被复旦大学和北京大学聘任为客座教授。

独立不羁地判断自己的研究对象，不为前人的名望所囿，得出比他们更准确与深入的结论，这是学者的最佳素质和最好心态。在郑先生的不少论著中，都将这一点表露得分外明显。比起他如此坚毅的实践来，我无疑是做得太差了。我确实也曾清楚地意识到，所谓研究就是判断一切旧说的准确或错误，这样就不能跪着进行，跪在地上祈祷各种教义或经文，只

郑子瑜部分著作书影

能算是一种盲目的崇拜，却无法进行真正的研究，必须跟一切研究对象站在平等的地位上，甚或是站在更高的历史顶巅，去观摩和判断他们，才称得上是真正的研究，因此我也在自己的有些著作中，大声疾呼要澄清中国传统文化中消极和谬误的成分，这似乎也在有些朋友中间留下了印象。记得前年我在高丽大学讲演时，主持会议的韩国著名汉学家许世旭，直截了当地说我是"反儒派"，其实我在澄清中国传统文化的细部方面，做成的工作真是少得可怜。郑先生在这方面并没有大声叫喊，却踏踏实实地去做了，从治学的细微处，琢磨出了向文化建设顶巅升华的道理，他像一个勤奋的建塔者那样，在土堆里流汗打夯时，常常会想到宝塔的顶尖。在这一点上，他永远是我无法企及的。

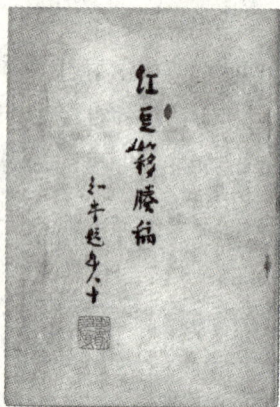

郑先生不仅在治学方面取得了开拓性的巨大成绩，而且还是一位才华横溢的诗人与散文家。当抗日战争的烽火刚燃起时，他出于满腔的爱国热忱，曾填成《渔家傲》一词，盼望着"笳鼓声声收失地，扬正义，横刀直斩扶桑譬"，从南洋寄给远在重庆的郭沫若。郭沫若收到后，请作曲家代为谱歌，登载于《华侨动员》半月刊上，还印发给南洋的许多团体和学校，起到了敌忾同仇的作用。他写的不少旧诗，都很有情韵与意境，在赠送给我的《诗论与诗纪》中，有一首他二十多岁时写的绝句，"向晚渔舟逐水流，前村微雨后村秋，近来偏喜依山住，为乞青山伴我愁"，被年逾花甲的于右任偶然读到后，竟爱不释手，写成条幅，万里相赠。这段诗坛的逸话，恰巧是显出了他富有一种动人的艺术魅力。

他撰写的散文就更多了，我回到北京后，翻开人民文学出版社刚付梓的《郑子瑜散文选》，读着这些写人、叙事、描摹山水、抒情咏怀，抑或序跋札记一类的小品，都觉得是情文并茂，留下了很深的印象。既有学者的切实与谨严，又有诗人的热忱与情怀，这就使郑子瑜作出了多方面的贡献。不过他并不想就此止步，却还渴望着做出更多的事业。他深感香港在汉学研究方面，有着最优越的地理环境，背靠大陆，面向台湾，跟日本和欧美方面的交往也极容易，因此希望香港中文大学能成为国际性的汉学研究中心，除了扩充图书和聘请各国的著名汉学家之外，他认为主持者还应该具备蔡元培那种广博的胸襟，"循思想自由原则，取兼容并包主义"，这样肯定会吸引多少人才纷至沓来，大大提高研究中国文化的学术水平，这样最终也就会提高中华民族甚至或是整个人类的文明程度。

我在遥远的北方，深深地祝愿他，并且盼望着能够跟他"何时一樽酒，重与细论文"。他对于人生那种浓厚和执著的兴趣，将永远感染着我，使我也欢欢喜喜地生活下去。

秦牧：
心里像一团火 *

    每一回跟秦牧相遇时，我总觉得自己是站在一座巍峨的高塔旁边。他结实和宽阔的身躯，挺立得多么硬朗，而昂扬着的头颅，却笑得这样温柔，还眯着长长的眼睛，抿着厚厚的嘴唇，淳朴地张望着纷纭的人世。这样坚强和善良的人，怎么就会死了呢？我实在难以相信命运竟会如此的残忍！

    在我的印象中间，秦牧并不是一个喜欢侃侃而谈的人，不过他这亲切的目光，这和气的脸颊，总使我感到了一种鼓励和温馨。记得多次的会晤，他总是议论着自己心爱的散文，还询问我在写些什么？在这么简短的问话里，蕴藏着多少关怀和期望，因此就深深地打动了我的心。有时候，当我默默地坐在夜半的灯光底下，竟也会想起他炯炯放光的眼睛，像是增添了自己面前这盏台灯的亮度，觉得自己是应该勤快地写一点儿什么。

    前年初夏，秦牧在寄给我的一封信中，说是"希望有一天能在广州接待你"，当时看完之后，还不知道这句话有什么含意，总觉得是来日方长的事儿，今后肯定还会有许多见到他的机会，也就没有记在心里。很快又到了秋高气爽的季节，有几位朋友替我买好了火车票，想结伴去攀登五台山，看看密密匝匝的多少寺

---

* 原题为《我心中的秦牧》，本题为编入本书时编者所加。

庙,听听晨钟暮鼓的袅袅余音,想想涅槃境界和普度众生的种种奥秘,也许是很有意思的吧,却突然接到广州一位朋友打来的长途电话,说是他们那儿将要举行祝贺秦牧创作50周年的讨论会,他受秦牧的委托,热情地邀请我一定前往参加。对这种充满了知音之感的相约,当然是绝对不能够推辞的,何况我也很想听听来自全国各地的学者,是怎样评论他的散文的,好增加自己的知识和修养,这比起漫游高山上的寺庙来,或许更会有无穷的情趣,于是就退掉火车票,跟朋友们告了假,匆匆地飞往广州去了。

在那个开得很隆重的会议上,我记得最深切的是,秦牧所作《答谢和自白》中的这几句话,"我最厌恶的是:恃势凌人,作威作福;我对不幸的理解是:甘于当奴隶。"朗读到这儿时,在他柔和的眼睛里,突然射出了严峻的光芒,似乎要抑制自己激动的情绪,稍微停顿了片刻。我的眼光掠过前面座位上不少作家的头顶,瞧着他十分庄重的神情,心里好像被一种强烈的呼号震颤着,还很庆幸地觉得当天下午我即将发言的讲演稿,跟他这种洋溢着正义感的追求完全合拍,我认为他具有"思想家的气质、品格和探索精神",认为他通过自己的散文创作,"企图树立一种健康和合理的文化气氛",于是心里像燃起了一团火,浑身都迸涌着灼热的情绪。

当秦牧接着朗读这篇讲稿时,我始终在紧紧地盯住他充满神往的表情,于是这位追求着人类崇高理想的散文家,在我的脑海中不住地升腾起来,我像是跟随他一起攀上寒冷的五台山,抑或是旁的什么崇山峻岭,在飘扬着白云和雪花的峰峦,俯视那峡谷中葱茏的树林,他指点着山坳里小巧玲珑的房屋,还跟我倾诉了一个动人的故事。

在节奏很急促的讨论会上,我瞅见秦牧始终是默默地坐着,倾听着不少年轻学者的讲话,有时还伸出手指,轻轻敲着自己隆起的前额,有时又抬起头,睁着眼,像是在深长地思索,一会儿又低下头,很迅捷地往小本子上记着什么。他听得多么认真,多么乐于考虑大家的意见,也许正是这种谦逊的精神,使他通向了散文大师的坐标。我忽然幻想着他的少年时代,是不是曾踯躅于南海之滨的沙滩中间,喜悦地拾掇着许多细小的贝壳,一起都灌在自己的口袋里。

在秦牧的热心倡议之下,我们好几名从北方来的作家,由会议的东道主陪同去参观深圳和珠海。出发的前夕，他高高兴兴地跟我说，这一回实在太紧张和忙碌了，以后前来广州时，再到他家里去畅叙，接着就递给我一盒精致的乌龙茶，说是北京已经凉风飒飒了，广东却还是赤日炎炎，一路上多喝点茶，可以消暑和提神；还送我一瓶新加坡出品的驱风油，说是万一在路途中热得头晕脑眩，可以擦上一点儿。瞧着他多么慈祥的眼光，我心里激动得几乎想要哭了。

这令人尊敬的长者，这走过了天涯海角的智者，这攀登着散文高峰的思想者，原来也会这样细心地想到过旅行中的琐事。我忽然又想起他那天发言时庄严的神情，更感到人生实在是很有趣味的，它有着多么丰盈和美好的情韵。

我紧紧握住他的双手，祝贺他健康长寿，盼望着不断读到他的新篇，他点点头笑了。我打量着他像宝塔那样挺直的身躯，猜想他就是活到九十多岁的高龄，大约也会很矫健地走路的。像他这样奋发有为和热忱厚道的人，确实应该更长久地活着，因为他的生命更充满了强烈和实在的意义。哪里会想得到这一回欢乐的聚会，竟成了谜似的永诀，冥冥的命运为何会如此变幻莫测呢？

去年夏天，我从香港北归，恰逢旅行的旺季，很难购得回到北京的飞机票，就决定先去广州，在那儿盘桓数日，正好可以践约去访问秦牧，还认认真真地拟好了 10 个问题，像"在您的人生历程中，有哪些事情至今还使您欢乐、忧伤或思索不已？""您的生活理想和审美追求是什么？""能不能告诉我，您的爱情与家庭生活，和自己的创作有哪些关系？"后来因为有当地朋友的帮忙，买到了直达北京的飞机票，就并未实现访问他的愿望，当然也无法听到他肯定会是迷人的答案了。

今晚当我握笔疾书时，夜色已经很浓了，窗外黑黝黝的，静悄悄的，旷野里的冷风轻轻地敲打着窗户，却似乎无人去理睬它，因为大家都已经休憩了。我依旧清醒地坐在桌前，想象着秦牧高耸的背影，正在急忙地往前移动，我不能不执拗地疑惑着，他真的已经离开人间了吗？

我记起了有一个阳光明媚的白昼，坐在他府上宽敞的客厅里，听着他笑嘻嘻地说话，一面还瞧见窗外盛开着鲜花的阳台，好像跟对面邻居的屋子离得非常近。他夫人紫风正跟那边的妇人聊天，好像是谈起他最近的工作，分明听到紫风清脆的话音，充满了对他的柔情，散发出一种刻骨铭心的爱。这多么开朗和愉悦的声响,竟像汨汨的流水那样,跟他的笑声淌在一起了。

此时的广州,还满天都照耀着明亮的灯火吧,紫风会有多少个不眠的夜,在灯光下悲恸地悼念着亲人。死亡是永恒的悲剧,确乎是无法避免的,不过对于秦牧来说,也实在降临得太早了。值得安慰的是,他已经为这人间献出了许多真诚、智慧和美丽的散文,他将许久许久地活在多少读者的心里。

1992 年 10 月

江南：
一书成绝笔 *

壹　夜谈

江南的客人真多。

那天晚上，我正在他寓所的书房里，追记着几天来漫游旧金山的印象时，跳荡的思路常被阵阵的门铃声打断，接着又传来了脚步声、欢笑声和嘤嘤的话语声。在这片低沉的声浪中，掠过了江南响亮的笑声，高昂的说话声，它以压倒一切的气势，传入我的耳中。

"这个人多有生命力啊！"书房外面的江南，像是正在我面前晃动。这不是他黧黑的脸庞，爽朗的笑容，和永远在转动的眼睛？他走起路来像一阵风，说起话来像连珠炮似的，可是当他坐下写作时，不管周围有多少人骚扰，也都无法让他停止下来，他手中的那支笔始终在不住地抖动。我认识他没有几天，却对他这样充沛的精力，留下了永远难忘的印象。

当我正想摆脱书房外面的纷扰，回归自己正在描绘的金门大桥时，江南急促地敲了两下门，闯进来拉住我肩膀说，"有一个在台湾政工部门做过事的朋友，

---

* 原题为《江南琐记》，本题为编入本书时编者所加。

想看看你这位从大陆来的学者，打听点儿大陆的消息。走吧，我不会站在他那一边，二比一对付你的！"

他已经推着我往前走了，容不得推辞和拒绝。不管对方是善意，抑或是恶意，是出于炎黄子孙团聚的愿望，还是出于不同营垒敌意的挑战，看来都只有见面以后再想法应付了。

在宽敞的客厅里，只剩下了那个魁梧的大汉，孤独地斜靠在电视机旁的沙发上。我突然觉得，他也许感到太寂寞了，想找一个来自家乡的人，说说他几十年没有见到的故土。

江南（刘宜良）

他站起来，紧紧握住我的手，开口说道："听江南兄说起，民国三十八年的江防会战，你们一个在国军方面，一个在共军方面，那么我们都是交过战的了。"

"不过现在应该是和平谈判的时候了，通过谈判使中国统一起来，这符合人民的愿望！"我觉得在他的话里，还剩着点儿硝烟的气味，因此尽量使自己保持冷静。我是来寻求友谊的，不希望跟任何人展开面红耳赤的辩论。

"如果要统一的话，是共产党投降国民党，还是国民党投降共产党？"客人瞪着眼，又向我发动攻势了。

"以民族利益为重，从实际出发解决问题，比争这些名分更好！"我看出了他的这席话，是一种失望的挣扎，就说得更温和了。

客人见我不动声色，又慌张地挑战了："共产党能放弃杀人放火的政策吗？"

我瞧着窗外朦胧的夜色中，一盏盏正在闪亮的灯光，禁不住大声笑了起来："这样的谎话，国民党已经编造了几十年，现在还重复这种过时的宣传，实在是太落后于信息的时代了。会有几个人相信？"

江南瞧见他的客人不断向我发动攻势，立即兑现了诺言，挥舞着双手说："你不到大陆去看看，还宣传他们那些骗人的话，怎么能不打败仗呢？"

"共产党不是自己也承认，'文化大革命'搞得一塌糊涂，这算不算失败？"客人跟江南争执起来。

"共产党承认错误，改弦易辙，这就令人心折。国民党什么时候下过罪己诏？

从来也没有吧!中国是个老大帝国,专制和独裁的政权太容易生根了。蒋介石不就处心积虑,传位给大太子蒋经国了? 共产党目前的做法,看来是一心一意想铲除这萌生专制和独裁的老根,建立民主和法制化的秩序,因此我痛感我们的国民党,不能跟共产党同日而语。"

客人紧握着拳头,轻轻捶打了一阵沙发,皱着眉头说:"江南兄的马列主义,似乎比林先生还可观!"

"你知道我并不相信那些主义,我是从自己的道路中,从历史的步伐中,很不情愿地发现了这个结论的。"江南说得很激动,从沙发上跳起来,不住地用手掌摩擦自己的脸庞。

客人摇摇手,不想将话题继续下去了,很潇洒地吹起口哨来。

这几天中间,我已经领略了江南心直口快的豪侠之气,不过像刚才这样严厉地谴责自己曾参加过的党派,还是头一回听到,使我更理解了他十分庄重和严肃的民族责任感,他真是个铁铮铮的汉子。然而我当时竟丝毫也没有想到,他正用自己的言语和行动,开拓着一条走向壮烈牺牲的路,悲剧的命运即将降临在他的头上。一个国民党人竟敢公开站出来,揭露自己这个党的专制和独裁,想去寻找另一条光明的路,怎么能不面对着被暗杀的危险呢? 在中国的近代史上,早已写下这些涂满鲜血的篇章。

我向来自认为具有很警觉的历史感,从江南的死讯传来之后,才感到了以前的过于自负,我其实很缺乏这种敏锐的感觉,我简直是什么也不懂啊,我太悲恸了!

贰　桥上

跟江南整日整夜地长谈之后,两个人都很疲倦了,可是我还得走。在美国这个讲究高度效率的社会里,一切都得依照预定的方案去做,要不然的话,就会影响他明天的工作,打乱他全盘的计划。

江南早说定了,要送我回柏克莱。美国几乎家家户户都有小轿车,因此在高速公路上反而很少能看到公共汽车,想乘上它更不容易,我只有领他的情,索性叨扰他到底了。

我们是在午后出发的。他的夫人崔蓉芝站在寓所的门口,挥手跟我道别,只见她清秀和苗条的身影,在晴朗的阳光底下,很快就变成了一个小小的黑点。

江南急速地开着汽车,穿过高楼,穿过草坪,穿过人群,来到了长长的海湾大桥。在我们的前面,已经停着一长串汽车,挡住了我的眼光,无法看到遥远的尽头。当我们的汽车停下之后,左右两旁也立即停下了一长串汽车,我们已经陷在重重的包围中了。

他双手插在口袋里,松了口气说:"我们可以在这儿看看风景了。"

我是来自东方的旅行者,美国这种节奏快速的生活,对自己简直没有多大的影响,然而对于在这里谋生和奋斗的江南来说,快速的节奏却时刻在催促他往前冲刺。经商、交际、写作、思考中国的过去和未来,都被他穿梭似的织在自己生活的网络中。在美国生活绝不是一件容易的事情,说真的,不管在东方和西方,创业与开拓都是艰巨的,而懒散和悠闲的日子却好打发得多。也许很少有人会自甘堕落,想去充当二流子的,然而我们长期在不讲效率的日子中打滚,因此又出现了懒散和悠闲的风习,应该怎样吸收西方科学的管理制度,建立一种鼓励辛勤工作的社会风气呢?

"你又在考虑东方和西方的话题了吧?"江南也许记住了我昨天晚上所说的东西方文化的"二律背反"问题,指着前面小轿车里的那个美国人,"然而他在想什么,你知道吗?"

透过敞亮的车窗,可以很清晰地瞧见那美国人的背影,满头的金发,雪白的脖子,安静地坐在沙发上,默默地等待着开动自己的车子。因为无法瞅见他闪动的目光,当然就猜不出他任何一点的心思。

我们右边的轿车里,一对年轻的情侣正在甜蜜地亲吻着。在匆忙和奔波的生活里,交通阻塞的间隙,也赐予了他们谈情说爱的机会。我顿时想起了欧·亨利小说中那个忙碌得忘掉了爱情的经纪人,比起那个经纪人来说,他们可以说是很善于生活的。

"听说在你们那儿,公共场所里男女间的亲吻,曾引起过争论,发动过谴责,是这样的吗?"他瞧着碧蓝的海水,又兴致勃勃地发挥起来,"东方人的习惯,往往将男女爱情看得过于神秘，又像鲁迅所说的那样，爱当看客，好管闲事，这也非议，那也反对，多少有点儿专制的味道。其实在西方社会，接吻是一种表示亲善的礼节，情人们大大方方的亲吻，更是美的，而不是丑的。在舞台上表演的罗密欧与朱丽叶的亲吻，不是降低人的情操，而是提高人的情操!要想使人懂得审美，懂得伦理，该有多少事情得做啊!"

他正在激昂慷慨地说话时，前面的汽车开动了，于是我们随着这潮水般涌去的车队，驶往柏克莱。

叁　握别

我们的汽车停在伯奇家门口，刚跨出车门，踏上通向山坡的石阶，伯奇就向我们招手了，原来他正在花园里打扫草地。

伯奇赶紧招呼我们围坐在石头的圆桌旁。江南坐在一张摇椅上，张望着我们头顶的布伞，张望着这块山坡上狭长的平地，高兴地说道："这花园太好了，可以举头望山林，低头见小街。"

伯奇扑哧一声笑了，从他那双淡蓝色的眼睛里，闪出了一阵柔和的光。

坐在这阳光明媚的花园里，迎着轻轻的海风，袭来了阵阵的凉意，使人心旷神怡。青翠的草坪旁边，一行鲜艳的花朵也在海风里微微摇曳，在山顶的松树丛中，几座式样别致的小楼隐约可见，而在花园前面的栏杆底下，满布着郁郁葱葱的榛莽，一泓清泉出没其间，在汩汩流淌。街道上点缀着一座座流线型的路灯，在灯下偶尔驶过一辆小车，似乎将我从桃花源似的梦幻中唤醒过来，告诉我这座典雅、幽静和空气清新的小城，原来也是现代化的社会，现代社会并不是注定了要与污染和吵闹纠结在一起的，问题是在于人们怎样去安排自己的生活。

当我们正说话时，伯奇夫人端来了咖啡和饼干。江南一边拿起杯子，一边回忆着自己在华盛顿上大学时的生活。他很快又改变了话题，不住地询问着加州大学的情

江南著作《蒋经国传》书影

形,因为从他家里出发之前,我就告诉过他,伯奇在这所著名的大学里当过文学院长。江南真是养成了新闻记者的习惯,他从这所大学的系科、教师、图书以及学生的兴趣和成绩,一个问题紧接着另一个问题,让伯奇滔滔不绝地回答。勤于提问和请教,大约是他积累知识的一种途径吧。

美国的社交活动,也是在很快的节奏中完成的,不像在中国那样,可以没完没了地聊上大半天,在别人家里枯坐不走,是极不礼貌的。过了一会儿,江南就向主人告辞。他要我陪着再走上几步,于是我们沿着街道旁边的绿荫,向海滨走去。大海就在这山坡底下,碧波万顷,奔腾呼啸,拍击着晴朗的蓝天。飞溅的浪花,像升起了一阵银白色的雾,在它周围闪烁的点点波光,却像是千万匹金黄的锦缎铺在海面上。这壮阔的海,使人想飞翔,想乘风破浪,想泛舟天际。

"如果不为生活发愁的话,像伯奇教授那样,住在这幽静的小城里,该有多好啊!"他注视着大海,沉思地说。

我想起了伯奇曾告诉过我的话,说是年轻人嫌这儿寂寞和冷清,不愿在此久居,而想到大城市的人海中去闯荡,于是疑惑不解地问他:"你不想在旧金山搏斗了?"

他摇摇头说:"要是能无忧无虑地住在这儿,我就可以安静地撰写历史了。丘吉尔的那句话'创造历史的最好办法是撰写历史',真是深得我心。"

原来他时刻挂念的就是要从事写作,写出许多像《蒋经国传》那样的得意之作来,他毕生都渴望着去攀登思想的高峰。夕阳照在他脸上,从他的眼睛里射出一阵奇异的光来。

我们终于快快不乐地分手了。当他的汽车消失得无影无踪时,我还在祝愿他能够实现自己的理想,当时哪儿会料到,他旺盛的生命和著述的事业,即将被残暴的罪恶势力所扼杀。

1985 年 7 月

黄河浪：
清瘦的诗人*

　　大约是四五年前的往事了,当我在广东佛山首次遇见黄河浪的时候,真惊讶于他的身躯竟会如此瘦弱,是不是昼夜都寻觅和锤炼着迷人的诗句,把自己折腾得过于劳累了? 我立即想起李白嘲笑杜甫的那两句诗,"借问因何太瘦生? 只为从来作诗苦。"写诗确实是一桩十分艰苦的差使,好端端的攀登了一回八达岭,旁的人兴冲冲地游览过后,最多是觉得有一阵亘古的豪情激荡着自己的胸膛,他却苦思冥想出这样奇妙的诗句:"由先秦射来的一支箭,穿过热血的胸口,一直痛到今天。"像这样思虑和承担着历史的负荷,怎么能不疲劳,怎么能不消瘦下来?

　　好几位来自天南海北的朋友,围坐在一起无忧无虑地神聊时,他却总是默默地倾听着,还出神地睁着双眼,似乎很紧张地搜索着什么,瞧他那肃穆和神往的表情,觉得他那飞旋着的心灵,比我们这几个海阔天空任意说话的人,实在要劳累得多。我曾浏览过他《海外浪花》、《大地诗情》和《天涯回声》这些诗集,想象着他无论是枯坐在书斋里面,抑或漫步于街头巷尾,总会如此苦苦地思索,琢磨着怎样驱遣绮丽而又雄浑的文字,组合成一幅迷人的绘画,凝结为一首动人的

---

*原题为《又见诗人黄河浪》,本题为编入本书时编者所加。

乐曲，因此透过那一副架在他鼻梁上的黑边眼镜，瞅着他炯炯有神的目光，像这样的沉默寡言，就给我留下了很深的印象。

黄河浪

黄河浪回到香港之后，立即给我寄来了他的散文集《遥远的爱》。早就知道收录在这本集子里的《故乡的榕树》，是他的一篇得意之作，国内曾有好几种散文的选本都辑录过它，认认真真地阅读了一遍，确乎被他眷恋和思念故乡的深情打动了。那长满了树木和花草的原野，那碧绿、芬芳和晶莹的原野，那留下了自己多少痕迹和记忆的故乡，那弥漫着多少亲情或恩怨的故乡，确乎是永远都无法忘怀的，哪怕是整日整夜地踯躅在摩登都市的高楼大厦底下，怀乡的情思总像梦魂牵绕般纠结在心头。那天深夜里，我静静地躺在床上，欣赏着这篇《故乡的榕树》，竟也想起了自己家乡蜿蜒曲折的小河旁边，矗立着多少茂密和高耸的榆树，那青青的叶子，在微风里欢快地吟唱。

他在不久之后就移居美国的夏威夷群岛，也常常寄来热情洋溢的信函，还告诉我刚发起和成立"夏威夷华人作家协会"，准备跟世界各地的华人作家都加紧联系和交流，共同努力来繁荣和发展中华文化。真钦佩这孜孜不倦的诗人，漂泊到了如此遥远的异国他乡，还念念不忘要让浸透于自己血脉的这种文化发扬光大起来。每一回的来信中间，他也总表示欢迎我去他那里浏览和讲演，山海阻隔，路途遥远，怎么就能在倏忽间成行呢？恰巧是今年春天，我和肖凤正要办理签证去芝加哥看望儿子，顺便在回信中告诉了他，他立即又关心地寄来了函件，建议我们是否先上夏威夷逗留数日，然后再前往美国的本土，为了我们办理签证更有把握起见，还表示要将邀请信寄到北京来。他的诚挚与热心，着实令我感动，这纯真的诗人竟如此珍重萍水相逢的友谊，立即使我回忆起在他默默凝视着的眼神里，常常闪烁着一阵阵灼热的亮光。他的胸膛里总是日夜都燃烧着滚烫的火焰，他总想用瑰丽的诗句去鼓舞和升华每一位读者，也总想用善良和豪爽的行动，去温暖或安慰每一个朋友罢，我觉得这才是真正意义上的诗人。

我和肖凤在芝加哥盘桓了许久，跟儿子倾诉着藏在心里将近五年的多少话儿，他还陪我们游览了当地的许多名胜古迹，接着就替我们制订旅游的计划，说是绝大多数在美国忙忙碌碌的人们，都从未去过风景迷人的夏威夷，他自己大概在这几年之内，也无法挤出时间前往的，说着就伸出长长的胳膊，顽皮地搂住我们的肩膀说，"二老不是总神往着徐霞客吗，他做梦都不会猜到有夏威夷这座岛屿，怎么能不去痛快地云游一番？何况还有热情的朋友张罗你们，让我也百分之百的放心！"

当我们坐在芝加哥机场的大厅里，催促儿子赶快回去上班时，总觉得就可以顺利地抵达夏威夷，欣赏海面上黄昏的阳光了，哪里知道飞机在西雅图停泊时，机械突然发生了故障，也不知道何时才能修复和重新起飞。拥挤在候机厅里的一大群乘客中间，心里焦躁得真要烧出一把火来，责怪这美国的西北航空公司办事太不认真了，掐着手指跟肖凤计算什么时候可以抵达夏威夷，总得深夜时分了，绝对不能让黄河浪枯坐在候机厅里等待我们，他太瘦弱了，怎么劳累得了，何况他还要坐在自己书斋里的灯光底下，寻觅和推敲着充满魅力的诗句。于是我迎着夕阳的斜照，往他府上打去了电话，还是连芸热情的声音，说他们伉俪正准备前往机场。我大声叫喊着，诉说我们这儿的困境，劝阻黄河浪千万不要前去，连芸在遥远的那一端爽快地答应了。尽管我们从未跟她见面，却早已从电话里听出了她热忱、豪爽和果断的气魄。

刚走进夏威夷机场的大厅，连芸就凭着她阅历和揣摩人世的本领，一阵风儿那样轻盈地寻找到我们身旁，相互对视了片刻，立即喜笑颜开地跟肖凤握起手来。她曾在电话里诉说，早就阅读过那本《萧红传》，晤面后得好好地聊天。瞧她圆圆的白白的脸庞，绽放出多么亲切的笑容，如果这时候不是深夜的话，一定会有许多话儿要交谈的，现在却只好匆忙地带领着我们，坐上当地作协理事高于晴女士的汽车，直奔那早已安排好了的住所，嘱咐我们赶紧洗澡和睡觉，还替黄河浪表示歉意，因他未能前来机场晤面，约好了明天中午的聚会，说罢就跟高于晴赶快离去了。

我站在一盆盛开的月季花面前，张望着窗外明亮的街道，瞅见有几辆疾驰的轿车，正奔向雾气迷蒙的海湾，远处那黝黑的波浪，正在缥缈的灯光里颠簸。我回想着连芸刚才所说的那句话儿，怎么要黄河浪向我们道歉呢？我们原本是天各一方，好不容易有了见面的机缘，他就如此热忱地一再邀约，当我们从几千里路之外赶来，还有劳他夫人的大驾，深夜出门给我们妥善地张罗和安排，真让我们心里感到忐忑不安，应该是我们向他深深地道歉和致谢。他这样珍重纯真的友情，竟为此而耗费全家的精力，诗人这一颗诚挚的心，多么强烈地鼓舞与激励着我们。

当黄河浪精神饱满地挺立在面前时，从他始终微笑着的神态中，我感觉到了他出自衷心地喜爱这一回的重逢。他在作家协会的办公室里兴奋地旋转着，让我们观看悬挂在墙壁上的好多镜框，在这儿张贴着不少从华盛顿、温哥华、新加坡、香港和福州等地寄来的贺信。他又奔跑到高耸的柜子前边，捧出一大沓色彩鲜艳的报章杂志，轻轻摊开在桌子上说，"这都是会员们刚发表的作品。去年秋天的成立大会开得好热闹喔，有年逾古稀的前辈，有精力充沛的青年，大家都表示要在英语世界里坚持中文写作，要跟寰球的华人作家都加强联系和交流，一起来奋斗，一起来推广中华文化。"

我瞧着黄河浪凝思的眼神，从心里钦佩他这种坚持不懈的劲头，他不仅自己努力地写作，还热忱地组织大家一起来进行，决心要为中华文化的发扬光大而努力拼搏；比起他不畏艰辛和持之以恒的苦干精神来，我深感自己实在是太惭愧了，不仅写得很少，还极少跟熟悉的作家朋友们从容计议，如何更好地携手合作，共同去建设自己民族崭新的现代文化。他在异国的天涯海角还如此勤勉地工作，我在自己民族深厚的土壤中却如此懈怠和慵懒，应该怎样学习这充满抱负和责任感的诗人呢？

黄河浪带领着我们，依旧乘坐高于晴驾驶的汽车，离开了多少漂亮的楼宇和宽阔的街道，开往遮住蓝天的一大片榕树丛中。当轿车又驰骋在耀眼的太阳光底下，穿过小溪旁边一簇簇鲜红的野花时，连芸夸奖着俊秀和聪颖的高于晴，说是她正在撰写一组描摹青年男女婚姻生活的短篇小说。连芸很感叹地说道，"自己的儿女也很聪明能干，却因为都从事电脑和商业的工作，共同语言就变得很少了，倒是这攻读过文学系的女儿的朋友，从香港先后移民前来，一起操劳作家协会的事务，一起探讨文学创作的甘苦，真比亲生儿女还有更多说不完的话儿。"

共同的兴趣与语言，确乎是具有将多少人们吸引在一起的无穷魅力。西汉初年的散文家邹阳，在《狱中上梁王书》里说得真对："谚曰，'白头如新，倾盖如故。'何则？知与不知也。"人们之间相互更深沉的理解，确乎是古今中外多少哲人所神往与追求的美好境界。我跟黄河浪在佛山的不期而遇，正是从短促对话的相互理解中,结成了深沉和恒久的友情。

我们都出神地眺望着雪白的沙滩和碧蓝的海浪，一边还议论着许多创作的话题,不知怎么就说起了连芸那篇流传颇广的散文《过去的不再回来》。自己崇拜的老师在"文革"岁月的辱骂和殴打中,被蹂躏得奄奄一息,很凄惨地消殒了,怎么能不在心灵中始终震响着沉痛的哀号,就像正在我们面前飞溅着的滚滚波涛,永远都拍打着绵延无际的海岸。

说到了自己的创作,连芸轻轻地叹了口气,说是因为佩服黄河浪写诗的才干与造诣,就让他集中精力去钻研和琢磨,从内地转往香港定居之后,自己更起劲地挑起了养家糊口的重担,竟还开设过生意相当兴隆的广告顾问公司,替多少老板策划大宗的买卖。她衷心地佩服黄河浪善于写诗,我和肖凤却衷心地佩服她竟能在生意场中折冲樽俎,于是朝着强劲的海风嘿嘿地笑了,连黄河浪也随着笑出咯咯的声音来。

我们还来到挤满游客的珍珠港,乘着摆渡的轮船越过海湾,踏上这座六十年代落成的纪念堂,踟蹰在船舷般狭长的走廊两侧,俯视着底下幽暗的海水,半个世纪前被日本军队偷袭时炸沉的亚利桑那号战舰,隐隐约约地呈现在我们眼前。黄河浪放慢了脚步,悄悄地凭吊着淹没于海底的上千名美国海军将士,形容他们像那锈迹斑斑的烟囱一样,张着口无声地呐喊,真是一种万分冤屈的控诉与呼喊。那些阴险、狡诈和狠毒的日本军国主义强盗,像窃贼似的潜入未曾宣战的国家,击沉了多少兵舰,炸毁了多少飞机,屠杀了多少生灵,如此丑恶的罪行,应该永远受到正义的谴责。

在返回住处的路上,黄河浪眺望着车窗外面葱茏的山麓,慢悠悠地跟我谈论着诗歌创作的艺术,强调要关心整个人类的命运,要坚持人格的独立和尊严,要追求风格的复杂和多样,要兼收并蓄东西方文化各自优秀的特点。他显得那么深思熟虑,却又讲得那么滔滔不绝,总是整日整夜都在琢磨的缘故罢。连芸爽朗地笑了起来,跟高于晴大声说道,"你瞧他今天中午说的话,得超过一个星期说话的总量,人生真得有缘分啊!"

又有一天他和连芸陪我们去夏威夷大学讲演时,却默默

从上世纪 80 年代开始,黄河浪散文《故乡的榕树》一直被选作中国大陆高中语文教材

地坐在会议厅的角落里,半句话儿也不吭,脸上始终都透出一丝微微的笑容,总是依旧琢磨着潜藏在自己脑海里的诗句罢。我立即想起了佛山的那一回邂逅,他也总是静静地微笑着,默默地聆听着,他大概早已养成了从不在大庭广众之间炫耀自己的谦逊作风,却宁愿深深地思索着使人迷恋或惊愕的诗句,有了如此自觉地进行艺术思维的习惯,我盼望着今后能够陆续地读到他更多闪亮的篇章。

1998 年 11 月 29 日

王充闾：
永远的追求

壹

灰蒙蒙的天空中，洒落着淅淅沥沥的雨水，随着阵阵的微风，飘进了正在向前颠簸的面包车里，还掉落在我的脸颊上。我轻轻摇晃着头颅，默默地张望着坐在前后几排椅子上的旅伴，瞧见了他们眉梢底下忧悒的神情。

要前往茫茫的海边，观看那像玫瑰花一样鲜红的蓬草，据说是连绵成了几十里路长的阵势，真是宇宙中少有的奇迹。自己虽也曾出外闯荡了几回，瞅见过一些迷人的风景，却从未听说在黄澄澄的海滩上，竟会生长出如此艳丽和神奇的蓬草，竟像闪烁的宝石，燃烧的烈火，和沸腾的热血一样。如此美妙的景致，是应该在冉冉升起的一轮旭日底下，尽心地去揣摩，仔细地去欣赏的，这样才更会激起心潮的澎湃，触发灵魂的昂扬。可是在稠密的雨丝底下，浑身都湿漉漉的，怎么能够舒畅地去观看呢？也许正是这阴霾和潮湿的天气，才使得旅伴们露出了忧

王充闾先生近照

心忡忡的模样。

乌云翻滚，风雨飘摇，怎么能不压抑着大家都喜爱清澈和晴朗的胸膛？

坐在我身旁的散文家王充闾，好像是要替大家驱散阴郁的情绪，笑眯眯地诉说起自己童年时候的生活，不管是晴天或雨天，都要在干松或绵软的泥土里，欢乐地奔跑，嬉戏，打滚，吵闹。

"不亲近泥土，孩子就长不大！"当他转述着自己慈祥的母亲，在几十年前说过的这句话语时，一双闪烁着光亮的眼睛里，似乎飞出了笑颜，又好像抹上了泪花。

这显得很浅显和明白的话儿，却饱含着多么深沉的哲理。如果世界上所有的人们，都远远地离开了泥土，那就无法结实地生长，也无法懂得许多尘世的奥秘。我早就听说过那个希腊神话里的安泰，在与敌人决斗的时刻，只要自己的身体不离开广阔的土地，就能够从大地之神的母亲怀里，获得所向披靡的无穷力量，而当他一旦被敌人举在空中，就失去了凭借的根基，依赖的源泉，和坚韧的支持，很轻易地被击毙了。虽然知晓与记住了这样的神话，却并未引导自己去进一步地思索，人们脚踏着的大地与泥土，正是大家生命的源头和保障，如果鲁莽和粗心地毁坏了它，人类又怎么能够健康、美丽和高尚地生存？

王充闾这个洋溢着多少哲理的话语，引起了所有旅伴的共鸣，都议论纷纷地说起话来。于是在弥漫着浓雾和雨水的路途中，我们又升腾出一股蓬勃的热情，很快抵达了宽阔的河边。大家头顶着雨珠的敲打，兴冲冲地登上停泊在这儿的游艇，张望着两岸青青的芦苇，欢欢喜喜地向海滩进发了。

又是热爱和眷恋泥土的王充闾，指点着前方迷茫的云雾，和滔滔流淌的河水，说是瞧见了一条显得有些浅淡的红线。

我立刻睁大了眼睛，随着旅伴们紧张探望的目光，也去寻觅那迷人的色彩。游艇逐渐靠近了海岸，这连缀在一起的红红的蓬草，终于摊开在我们的眼前。因为天空是阴沉沉的，海水是暗幽幽的，这红红的蓬草，就无法辉耀出晶莹剔透的光泽来。真像是瞧见了一群非常美丽的孔雀，却很遗憾的没有看到它们展开自己金碧辉煌的翎毛。

当我微微地感觉有些失望时，却瞧见王充闾正默默地站在船头，不顾那雨丝

和谐一幕

的侵袭,凝神眺望着红红的海滩。他这种虔诚的神情,顿时使我觉得自己有些遗憾的想法,只不过是漫游者的一种肤浅的心态,却丝毫也没有去认真地思索,这大海之滨的土地,蕴涵着多么神秘的力量。比起他哲人般深沉与高旷的境界来,真是有着天壤之别。后来在他赠送给我的散文集《成功者的劫难》中间,读到了他记载那一回辽宁盘锦之行的《灵魂的回归》里,诉说自己从心灵的深处,感激和尊崇泥土的力量,还思索着怎样更好地去保护人类赖于生存的环境,怎样让生存在这大地上的多少人们,变得更为智慧、善良,和充满仁爱的精神?

坚定地挺立在泥土之上,充满着对于它无限的热爱,还要善于进行不断的思索。这是他给予我的,一次无言的启迪。我真应该努力地学习他这种深沉思索的精神。

贰

正像俗话里所说的那样,"有缘千里来相会",在不久之后的一个深秋季节里,我又跟王充闾在北戴河相遇了。我们头顶着漆黑的天空,脚踩着灰暗的小路,在萧瑟的风声里,悄悄地向海滨走去。

在黎明前的疾风里走路,透过几盏路灯微弱的光亮,瞅着道路两旁门窗紧闭的房屋,和一道道围墙外面那些颤抖的树枝,我多少有点儿凄怆和惊悸的感觉。王充闾却悠闲地跨着脚步,笑眯眯地诉说着北戴河的许多掌故,从秦皇汉武讲起,直至这几十年间的风云变幻,说得这么熟稔和生动,这么洋溢着浓浓的情怀,这么蕴涵着深深的哲思,真让我听得分外的入迷。

于是就突然想起几十年前,自己在大学里发奋读书时,于多位恩师的耳提面命底下，也懂得了要牢固和渊博地掌握知识，可是经过了后来多少世事的纷扰，再加上自身的慵懒与懈怠，只是零零星星地接触许多知识，却没有养成像他这样善于整合和解析的本领。听着他这番娓娓而谈的话语，真觉得是对于自己的一种鞭策与提醒。我也像他这样经常有着接触书本的机会，为什么就远远地不如他做得这么严肃和认真，全面和系统呢？

瞧着他走得很潇洒和轻快的步伐，我又一次默默地嘱咐自己，应该努力学习他这种治学的习惯，得要用心和深入地读书，得改变自己像陶渊明笔下的五柳先生那样，长期以来都保持着"好读书，不求甚解"的作风。我曾经读过他不少的散文作品，深深地感到思想与文化内涵的厚重，留下了相当强烈的印象。这不正是因为他通过艰辛的钻研，才能够从渊博的知识中，形成整体和深邃的思索，从而就可以高屋建瓴地去观察、感悟和描绘社会人生。

向前方望去，那海浪与浓雾交织在一起的天边，已经逐渐消退了乌黑的颜色，变得浅浅的，淡淡的，于是就可以依稀地望见汹涌的潮水，和起伏的波涛，正向着这儿低矮的山崖冲泻过来。

王充闾急忙向直立在海边的峭壁走去。这时候，他一定又会默咏着许多古代诗人观潮的佳句。我也曾浏览过多少这样的诗词，能够背诵的却非常有限了，这正是读书时没有刻苦用功的结果。汉乐府《长歌行》里的这两句古诗，"少壮不努力，老大徒伤悲"，是童年时候就常常挂在口头的，想不到在而今的桑榆之年，才真正地发出了如此切肤之痛的感叹。

王充闾回过头来，笑眯眯地望着我，他大概是怕我走得太累了，才站定了脚步，等待我慢慢地走向前去，却绝对也不会想到，我正在懊悔着自己的浪掷光阴，并且钦佩他这种努力升华知识的本领，还暗暗地鼓励自己，在今后的有生之年里，只要能够

秋叶吟

很健壮地度过剩下的日子,就得下定了决心,像他这样充满毅力地去好好揣摩与思索。

想到了这儿,我就高高兴兴地笑了。他瞧着我很舒畅的脸色,也爽朗地大声笑了起来,尽管他丝毫也不会猜出我心里的念头。他招呼我观看那遥远的天边,一抹火红的颜色,正冉冉地从辽阔的地平线上,闪闪发亮地升腾起来,这小半个熊熊燃烧得璀璨夺目的圆圈,把滚滚的波涛,照耀得像一串串晃动的珍珠,纷纷扬扬地抛出了一阵阵刺眼的光芒。我使劲睁开了眼睛,紧张地盯住那浑圆的火球,只见它顷刻间就高挂在大海的顶端,于是这灰暗的天空,立即罩上了蔚蓝的光泽,显出了满世界都这样的明朗和晶莹。

看完了日出的景致,我们在返回的途中,又兴奋地探讨着怎样写好散文的话题。王充闾轻轻地挥动手臂,铿锵有力地诉说着爱尔兰诗人叶芝的故事,景仰他永不休止地去追求超越自我的奋斗精神,不少著名的诗篇都是于古稀之年完成的;还景仰他始终以一种谦虚的心态,向年轻一代的作家认真地学习。王充闾诚挚地诉说着自己的心愿,要将叶芝作为自己前进道路上的榜样,努力地追求超越自己目前这样的水准?他还提起了将近十年前的往事,回忆着我在北京的一次讨论他散文创作的集会上,发表过的一些很不成熟的意见。

听着他款款地道来,我真是感到太惊讶了。我这些过于粗浅的看法,连自己都记不大清楚了,他却还如此分明地将它复述出来。他真是一位异常谦逊的哲人,竟会如此尊重地对待每一句评论自己的话儿,甚或是十分平庸的见解,也反复地进行琢磨,就像是要从广漠的泥土里面,尽量去掏选和吸收有用的东西。我顿时想起了几十年前就读过的《荀子·劝学》篇里,"不积跬步,无以至千里;不积小流,无以成江海"的那几句话儿。我虽然早已知晓了这样的哲理,很可惜的是并没有勤奋地按照着去做;他却努力地将这化为自己的行动,并且很明确地当成超越自己的一种步骤,所以他远远地走在了我的前面。

正因为这种谦逊的风度,已经融化在他整个的生活和工作中间,才促使他更好地获得了成功。我自己也已经懂得了,必须谦虚谨慎地向前跋涉,才是准确和有益的态度,因此对于好多文友们的指点与评论,也常常在夜深人静时,温馨地浮上了心头,感到一种友谊的激励,却远远没有达到像他这样的境界,从如何超越自己的视角,积极主动地从中去思考、斟酌和吸取应有的力量。

叁

我也曾隐约地思忖过,艺术上的追求与探索,是永远也不会穷尽,永远也没有止境的。因为这是要淋漓尽致地去挥发审美的独创个性,殚精竭虑地去追求思想的卓尔不群,所以想做到尽善尽美的程度,自然是异常困难的,而多少表露出自己的一些不足之处来,却又显得相当的习见。这就是为什么甚至像莎士比亚与托尔斯泰这样的天才和大师,也会被后人指出若干艺术上的瑕疵来。

正因为是这样的缘故,想要从事文学和艺术的创作,就必须付出毕生的艰辛与劳累,永无休止地去跋涉,去钻研,去琢磨,这样才有可能在神圣与璀璨的艺术之峰上,不断地往前挺进。

如果没有这样认知的能力,缺乏这样攀登的决心,却对于自己偶或获得的小小的收成,竟也沾沾自喜起来,浮躁和膨胀起来,整天都热衷于吹嘘自己,将自己夸耀成为天下无双的材料,是如何如何的了不得,像这样的睥睨人世,狂妄地贬抑着许许多多的同行,其实是在演出一场让人轻视和耻笑的闹剧。不过像这样的习气,大概是古今中外都陆续出现过的,因此才会引起孟德斯鸠在《波斯人信札》里的感叹,"夸耀的话,出于自己之口,那是多么的乏味!"

每当看到有人唾沫横飞地吹嘘自己时,我总会想起王充闾那种谦逊的神情,和不懈地追求着超越自己的毅力,觉得这才是最值得尊敬的一条人生之路,最值得学习和仿效的一条智慧之路。

在去年举行的北京大学"散文论坛"上,曾经邀请了几位被年轻学子们所喜爱的散文家,发表谈论自己创作体验的演说,并且当面回答听众提出的问题。王充闾讲演的那一回,记得是在春末夏初的季节。那一天的薄暮时分,我就匆匆赶往前去,多么想认真地聆听一番,好好学习他怎么提高自己创作的感悟。

在充当会场的那一座礼堂门口,我瞧见了不少男男女女的学生,纷纷向里面走去。

有个长得很高大和英俊的青年,静静地站在我身边,抿着嘴唇,和气地瞅了

王充闾（左）与本书作者在一起

我一会儿，才兴致勃勃地问道，"您就是王充闾老师吧？"

"我要是王充闾就好了，写得多么出色的散文啊！"我轻轻拍着他的肩膀，笑呵呵地询问他，"你也喜欢读他的散文吧？"

"当然了。他写得很大气，有深度，也感人。"他真是说到点子上了，能够获得这样的知音，肯定是作家最幸福的事情。

我跟随着多少年轻朋友的步伐，走进了宽敞和高耸的礼堂，坐在紧靠着讲台的椅子上，等待着演说的开始。这时候，从门外拥入的人们就愈来愈多了，找不到位置的，只好站立在走道的两旁，和最末一排座位的背后。

张望着这些热忱的听众，我猜测他们最喜爱王充闾的什么篇章：是那一篇委婉动人的《碗花糕》？洋溢着童年时多少深沉的情感，还有那悼念亲人的哀伤，真可以催人泪下；是那一篇气势磅礴的《读三峡》？从郦道元的《水经注》以下，几乎是所有描绘三峡的作者，不管如何的曲尽其妙，总都沿着这流域的线索，写景抒情，表达思绪；他却是在形成了整体的感悟之后，才从高空俯视下来，描摹出烙印于心灵间的一串美景，和由此而生发出的多少哲思，真是写得不同凡响；是那一篇惊慑魂魄的《用破一生心》？从解剖人性的独特视角，揭示出曾国藩既怀着一种过于强烈的欲望，企图建不世之功，做古今完人，却又害怕功高震主，会有来自朝廷这"兔死狗烹"的威胁，因此就终日劳神，而又如履深渊，在矫情伪饰之中，猥猥琐琐和忙忙碌碌地累死了自己，真是写得出奇制胜，呼之欲出，禁不住要让人拍案叫绝。

王充闾已经坐在讲台上，开始了自己抑扬顿挫的演说。我瞧着他依旧是那样从容、诚挚和谦逊的神情,阐述着渴望超越自己的那种强烈的愿望。

他阐述着应该时刻都饱含生命的意识,全身心地去进行体验和感悟,这样才有可能萌生出动人心弦的情感,沉淀着震撼灵魂的哲思,从而绽放出绚丽的散文作品来。他阐述着必须对于人性在不同时代里的种种变迁,具有透辟的理解,并且进而深切地关怀整个人类的命运,思索怎样摈弃虚假、丑恶和陋劣,向真诚、善良与美好的境界攀缘前进。

当我凝神倾听着他滔滔不绝的多少警句时,大厅里始终是静悄悄的。我瞧见左右两旁的年轻朋友们,都紧握着笔杆,快速地记录着他的话语。当王充闾在讲到自己患病住院的那一年,面临着死亡的袭来,于焦躁和恐惧的思虑中,彻底地领悟了生命的终极意义,深沉地感觉到任何模样的功名富贵,只犹如那丝丝缕缕的轻烟,顷刻间就会消散得无影无踪,而只有真诚地为人类做出一些充满意义的事情来,才能够促使自己的心灵,趋于完美的净化。

我从未患过任何的重病,因此对于生与死的思索,自然就缺乏一种深切的感悟,听着他发自衷心的叙述,心里也禁不住怦怦地跳荡起来。整个大厅里始终是静悄悄的,也许都跟我一样,这坐在一排排椅子上的,和站立在会场四周的年轻的朋友们,多少颗火热的心儿,都在剧烈地跳荡,都在思索着怎样去净化自己美好的心灵……

2003 年 10 月 15 日—11 月 21 日于北京静淑苑

莫扎特：
童年的一次邂逅

记得是好几年前的深秋季节里，我曾经在维也纳的美泉宫外面轻轻徘徊，瞧着这一座长长的楼宇，挺立于宽阔的砖地旁边。黄灿灿的墙壁面前，竖起许多浑圆的石柱，隔开了一扇扇拱形的窗门。听说里面的多少殿堂、舞厅和房间，都镶嵌着黄金、象牙或者是青瓷拼成的图案，像飘曳着氤氲的云霞，闪烁出一阵阵神秘的光芒。霸占了偌大一片江山的帝王们，谁不想享尽这奢靡与浮华的生涯？而无数的百姓人家，哪怕是绞尽了脑汁，大概也猜不透他们，究竟怎么去打发这神仙般舒服的日子？

于是我想起了在平民堆里长大的莫扎特，因为在他刚满六岁的那一年，就走进了如此壮丽的美泉宫，还诉说过一句相当有趣的话儿。

莫扎特那种异常神奇的禀赋，真让世世代代的人们，都感到无比的惊讶，怎么能够在牙牙学语的时候，就从脑海里飘荡出如此美妙的乐曲。尽管是旷世罕见的天才，却也只能够坐在狭窄和幽暗的屋子里弹琴，并且在湫隘与杂乱的街头巷尾中玩耍。当他首次被领进美泉宫的时候，瞧着这高耸和宽阔的大厅，一定会觉得跟自己的家里，实在是太不一样了，不知

童年莫扎特画像

道为什么会有如此巨大的差别？他跟随着一群宫廷的侍从们，穿过色彩缤纷的走廊，奔跑得有点儿气喘吁吁的，心里真的弄不明白，怎么能够建造出这样宏伟和美丽的房屋来？

满腹疑惑的莫扎特，终于站定在舞厅的大门外边，张望那许多陌生而又威严的脸庞，还有浑身穿戴着那种金光闪闪的衣冠，好像只是从图画里才瞧见过几回。他走得很劳累，心里又紧张，因此在眼花缭乱之际，跨出惊慌的脚步时，竟滑倒在光亮的地下了。如果在家里，当着父母的面，摔了这么一跤，还不大声叫喊起来；可是在这样陌生、肃穆和隆重的场合，哪敢发出丝毫的声响？不过胸腔里憋着的一团闷气，又该怎样顺当地发泄出来？

突然有个娇小玲珑的姑娘，从熙熙攘攘的人群中，飞也似的奔了过来，长得多么的俏丽与妩媚，伸出灵巧和温暖的双手，细心地搀扶着莫扎特，让他牢牢地站立在自己面前，那一对炯炯放光的眼睛，还很体贴地张望着他。

莫扎特顿时就舒心地笑了起来，太感激这从未见过的姑娘了，竟会这样热情和诚恳地帮助自己。瞅着她水汪汪的瞳仁，笑眯眯的嘴唇，黑黝黝的头发，雪白和俊靓的脸庞，苗条和匀称的身材，还跟自己长得一般的高矮，心里觉得更高兴了，又欣喜地瞧了她一眼，刚才那种慌张与生气的情绪，早已消失得无影无踪了。

一种多么快乐和兴奋的情绪，竟让莫扎特脱口而出地说道，"等长大了以后，我要娶你做自己的新娘！"一个六岁大小的儿童，怎么会想出这样浪漫的言辞，用此种表示求婚的方式，来抒发自己感谢的情意呢？

他是一个天才的音乐家，毕生撰作了多少描摹爱情的乐曲和歌剧，这句朦朦胧胧却又清清楚楚的话语，真像是一首绝妙的序曲。可是他哪里会知晓，让自己衷心爱慕的这个姑娘，竟是哈布斯堡王朝特蕾西亚女王所生的玛丽·安托内特公主。

一个是伺候王公贵族的乐师的儿子，另一个却是主宰着芸芸众生的皇家的公主。如此差异的身份，真是有着天壤之别。在当时那种混沌和势利的茫茫人海中间，一个会遭尽百般的歧视、嘲弄或训斥，另一个却会受到无比的尊敬、奉承或谄媚。

被领进美泉宫里边，替帝王和公侯们演奏乐曲的莫扎特，不过是个区区的仆

玛丽·安托内特公主

役,怎么可能跟高高在上的公主联姻呢? 幸亏他还是个不懂事的小孩,说完了这样的废话之后,也就不会再有人跟他计较了,如果换了个鲁莽的汉子,胆敢嚼出这样冒犯和羞辱公主的话来, 一定会遭到严厉的谴责或惩罚。

恰巧是在莫扎特邂逅玛丽·安托内特的岁月中, 法国的大思想家卢梭出版了他的《社会契约论》,喊出了"每个人都生而自由和平等"的声音。可是在显得有些寂静与沉闷的十八世纪六十年代,不知道会有几个人听到和关注这样的呼声,会有几个人从心里产生过共鸣,并且激荡出终身不渝的响应与呼号?

很少有空暇去阅读书本的莫扎特,大概也并未注意过卢梭这部在后来影响了整个欧洲历史的著作,他不过是出于一种热爱自由的天性,才绝对不愿意去充当卑躬屈膝的奴才,面对着王公贵族压制和欺凌自己的时候,往往会作出很激烈的反应。当他在担任萨尔茨堡大主教的乐师之后,尽管演奏得非常的成功,却经常受到疾言厉色的责骂,觉得实在已经忍无可忍,就与大主教彻底地决裂了,怒气冲冲地辞掉这份原本是很胜任的工作。

莫扎特觉得自己"虽不是公爵,却正直而高尚",认为"人格是最珍贵的",还从历来的交往与接触中间,体会到"世界上只有穷人才是最好的朋友"。正因为满怀激情地向往着自由与平等的境界,坚持不懈地追求着真挚的友谊和纯洁的爱情,他才能够充分地挥发出自己音乐的天赋,为普天下善良与朴质的人们,写成了七百多部大大小小不同类型的作品,勤奋和辛劳的程度,实在是太惊人了。两百多年来,他那些洋溢着神韵和情愫的乐曲,始终翱翔在多少人们的耳边,悠扬地回响着,还不住地在心间飞翔,引起了无穷无尽和充满诗意的遐想。

比起毕生辛勤地谱写着乐曲的莫扎特来,多么善良地搀扶过他的玛丽·安托内特公主,却从小就享尽了人世间万分奢华的生活,变得娇生惯养,非常懒散。在她刚满十五岁的那一年,特蕾西亚女王为了要跟法国的波旁王朝化解怨仇,永世修好,就安排和命令她嫁往巴黎的凡尔赛宫,与路易十五立为皇储的嫡孙喜结良缘,成为未来的路易十六皇后。面对着丈夫的笨拙、怯懦和冷漠,她感到多么的惆怅,却也只好尽量忍气吞声地打发自己的光阴;面对着宫廷里多少男男女女的长辈们,闪射出阴沉和狡黠的眼神,呢喃着含混与曲折的话语,她又感到多么的烦恼和乏味,却也只好尽量用心地去周旋与应付。

这个年轻和美丽的姑娘,昼夜都思念着最疼爱自己的母亲,思念着远在多瑙河畔的家乡,却深深地知道再也无法回到母亲的身边去了,只好悄悄地拭去泪水,尽量振作自己的精神,提起自己的兴致,投入到追求更多刺激的场合中去,巡游于灯火辉煌的舞会,沉湎于堆满金币的赌局,还常常去观看与抚摸摆放在多少房间里的礼服、披肩和斗篷,以及数不清的手镯、珠宝与钻石,热热闹闹地享受着孤独和凄凉的青春。

多么富丽堂皇的凡尔赛宫里,已经有好几代的帝王,就这样奢侈淫佚和暴殄天物地享受着,在他们管辖底下的层层叠叠的贵族和官僚们,也都纷纷模仿起来,像这样的上行下效,就必定会更凶狠地盘剥平民百姓,造成他们无穷的苦难,在饥寒交迫的日子里受尽煎熬。正是此种贫富极端悬殊的紊乱和动荡的环境,必定会引起剧烈的争斗和革命的火焰。路易十五统治期间的挥霍无度,早就将储存金银财宝的国库消耗得空空荡荡的了,也许他已经预感到前景的万分危殆和恐怖,竟说出了这样颓丧与可耻的话儿,"在我死后,管它洪水滔天!"

等到路易十六正式即位的时候,烈火般燃烧着的社会危机,竟像地动山摇似的,轰隆隆地爆发了出来。在法国大革命这一阵阵汹涌澎湃的狂潮中间,经过了惊涛骇浪般的冲击与颠簸之后,刚被废黜和软禁的路易十六,竟还做起了一场重登王位的迷梦,授命身边的侍从,去勾结正与革命政府作战的叛军,于是在 1793 年的 1 月下旬,被异常严厉地送上了阴森森的断头台。

玛丽·安托内特也在这一年的深秋季节里,被革命法庭判处了绞刑,宣布的理由中间,很重要的一条竟是乱伦的罪孽,控告她跟自己亲生的儿子,发生过通奸的勾当。一个刚满八岁的年幼的太子,

路易十六

怎么有可能跟生下自己的母亲,做出这样的事情来呢? 为了要诽谤与诬陷玛丽·安托内特,是个极端淫荡和卑鄙下流的女人,竟要弄与设计出种种严酷的招数,无休无止地折磨和胁迫这幼稚的儿童,直到他背诵出这样荒谬的招供之后,事情才算了结,而这可怜的儿童,也就失去了音信,始终都下落不明了。如此阴险和丑恶的手段,实在是太残忍了,太卑鄙了,太无耻了。为什么混迹于革命阵营里的那些痞子们,竟能够作出如此肮脏的事情来?

革命应该是一种正义的事业,举起飘扬在空中的旗帜,唱着《马赛曲》这首激昂的战歌,要冲决与摧毁黑暗和腐朽的统治,走向纯洁、崇高与光明的征途,实现自由、平等和博爱的理想,真是太令人神往了。然而投身于这场革命的多少人们,却怀着种种不同的动机,想要从中牟取私利,或者钻营着去出人头地的,占了多大的比例啊! 像这样或明或暗地相互感染着,不断地勾搭和纠缠在一起,于是一桩桩丑陋与罪恶的行径,就在涂抹得多么辉煌灿烂的革命大旗底下,纷纷扬扬地涌现了出来。

还因为在那样烽火连天的岁月中间,正忙于控制混乱的社会秩序,正忙于迎战敌国的盟军和反叛的部队,没有能够从容地商讨与制定出公正的法律,来约束和规范所有革命者的行动。这种非常重大的失误和缺陷,就使得掌管了各种权力的人们,日益变得无法无天地肆意横行起来。失却了制衡和监督的权力,必然会成为造成人间一切灾祸的渊源!

本来是以廉洁著称,享有"不可收买者"此种美誉的罗伯斯庇尔,当大权在握之后,竟也企图摆脱种种的制衡与监督,发疯似的随心所欲起来,还准备大开杀戒,在国民会议辩论是否应该诉讼和判决路易十六死刑的时候,发表了一篇气势汹汹的讲演《路易应当死,因为祖国必须生! 》,说是"一个被废黜了的国王,仅仅是他如此的名称,就会给这个动荡的国家,招来战争的灾难! "既然他已经知道,废黜一个国王,都会招来反对这场革命的战争,那么他难道会不明白,处死一个国王,必然将招来更加强烈的反拨和行动? 面对着当时硝烟弥漫的局势,为什么不去寻觅一种更为灵活的策略,和缓解冲突的方法,却非要依照自己这种并不顺畅的逻辑,推行如此极端的措施,非要去处死路易十六不可呢? 极端的行径,必然会引来不断升腾的更为极端的后果,最终是连自己也被送上了同样的断头台。

　　玛丽·安托内特正是在当时混乱和狂躁的氛围中间，准备去迎接死亡的降临，她给路易十六的妹妹写了封诀别的短信，表白自己跟死去的丈夫一样，完全"是无辜的"，"希望自己能够在生命的最后一刻，表现得像他一样的坚强！"因为她已经知悉，路易十

路易十六受刑场面

六在九个月之前，走近断头台的时候，神情显得分外的平静，还在行刑的鼓声中，轻轻地诉说着，"宽恕我所有的敌人！"这样从容地面对死亡的神情，使她感到了少些的安慰，使她萌生一丝对丈夫崇敬的心情。不过她和自己的丈夫，难道真是完全无辜的吗？她这个总结自己一生的答案，无疑是并不准确的。

　　最后的时辰终于来到了，玛丽·安托内特被押上囚车，离开破旧和肮脏的监狱，穿过吵闹和叫嚷的人群。不少衣衫褴褛的妇女，挥舞着拳头，大声地辱骂她。正是因为她如此奢靡的享受，才使得大家过着贫穷和困顿的生活，怎么能不引起她们心头的愤怒呢？

　　玛丽·安托内特却始终端坐在摇晃的马车上，在马蹄敲击着碎石的伴奏声中，射出了蔑视的眼光，稳重而又威严地张望着眼前的一切，直到停止在高耸的断头台底下。当她踏上悬空的木板台阶时，还担心那骄横的刽子手，也许会前来搀扶自己，竟走得十分的轻盈与快捷。她在凝视着头顶那把锋利的铡刀时，自然不会记起在三十年之前，曾经搀扶过莫扎特的往事了。

　　这两个在童年时代邂逅过的人，都是正当着自己最绚丽的年华，还没有度过四十岁的生命，就匆促地结束了，不过他们人生的道路和命运的轨迹，真的是太不相同了！一个是血淋淋的头颅，被刽子手高举在空中，向许多观看和呼叫的人们展示；另一个却是默默地躺在病床上，于分外的寂寞中死去的。

　　玛丽·安托内特这样悲惨地走完自己一生的历程，莫扎特自然是无从知晓的了，因为他已经在两年之前，悄悄地离开了人世。关于他死亡的原因，也有过若干不同的传说，有的说他是被嫉妒自己的一个作曲家，用毒药害死的，还有的说他

莫扎特故乡的莫扎特铜像

是被自己情人的丈夫，用毒药害死的。

有诞生，就必定会有死亡。任何人都会悲痛或欢乐地死去，都会面临着这样无法躲避的结局，最紧要的是应该在活着的时候，做出一些具有意义的事情来。莫扎特自然是替人类的精神世界，作出了伟大的贡献，他会永远活在人们的心里；而美丽与聪颖的玛丽·安托内特，却虚度了自己无限风光却又万分凄惨的一生。不过她全部生命的历程，确实也会给后人留下异常深邃的思索。

两百多年前的这部历史，已经匆匆地逝去了，却一定会有无数的人们，在朝朝暮暮之际，都沉醉地倾听着莫扎特的乐曲，这里蕴涵着多少喜悦或忧伤的情思，丝丝缕缕地拨动和震撼着他们的心灵，鼓舞他们去神往地思索，去积极和勇敢地生活。我也是从很年轻的时候开始，几乎每天都要聆听或吟咏他好多的乐曲。在今天的深夜里，正聆听着《C大调第四十一交响曲》的时候，多么壮丽、昂扬和动情的声音，又突然使自己想起了玛丽·安托内特种种凄怆的经历。

夜已经很深了，我必须停止这样的倾听与思索，希望自己能够在回忆这首乐曲余音袅袅的声响中间，迎接那安详和悠长的睡眠，一直要睡到明天早晨太阳高高升起的时候。

歌德：
暮年求婚记

生活在两百多年前的德国大文豪歌德，真是浑身都闪烁着浪漫的情怀，只要是瞧见了美丽的姑娘，就会怦然心动，立即萌生出像中国古老的《诗经》里吟咏的那样，渴望着"执子之手，与子偕老"，两个人相拥在一起，甜甜蜜蜜，共度良宵。当他早已度过了古稀的年月之后，竟还以七十四岁高龄老人的身份，热情澎湃地向一位十九岁的少女求婚。像这样超越常规的举动，在古今中外的茫茫人海中，大概也是为数不多的。

歌德

从生理的状况来说，从年龄的差距而言，一个像是老树枯藤，一个却犹如含苞待放的花朵；一个可以充当慈祥的祖父，一个则多么像撒娇撒痴的孙女。然而这只是平常人的共识，狂放绝伦的大诗人，可不管那一套社会的规范与习俗，而要在我行我素之中，寻求生命的慰藉和欢乐。这确乎也无可指摘，情爱的萌发，婚姻的缔结，本来就出于当事者双方的自愿，无论是亲属或外人的横加干涉，都并不符合文明的原则。

歌德当时正前往捷克的疗养胜地玛丽恩巴德旅行，借宿在这位少女的家中。他和这个家庭有着长期交往的友谊，好多年之前，当这位少女的母亲，恰好是风华正茂的时光,他也曾悄悄地爱慕过她。经过了多少个轮回的日升月落,光阴像飞驰般地消逝着,她的女儿也已经出落得十分的苗条俏丽、妩媚动人。这天真无邪的少女,像对待自己父亲一般地尊重着歌德,细心地搀扶他,热忱地照顾他,还跟他谈论和探讨种种的人生哲理。歌德在写给朋友的一封信里,也曾经称她是"忠实而漂亮的女儿"。

可是接触的时间久了,在耳鬓厮磨之中,竟完全迷醉于她青春的美貌,使歌德生出了无穷的幻想,像缥缈和升腾的云雾,把他旋转得昏昏沉沉,像一阵阵惊天动地的雷电,把他劈打得灵魂出窍,忘却了自己早已步入衰朽的暮年,竟还当成是好久之前描写过的少年维特一样,滋生出一股撕心裂肺般的情欲来,焦急万分地向她的母亲提出,要求跟这风度翩翩的少女,订立嫁娶的婚约。

这位虽然是风韵犹存的母亲,毕竟不像歌德那种大才子的怪诞作风,没有他那样无拘无束的浪漫情怀,却还保持着一种常人的思维逻辑,觉得年龄的悬殊过于巨大,怎么能谈婚论嫁,结为夫妻呢?两者之间实在是太不相称,因此就并没有接受他的请求,当然也不会跟自己心爱的女儿磋商了。

尽管是如此,这聪明过人的少女,从歌德丧魂落魄似的举动中间,怎么能不领略他如此迫切难耐的心情?然而她也跟自己的母亲一样,只想度过通常的生活方式,却并不热衷于那种浪漫得有点儿奇异的情怀。当歌德绝望和凄切地跟她告辞时,她依旧像顺从的幼辈那样,很平静地与他吻别了。

歌德在乘上马车回家的途中,始终涌动着十分痛苦的心情,竟犹如丧魂落魄一般,深深地埋着头颅,写成了一首《玛丽恩巴德悲歌》,诉说自己单恋的失败,这样就"已经失去了一切","抛进了深渊",淌着"流不尽的眼泪"。回到魏玛之后,终于是痛定思痛,开始镇静了下来,年复一年地伏案书写着,终于完成了《浮士德》这部旷世的杰作。

如果歌德此种狂热的追求,被对方也是浪漫

歌德早年成名作《少年维特的烦恼》打动着一代又一代读者的心

的灵魂欣然接受了，那么在如火如荼般勃发的情爱中间，还能够有多少剩余的精力，写得完这样的长篇巨著？或许恰巧会是相反的情形，从那炽热的爱恋中，不断燃烧出的火焰，更激发着写作的热情？既然歌德的求婚，未能获得成功，自然也就不必进行这样的猜测了。

根据他仆人的回忆，在1832年的初春季节里，当他死去的那一天，竟还在昏睡中喃喃地说着梦话，"在远处的阴影中，一头乌黑的鬈发，光彩照人！"谁也不会知晓，他是否又想起了往昔那位美丽的少女？想起了自己曾经钟爱过的多少妇人？

歌德的旷世巨作《浮士德》书影

每个活着的青年或老年，在安排自己整个的人生道路，抑或是剩余不多的光阴时，究竟应该怎样去追求和保持真挚的爱情？怎样去憧憬与抵达更为高尚的精神境界，让自己过得更洋溢着欢乐，更充满了意义，更具有道德的情操，这真是值得好好思索一番的。

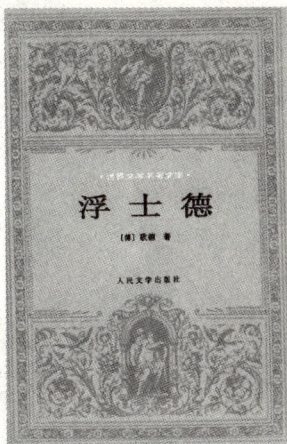

2004年4月28日

卢梭：
微风拂过铜像 *

矗立于日内瓦的卢梭铜像

　　我站在日内瓦的罗纳河边，眺望着一团火红的朝阳，正悬挂在东方缓缓起伏的山峦上，它燃烧出的满天霞光，轻轻地洒落在多少楼宇的顶端，洒落在面前这条清澈的河水里。我披着阵阵耀眼的光芒，急急忙忙地往卢梭岛走去，得赶快找见他的那一尊铜像，仔仔细细地观看着，好将许久以来阅读他著作的过程中间，逐步得到解开的有些疑问，在他面前再认真地回忆和思索一番。

　　是将近六十年前的往事了，却还影影绰绰地在自己心里荡漾着。记得那一位很威严的国文老师，挺立在中学的课堂里，头头是道地串讲着《论语》里的章节，宣扬那"君使臣以礼，臣事君以忠"的伦理观念。班上的同学们都听得昏昏沉沉，惶惑不止，不是早已废除了帝王的统治，为什么还要毕恭毕敬地歌颂那古老得发霉的秩序呢？

　　好不容易下了课，赶紧走进图书馆的时候，我很偶然地找见了一本《民约

---

* 原题为《在卢梭铜像面前的思索》，本题为编入本书时编者所加。

论》，似懂非懂地浏览起来。卢梭在两百四十年前写成的这部论著里面，就诉说着"人是生而自由的，却无往不在枷锁之中"，还说是"如果没有平等，自由便不可能存在"，而如果"放弃自己的自由，就是放弃自己做人的资格，放弃人类的权利"。

我被这几行似乎是闪烁着亮光的文字深深吸引住了，在心里反复地诵读着，觉得如果整个的人类，都能够这样自由地过活，平等地相待，那将会充满多么巨大的亲和力。只要厌弃与憎恶那种臣服帝王的说教，不再愿意磕头跪拜，温驯地去充当奴才，那就一定会憧憬此种自由与平等的境界。而如果真像是这样的话，整个熙熙攘攘的世间，肯定会无比的善良和美丽起来。

卢梭的这些话语，真是道出了我一种朦胧的向往，还鼓励自己去消除满腹的疑惑与忧虑。于是这个多么辉煌的名字，就像从我头顶升起的太阳一般，永远在心里不住地闪耀。

我在后来毕生的读书生涯中间，就常常思考着卢梭的这些话语。如果在遵守公正的法律，和服膺高尚的道德这种前提底下，人人都有权利去自由地安排各自的生活，自由地发表各自的意见，肯定就能够熏陶成充满自由精神的习惯和心态，从而迸发出一种巨大的创造能力来，欢乐和豪迈地推动着自己生存的环境，始终都朝向前方迈进，让它变得更合理、更健康、更和谐、更美好。

然而在人类历史上长期肆虐的君皇统治，却拟定了根深蒂固的等级特权的制度，借以牢固地控制和奴役千千万万的民众，正像鲁迅在《灯下漫笔》里所说的，"自己被人凌虐，但也可以凌虐别人"，像这样"一级级的制驭着，不能动弹，也不想动弹了"。在这种跟平等和自由迥然相异的社会氛围中间，当然就只好戴着沉重的精神枷锁，被囚禁在严酷、愚昧、落后和野蛮的秩序底下。

只有高扬着平等和自由的理想，才能够鼓舞、召唤和敦促人们，英勇地去冲破专制

卢梭

罗伯斯庇尔

帝王统治民众的牢笼。呼号着自由与平等的卢梭，真值得后人永远地感激和尊敬。不过为什么如此的钦佩和推崇他，自称是他学生的罗伯斯庇尔，竟会在法国大革命的滚滚热潮中，推行起雅各宾专政的恐怖统治来？谁只要持有不同的意见，就很可能被视为这场革命的敌人，经过他所把持的国民公会表决通过之后，立即处以绞刑了事。为什么声称怀抱着平等和自由的理想，却又丝毫都不能够容忍与自己相左的意见，要这样残忍地大开杀戒，屠戮那些跟自己发生了意见分歧的盟友呢？我多么想迅速地赶到卢梭的铜像底下，再好好地想一想这个长期困扰过自己的问题。

我又匆匆地往前走了几步，就瞧见那一座横跨着罗纳河的长桥，瞧见在卢梭岛的中央，几棵高耸的枫杨树底下，一座方正的石礅顶部，这静坐在椅子上的铜像，正英气勃勃地挥起右手，是不是向赶来看望他的人们致意？当我走到浓密的树荫底下，默默地站在他面前时，才清楚地看出来了，原来他是握着一枝细小的笔杆，还睁开明亮的眼睛，张望那捏在左边手掌里的纸张，正沉思冥想着要书写或者修改什么呢？

我又想起遥远的中学时代，多么神往地阅读着《民约论》的情景，然而我读得实在太潦草了，只不过是一目十行，飞快地翻过纸页，面对着有些深奥与艰涩的说理，竟懒得去进一步地梳理和把握，而对于有些容易激发自己兴趣的话语，就一唱三叹地背诵着，还生发出无穷无尽的感喟来，自己向往平等和自由的理想，不正是从这儿萌生的吗？

我还想起上个世纪的六十年代初期，也曾经反复地阅读着这本刚被更名为《社会契约论》的新译本，当时真是下定了决心，想要彻底地弄懂，究竟是罗伯斯庇尔违背了卢梭的主张，抑或是卢梭在什么地方错误地引导了罗伯斯庇尔？于是我花费了不小的工夫，在夜晚昏暗的灯光底下，一字一句地钻研起来，断断续续地琢磨这个始终困惑着自己的疑问。

直到在后来又经历了四十载艰辛的岁月中间，我也并没有放弃过对于这本典籍的思索，终于在逐渐深入到字里行间的过程中，开始明白了他在自己论述中间产生的失误。

原来卢梭把领导公民和国家的"主权者"理想化了，认为"主权者既然是只能由各个人所构成"，因此"不可能具有与他们的利益相反的任何利益"，"不可能想要损害共同体的全部成员"，这样的话当然就并不需要对大家"提供任何的保证"，而完全可以将自己的一切主张付诸于行动。这实在是构想得太天真和幼稚了，难道那些领导者在掌握了庞大的权力之后，一点儿也不会滋生出霸道与贪婪的念头来？况且是在消解了任何有效的保证措施之后，难道就不会开始走上假公济私和为所欲为的邪路？不会这样一步步地膨胀和堕落下去，成为说一不二和肆意压制别人的独裁者？

卢梭在自己的《社会契约论》里面，多次提到过孟德斯鸠的《论法的精神》，足见这位只比他年长二十余岁的启蒙主义大师，对于他具有多么深刻的影响。可是为什么在这部杰出的著作里，十分强调过的"要防止滥用权力，就必须以权力约束权力"这一真知灼见，竟没有很好地成为他论证和判断问题的出发点？

孟德斯鸠目光如炬地抓住了"滥用权力"的这个问题，是因为他深刻地理解人性的本质弱点和历史的运转规律，才会提出必须建立一种平行的"权力"，以便去"约束权力"，这样才能够保证民主体制的正常运行。比起在这个关键的问题上，显得很幼稚和迷茫的卢梭来，孟德斯鸠真是万分的清醒和睿智，他在这一方面所形成的系统的主张，为人类历史的健康发展，作出了多么巨大的贡献。他是永远值得我们纪念和感激的人。

卢梭在阐述自己这个形成了失误的问题时，比起早生于自己八十年的英国哲学家和法学家洛克来，也可以说是远远地离开了谨严与科学的原则。洛克却正好是跟他相反，十分审慎和确切地强调，政府只是掌握管理社会的公共权力，而每个公民则完全应该享受自由的权利，这在任何情况底下，都是绝对不能被转让和剥夺的。他在自己的《政府论》"下篇"里说道，"不能运用契约或者通过同意，把自己交由任何人去奴役，或者置身于别人绝对和任意的权力之下，任其夺去生命"，而应该"使统治者被限制在他们适当的范围之内"。卢梭如果能够做到像洛克那样，一开始就严格地区分开国家权力和公民权利的界线，应该是会杜绝自己这个致命性的错误的。

正是基于自己这种天真和轻率的见解，卢梭竟匆忙地将自己所规定的"主权者"的一言一行，都错误地标榜成为一种"公意"，断然地认为"任何人拒不服从公意的，全体就要迫使他服从公意"。他多么豪情满怀地宣扬着自由与平等的崇高理想，却因为犯了思维方法上的错误，混淆了公民权利和国家权力这两种不同事物的区别，才形成了对于"主权者"的行为，丝毫都不加以限制的错误观点，从而就影响了法国大革命期间，出现此种以公民的名义，残酷地迫害和屠戮公民的暴政。正是从这一点出发，深受他影响的罗伯斯庇尔，就不仅被自己垄断权力的欲望所蛊惑，出于此种心理的驱使，欣喜若狂和顺理成章地推行着恐怖的统治，而且最终还使得自己和几位最亲密的战友，也在接踵而来的热月政变中间，同样是被充满着恐怖与血腥气味地处死了。

这部轰轰烈烈的法国大革命的历史，是在一种壮烈与悲惨的气氛中间，苍凉和沉重地踯躅前行的。在法国大革命爆发的十一年之前，卢梭就已经去世，自然是无法看到它种种的场景，也无法作出任何触动自己灵魂的判断和反思了。要不然的话，以他如此坦诚和真挚的情怀，如此严厉与沉痛地揭示自己过失的勇气，肯定会在那一部震撼过多少人心灵的《忏悔录》里面，淋漓尽致地陈述自己这一观点的缺失，和义正词严地谴责自己所造成的多么惨痛的后果吧。

卢梭无法见到的法国大革命，却被柏克和贡斯当目睹了。比卢梭年轻十余岁的英国政治学家和美学家柏克，在他自己所撰写的《法国革命论》里面，针对当时那种很混乱的情景说道，"如果卢梭还活在人世，在他某个清醒的片刻，是会对自己学生们的实践的狂热，感到震惊的。"这位曾经跟卢梭有过交往的作者，对于他作出的此种估计，应该说是符合他异常诚恳的性格，然而柏克又在《致国民议会一位成员的信》中，很轻蔑地嘲笑"十分雄辩"的卢梭，"肯定有很严重的智力障碍"，这是否说得太过分了？

比卢梭年轻五十多岁的法国政治家和小说家贡斯当，则在他自己撰写的《古代人的自由与现代人的自由》里面，进一步阐述洛克《政府论》里的主张说，"人类生活的一部分内容，必然是属于个人和独立的，它有权置身于任何社会权

法国大革命中革命者攻占巴士底狱

能的控制之外。主权只是一个有限和相对的存在",如果"你确信主权不受到限制,就等于是随意进行创造,并且向人类社会抛去一种过度庞大的权力,不管它落在什么人手里,必定会构成一项罪恶",接着就中肯地批评说,"卢梭忽视了这个真理,他在《社会契约论》中所犯的错误,经常被用来作为自由的颂词,然而这些颂词却是对所有类型的专制政治最可怕的支持"。贡斯当多么清晰明了地指出卢梭这种错误的实质,比起柏克在《法国革命论》中更侧重于情感的宣泄来,真是笼罩着一种说服力极强的理论色彩。

针对卢梭在理论上的这种失误,贡斯当还十分强调地指出,"由权力的本质所决定,只要可以不受惩罚地滥用,它就会受到更多的滥用"。他对于"权力的本质",实在是了解得太透彻和深刻了,从而才会斩钉截铁地作出这种理论性的规定,"对于主权加以限制,这既是现实的,也是可能的","权力的分散与制衡,将使其得到更为严格的保障"。在这个十分具有逻辑力量的科学界说中间,可以多么明显地看出孟德斯鸠对于他的影响,正因为是如此,就使得他更容易判明卢梭在阐述这个问题的时候,存在着多么严重的弊端了。

而比卢梭晚生一百六十年的英国哲学家罗素,在自己撰写的《西方哲学史》里面,也抨击他那种关于"公意"的说法,"使得领袖和他的民众能够具有一种神秘的等同",是"黑格尔替普鲁士独裁制度辩护时尽可以加以利用的",同样都是贬抑得相当的厉害,却又不能不说是击中了问题的实质和要害。

卢梭:微风拂过铜像

卢梭一心一意想要追求自由与平等的精神，却由于存在着若干错误的观点，因此对于后来爆发的法国大革命这一历史进程，就产生过完全出乎自己意料之外的消极影响。在这个杰出的历史人物身上，真是蕴涵着多么沉痛的悲剧意味啊！

卢梭自然是不可能见到和知悉法国大革命的实况了，也不可能有机会去阅读柏克、贡斯当和罗素的那些著作，认真地辨别和思考他们的批评意见了。这些对于历史的沉思，只好由后来的人们承担起来，真是责任重大啊！

我肃穆地站在卢梭的铜像面前，倾听着从远处吹拂过来的微风，把自己头顶纷纷扬扬飘摇着的树叶，摩擦和弹奏出了瑟瑟的声响，使我感到了些许的寒意，于是赶紧寻觅着穿过树叶的阳光，瞅见它丝丝缕缕地抖落在青草丛中的影纹，闪闪烁烁地反射在卢梭那俊秀的脸庞上。我默默地张望着正陷入沉思中的卢梭，深深地信任他这颗永远追求善良、反思自己和向往净化的心灵。

阿克顿：
一句名言

今年 6 月 10 日的《参考消息》上面，登曾经载过一篇报道马英九的文章，提到他曾经在一次讲演中间，引用了这样的一句名言，"权力是腐蚀人的，绝对的权力就会造成绝对的腐蚀"，却并未说明究竟是出于何人的笔端？

那一天的薄暮时分，正好跟几位喜爱读书和关心时事的年轻朋友，在一起聚会聊天。其中有位朋友忽然说起，从《参考消息》的报道中看到的这句话儿，实在是表达得太精彩和透辟了，用"一言九鼎"的成语去称赞它，也绝对不算是过分的事情，遗憾的是不知道这究竟出于何典，询问大家是否知晓？

我早就了解这位年轻的朋友，有着比较渊博的学识，求知的愿望也相当强烈，当他突然发现竟有如此闪烁着思想光芒的见解，自己竟还未曾知晓的时候，就十分焦急地想要立即得到应有的答案。可是整个人类在创造这一部漫长而又复杂的历史中间，积累而成的各种各样的知识，实在是太丰富、繁杂和浩茫了，像是无数峥嵘的山脉，耸立在大家的面前。而且随着分工的愈益细密，属于各种学科方面的专业知识，对于不是属于本行的人们来说，无论是他或她，具有多么的智慧、才华和勤奋的毅力，哪里能

阿克顿

够都清楚地懂得。就算在自己所熟悉与精通的学术领域中间，同样也都无法逐一地知悉，获得完全的了解和掌握。

我在毕生的读书过程中间，就深深地感触着自己所领会的知识，真的是太稀少了，用"沧海一粟"的成语来形容，显得多么的恰如其分。不过在这样稀少的知识里边，也许我偶然接触到的某些细微的部分，还没有被比自己读书更多的一些朋友所涉猎。由于在喜爱读书的朋友之间，普遍都存在着如此相互交叉的情况，别人知道的，自己不知道，自己知道的，别人却又不知道，因此及时地进行交流与切磋，就是一桩很令人高兴而又分外有益的事情。

中文版《法国大革命讲稿》书影

我是在好多年前的一次浏览中间，比较集中地查阅英国著名历史学家阿克顿（1834—1902）的有关资料时，才接触到这句非常睿智的话语的，当时也由于深深地感到惊讶，它怎么能够如此深邃地抓住事情的本质，因而就牢牢地记在心里了。

阿克顿出身于名门望族，他的父亲是英国的男爵，母亲是德国巴伐利亚的女伯爵。他诞生于意大利的那不勒斯，因为他的祖父曾经担任过那不勒斯王国的首相。他童年时期在巴黎上学，后来才回到英国读书。从十四岁那一年开始，又在德国慕尼黑的著名历史学家德林格尔家中作客，在他认真的指导底下，阿克顿对于欧洲的历史，学习与研究了整整六年的时间。1855 年，他访问过美国。1858 年，他又访问过俄国，还参加了沙皇亚历山大二世的加冕典礼。他在当年回到英国定居之后，做过几年国会的议员，从 1895 年之后，又被钦定为剑桥大学的历史学教授，并且开始主编《剑桥近代史》，在刚编成的第一卷出版前不久，就溘然长逝了。

他为文谨严，字字句句，都经过反复的斟酌，苦心追求在历史的记载中，融汇着哲思与伦理的光芒，因此在生前发表的论著，数量很少。他的《自由的历史》（《自由史论》）、《法国大革命讲稿》、《阿克顿论文集》等，都是作为遗稿出版的。

并未接触过专门研究与论述欧洲历史著作的朋友们，不太熟悉阿克顿这个名字，以及有关他生平和著作的概况，这是丝毫也不奇怪的事情。然而这位诞生于一百七十多年前的史学大家，曾经说过的那一句话儿，只要能够有机会射入自己眼中的话，大概就永远会深深地留存于记忆之间了。

　　为什么经常会出现这样的一种情形呢？因为阿克顿实在是诉说得太精辟了，太抓住事情的本质与内核了。他周围的多少人们，在当时人烟稠密和熙熙攘攘的欧洲各地，从帝王的宫殿中，直至乡镇的小吏之间，只要与社会人生接触得较为广泛的话，大概也会隐约地感觉出来，某些有权有势的群落，似乎逐渐发生着这种相当微妙的变化，却往往是习焉不察，无法提升出像他那样阐述的哲理来。他却不仅是指出了缺乏监督的权力，所能够产生的腐蚀作用，而且还进一步演绎出无法监督的"绝对的权力"，必定会造成"绝对的腐蚀"，真是层层递进，很足以启人深思。思想家的弥足珍贵之处，正就体现在这儿，能够明确地表达出许多人隐约和潜在的思虑，从而就可以极大地提升人类思想与文明的境界。

　　阿克顿所以能够做到如此的高瞻远瞩，振聋发聩，确实是因为在他毕生的博览群书与揣摩人生中间，始终刻苦地思索和揣摩着，投入了如此艰巨的功夫，才获得这般探赜索隐的深刻认识，而且还表达得简明扼要，铿锵利落，像一句格言，像一首短诗，像一声警钟的鸣响，深深地叩击着人们记忆的弦索。

　　阿克顿的这句名言，其实也并不是孤立和偶然的现象，而是在欧洲的思想与文化史上，继承和接受了有些先哲的见解，再融合着自己的感受，进行发挥和创造的结果。

　　古代希腊的哲学家亚里斯多德（前384—前322），早就在他的《政治学》中说过，"大泽水多则不朽，小泽水少则易朽。多数群众也比少数人不易腐败。单独一人易为愤懑或其他任何相似的感情而失去平衡"，从这样的起点向前拓展，甚至还得出了异常尖锐的结论，"让一个人来统治，这就在政治中混入了兽性的因素"，所以就强调"法治应当优于一人之治"，清楚地说明了要运用人们共同制定的法律，去进行监督

中文版《自由史论》书影

和弹劾的道理。

　　英国的法学家洛克（1632—1704），在《政府论》中这样说，"因为一个人既然没有创造自己生命的能力，就不能运用契约或者通过同意，把自己交由任何人去奴役，或者置身于别人绝对和任意的权力之下，任其夺去生命"，而应该"使统治者被限制在他们适当的范围之内"。为了保卫大家生命的安全，当然就必须限制权力的使用，这真是丝毫也不能懈怠的啊！

　　法国的思想家孟德斯鸠（1689—1755），在《论法的精神》中这样说，"一切有权力的人都容易滥用权力，这是万古不易的一条经验"，为了"要防止滥用权力，就必须以权力约束权力"。正因为他清醒而又深刻地知悉，几乎是所有的人，都喜爱滥用自己手中的权力，这竟是古往今来很难出现例外的常规，才会坚定不移地提出，必须建立一种平行的"权力"，以便去有效地"约束权力"，保证民主体制的正常运行。

　　法国的政治家和小说家贡斯当（1767—1830），在《古代人的自由与现代人的自由》中这样说，"由权力的本质所决定，只要可以不受惩罚地滥用，它就会得到更多的滥用"，因此就必须通过"权力的分散与制衡"，以便"对主权加以限制"。他的想法跟孟德斯鸠竟如出一辙。

　　两千多年间的这些思想家，都是从复杂多变的人性中，看出了如果长期执掌权力，不断从中获得较多利益的结果，很有可能想要加以不断的扩大，这样就会使自己的欲望愈益旺盛和贪婪起来。正是因为洞察了这样可能产生的后果，于是必然就会促使他们，形成为如何缩小和监督权力的种种思路。

　　阿克顿确乎是深沉地理解和融汇了他们那些切中肯綮的至理名言，凝结成自己辉煌和璀璨的言辞，于是在 1887 年 4 月 5 日致《英国历史评论》主编克莱顿的信中，才写下了这样永远会震撼人们心灵的话语。

　　阿克顿不仅洞察着人类的历史，在复杂运转中的某些规律和奥秘，还始终都坚持自己道德的信念，认为历史是人类道德状况的记录。他经常谆谆地教导自己的学生，绝对不能容许祸国殃民的败类，逃脱正义的审判和永恒的惩罚。像这样来记载历史，应该能够不断地升华人们的精神世界和高尚品质。

　　针对当时社会中间出现的种种问题，阿克顿也能够勇敢地发表自己的意见，企图去纠正这样的弊害。譬如当天主教会于梵蒂冈召开教务会议时，教皇庇护九世竟在七百多名主教面前，悍然提出"教皇永无谬误"之信条，引起了强烈的争论，开始发生严重的分裂。此时正值普法战争即将爆发，持反对意见的主教们纷纷离会，庇护九世乘机迫使留下的四百多名主教，于 1880 年 7 月，表决和通过了神化教皇的提案。阿克顿听到这个消息之后，公开表示极力的反对。作为天主教徒的他，能够如此坚定地采取此种抵制的行动，真是显得有些大义凛然。

2008 年 9 月 24 日于北京静淑苑

汉娜·阿伦特：
斩断的不只是恋情*

流经海德堡的内卡河

我站在低矮和端正的石墙旁边，倾听着内卡河里潺潺的流水，从背后的长桥底下，发出轻微的声响，张望着远处葱茏的绿荫丛中，绵密地排列着多少红瓦白墙的楼宇，还有那一座座浑圆抑或是方形的古堡，纷纷将自己耸起的尖顶，冲向碧蓝的天空里去。

我默默地眺望着，猜测那闻名遐迩的海德堡大学，究竟是矗立在哪一个角落里？又想起了八十余年前的汉娜·阿伦特，那时候还是一个年轻、美丽和活泼的姑娘，为什么会沉潜于如此抽象和玄妙得难以索解的逻辑推理中间？也许正是大学时代这些枯燥与艰深的哲学课程，养成了她毕生都善于进行思考的能力，因此在经历了人世的多少坎坷和纳粹政权凶恶的迫害之后，就能够对此种热衷于虐杀心灵与屠戮生命的罪恶体制，作出了多么睿智的剖析和阐述，洋溢着启迪众人的力量。她诉说的那些震撼灵魂的话语，在人类整部辉煌的思想史上，将会永远闪烁出自己璀璨的光芒。

---

* 原题为《从内卡河畔开始的遐想》，本题为编入本书时编者所加。

希特勒在当时的迅速崛起，是因为德国于第一次世界大战中间的失败与投降，被迫向胜利的协约国，大量的割地和赔款，使得整个民族都受尽了屈辱，连平民百姓打发日常生活，也变得十分的窘迫，因此就引发了强烈的愤怒和仇恨，一种激烈的民族主义情绪，不断地高涨起来。万分狡诈的希特勒，赶紧抓住这千载难逢的时机，鼓吹日耳曼民族是世界上最优秀的人种，还针对当时不少西方国家涌现出来的经济衰退和精神危机，宣称要带领整个德国走在世界的最前列，于是就受到了狂热的拥戴。

这个在后来显露出多么凶狠和残暴的大独裁者，其实是早就形成了自己一整套控制民众的规则。他在《我的奋斗》这本邪恶的书中，叫嚣着"必须要有一个人单独来作出决定"，正是他所规定的此种独断专行的"领袖原则"，驱使自己随心所欲地去指挥一切。他所设想的那种"群众运动"，只是要"靠说话的力量，打动广大的人民群众"，驾驭与驱使大家，高呼万岁地追随和簇拥着他，不折不扣地服从和贯彻他的主张，去实现那种禁锢思想与威慑众生的局面。要是有人违背和抗拒的话，他就会施行"肉体的恐怖"，用此种致人以死命的手段，恐吓与威逼大家，去维系自己冷酷和阴森的统治。

在希特勒钦定的这种严密的秩序中间，谁胆敢挺身而出，跟专制独裁的暴政进行抗争，来维护大家的自由，和捍卫正义的理想，那就必然会受到残酷的惩罚，被殴打、被杀害、被焚尸的灾祸，立即会降临自己的头顶。

为了抵制暴政而牺牲自己头颅的英雄，肯定是会有的，却又绝对不会太多，只能像黎明时分悬挂在天空里的孤独的星辰。因为抛弃生命，走向死亡，总会引起内心中万分的恐惧与犹豫，这样就使得绝大多数善良的人们，不敢再坚持自由和正义的理想，却只好沉默与沮丧地去服从发号施令的领袖。而少数利欲熏心和急于钻进官僚队伍里去的痞子们，当然就会使出种种狡猾与阴狠的手段，充当着纳粹政权蹂躏芸芸众生的班底。

汉娜·阿伦特于 1948 年写成的《论极权主义的起源》这本学术著作，精辟地指出了纳粹体制的统治方式，最终会使得大家都成为"孤立的分子"，和一群"无家可归的人"。所有的一切行动，都必须紧紧跟随领袖的指示，都得依赖他说一不二的管理与控制。除了完全听命于被无限神化了的伟大的领袖之外，不能有自己丝毫独立的思想，不能牵挂什么亲情和友谊。竭力摧毁人们一切正常的思维，割断他们之间任何亲近的感情联系，这正是希特勒推行极权统治的奥秘和症结所在。他企图在轰轰烈烈的群众运动中间，不断发布自己繁复的命令，每个人除开去贯彻他许多疯狂和残酷的念头之外，如果还存在旁的什么想法，就都是犯了滔天的大罪。

纳粹政权除了实施种族灭绝的大屠杀之外，最为触目惊心的举措，就正是对于人们思想的严厉掌控。谁都得服从出自领袖口中的至高无上的命令，无论它是多么的错误与荒谬，也都不能浮起丝毫怀疑的意念，即便是跟亲友或同事悄悄议论的话，也立即会被揭发和检举出来，成为遭到众人唾弃的背叛领袖的罪犯。在此种必须绝对和盲目服从的环境与气氛中间，人人都变得有口难言，对谁都不敢敞开自己的胸襟，于是人人都变成了无依无靠的孤独和游离的分子。在纳粹政权的统治底下，那种严密、冷酷、残忍和恐怖的程度，比起人类历史上所有的专制王朝来，也不知道要超出了多少倍。它要让汪洋大海般的人群，通过这样反复与机械的操练之后，都沦落为只会服从指挥的木偶。汉娜·阿伦特十分强调地指出，这种囚禁和摧毁思想的极权主义的统治方式，是对于人类最凶狠和恶毒的折磨，使得整个社会变成了"十足的没有意义"。

如果只允许像希特勒这样的独裁者，为所欲为地发号施令，大家却只好膜拜和遵循他的号令，盲目地服从与行动，生存在这样的世界上，真的还有什么乐趣可言，还有什么意义可言？汉娜·阿伦特此种充满了真知灼见的阐述，时刻在警惕地提醒着人们，千万不能够在纳粹分子叫嚷与喧嚣的声浪中，掉进这样浑浊和痛苦的深渊中去。这就得时刻都要呼吁、强调和保障思想自由的原则，每个人都应该在正常与健全的社会秩序之中，凭着公正的法律来维护自己，必须都具有充分地发表自己的意见，共同来进行讨论的权利。

我在回想着汉娜·阿伦特这些叩击自己心弦的话语时，匆匆离开了阳光明媚的海德堡，前往群山环绕的莱茵河畔，踏上一艘明亮与洁净的游艇，瞧着绿莹莹的流水，黄灿灿的河岸，和山坡上苍翠的树丛底下，点缀着无数鲜红的、湛蓝的、洁白的小花。多么的幽静和安宁，散发出一阵阵慰藉灵魂的诗意来。

如果是在上个世纪的三十年代中期，莽撞地来到这莱茵河畔的话，也许会有

多少气势汹汹的壮汉,高呼着领袖和万岁的喊声,命令你
也举起拳头,跟随他们一起叫嚷,否则的话将会遭遇到无
法预测的险境,在如此喧嚣与危急的气氛中间,得赶紧设
法逃跑。汉娜·阿伦特正是经过了好多的波折,好不容易才
流亡到境外,再辗转前往美国的纽约,在破旧的出租房屋
里栖身下来。

汉娜·阿伦特

可是她最钦佩的导师海德格尔,却选择了追随纳粹政
权的另外一条人生道路。他原先是通过诠释存在主义的思
想观点,成为了大名鼎鼎的哲学家,声称人们"存在"于一片"虚无"的世界中
间,孤独与无助地去追求生存的"意义",从而就陷入了种种的烦恼和恐惧,于是
死亡在等待着他们。他正是面对着这样的情景,提倡"学习死亡"此种洋溢着悲
观主义的英雄气概。他憧憬的是"虚无"与"死亡"的悲歌,实行的却是充当希特
勒的党徒,也许是因为他还眷恋着人生中种种应有的享受,当然就只好这样来挪
动自己的脚步了。康德在《实践理性批判》里提示过的"头上的星空和心中的道
德律",不知道是否引起过他的"思考"、"惊奇"和"敬畏"?

汉娜·阿伦特在海德堡上学之前,曾经负笈于兰河上游的马堡大学。想当年
海德格尔端坐在讲台的后面,张望着底下那一群听他授课的学生时,顷刻间就把
自己的眼光,停留在她的脸上,暗暗地惊叹着她窈窕的身材,俊秀的容貌,还凝视
着她那一双炯炯发亮的眼睛,多么的幽深和美丽。海德格尔观察年轻女子的眼
力,实在是太敏锐了。在时光又消逝了几十年之后,当汉娜·阿伦特于1975年逝
世的时候,跟她相识和交往了多年的女友玛丽·麦凯茜,在悼念她葬礼的致辞中,
也说出了这样动情的话,"她是一个倩丽的女人,她可爱,有魅力,女人气十足",
"她身上最吸引人的地方,是她的一双眼睛","它们会放光,会闪烁出梦幻般的
神采"。

汉娜·阿伦特那一双深不可测的眼睛,牢牢地吸引着海德格尔跃动的内心,
他开始不断地给她写信,狂热地追求她。她也因为在聆听海德格尔的课程时,瞧
见了他英俊的脸庞,翩翩的风度,听到了他滔滔不绝的口才,更折服他充满了独
创与光彩的思维方式,已经陶醉在这种哲理的魅力中间,于是很欣喜地作出回

应,这样就频繁地交往起来,还跟他悄悄地幽会了,把珍贵的青春献给了自己所崇敬的导师,尽管知道他已经组成了家庭,娶了妻子,还生了两个儿子。在往后的聚会中间,她更清晰地领略了海德格尔的意图,他要让妻子在家里管理种种的琐事,却要让自己充当一名向他请教学问的情侣,至于从爱情中间可能引发出来的其他有关的 "意义",就不会再"存在"了。她深深地体验到了海德格尔浓重的阴影,隐隐地感觉到了一丝的惆怅。

恋情中的隔膜,理念和道德层面的差异,使海德格尔和汉娜·阿伦特这一对师生与情侣,最终走上了两条完全不同的路途。汉娜·阿伦特撰写的《论极权主义的起源》,替人类敲响了嘹亮的警钟,呼吁大家一定要防范和制止纳粹政权的统治,对于整个世界所产生的巨大灾祸,而海德格尔却始终讴歌与追随着希特勒的纳粹体制。他多年的同事和友人,也是研究存在主义思想的哲学大家亚斯贝尔斯,就曾经在《哲学自传》中间,活灵活现地回忆过他在自己面前,无限神往地称颂着希特勒这个恶魔,"文化是无关紧要的,看哪,他那双令人赞叹的手掌! "

为什么要这样膜拜扼杀思想和屠戮生灵的大独裁者希特勒呢? 总不会是出于对世事的无知吧!那么是因为他曾经获得过纳粹政权不少赏赐的缘故,所以就死命地坚持和辩解自己已经踏上的这条歧途?

1950 年 2 月,汉娜·阿伦特前往德国旅游的时候,在弗赖堡见到了海德格尔,还进行过深入地交谈,当天晚上就写信给自己的丈夫海因利希·布里歇尔,诉说海德格尔"尽管已经声名狼藉,却在一切可能的情况底下,总是随意地说谎"。经过了一生的追求与思索,纯洁和高尚的汉娜·阿伦特,终于彻底地认清了长期迷惑过自己的海德格尔,究竟是表现出了一种什么样的作风和品格? 在他们之间,多少恩恩怨怨的感情纠葛,真可以让后人知悉和懂得这个涵义很深邃的故事。

我在前往柏林游览的途中,还不断地思索着汉娜·阿伦特和海德格尔各自的归宿,就这样来到了勃兰登堡门底下,仰起头来,观看那六根滚圆的石柱,拉开了很宽敞的距离,排成笔直的一

德国哲学家海德格尔

行,都巍峨地支撑住横在半空中的花岗岩建筑的门框,浑厚和挺拔的门框中央,还耸立着四匹昂首扬蹄的骏马,拽住了坐在战车上面的胜利女神,她正弯着右手,举起细长的十字架,一只展开翅膀的小鹰,很安详地蹲在顶端。

在这座高耸和宏伟的大门底下,偶或有几个稀疏的行人,匆匆地走过,显得多么的安静。想当年曾经有多少纳粹的高官,在这儿趾高气扬地叫嚣,炫耀自己足以征服一切的力量,却早已经灰飞烟灭,还将永远受到正义的谴责。

可是为什么在半个多世纪之后,又涌现出了一批年轻的新纳粹分子?听说他们曾经在这附近游行示威,举起了左手,模仿希特勒的姿势,大声地狂呼乱叫。在当今这样和平与自由的岁月中间,他们为什么还怀念那种简直比地狱里面还要阴森和恐怖的生存状态?为什么这样年轻与幼稚的心灵,竟会向往那种随心所欲地指挥一切,和任意地处置别人的权势? 多么残忍和丑陋的念头,为什么会从他们的心中滋生出来?

那一回在德国短暂的漫游,已经过去不短的时间了,我却还常常思索着怎样警惕与防止纳粹体制的残暴统治,绝对不能再让它破坏和毁灭人类正常与自由的生活秩序。像纳粹统治的时期那样,总想高高在上地凌辱和损害别人的卑劣的品性,为什么在当今一些人们的行动中间,还会抑制不住地泄露出来呢? 前几天在报纸上看到过一条消息,说是英国有个出身于名门望族的绅士,在整个世界制造汽车的行业中,也算得上是个头面人物,竟喜爱嫖宿娼妓,还穿上纳粹党徒的衣衫,鞭打着装扮成囚徒模样的妓女。十足的下流,十足的凶恶,既贪恋着荒淫无耻的享受,还渴望着随心所欲地处置别人的权势。

又像这一回的奥运圣火,于巴黎的街头传递时,竟有个当地的政客,混杂在一群进行破坏和捣乱的人们中间,企图熄灭燃烧的火炬。因为由一个长期被西方列强侵略和欺负过的东方国家,被选定来举办隆重而又神圣的奥运会,即使是通过正常投票的程序,获得了这样的结果,也会受到种种的刁难与破坏,这难道不是纳粹政权种族歧视的作风,在他们身上又死灰复燃了?还有美国一家电视网的主持人,竟不分青红皂白,恶毒地咒骂所有的中国人,也多么像是纳粹政权诅咒和虐待犹太民族的一次翻版。为什么希特勒那种为所欲为地欺凌和损害众生的行径,经过了多少漫长的岁月,至今还深深地潜藏在一些人们的心里? 能够通过

汉娜·阿伦特:斩断的不只是恋情

对于道德和良知的开导,在人性中间逐渐地消弭这种邪恶的因子吗?

善良和正直的人们,必须时刻都提高警惕,必须大声地呼吁,不能再让希特勒宣扬和施行过的那种专制独裁的罪孽,再来纠缠和危害整个人类和平与自由的生活!

2008 年 4 月 16—7 月 25 日写成并修订完毕于北京静淑苑

萨特：
拒绝诺贝尔文学奖

回顾这刚消逝的一百年之间，人类在漫长和浑茫的岁月中，经历了无穷无尽的灾祸与苦难。死伤了多少民众的第一次世界大战，才结束了没有多少时辰，在有的国家里就又横行着像希特勒那样极端专制的暴政，将本来是非常具有聪明才智的民众，压迫和蹂躏得再也不敢把自己心里的话儿倾诉出来，大家都万般无奈和没精打采地充当那几个寡头的传声筒。这种缩着头颅、锁闭心灵，和像鹦鹉学舌那样的生存方式，真是十分悲惨和毫无意义的。至于残忍地流放、屠戮和焚烧千千万万无辜的生灵，以及凶恶地侵略和占领别国的土地，犯下了多少奸淫掳掠与恣意杀伐的滔天罪行，至今还给侥幸活下来的人们，镌刻着异常悲惨和痛楚的记忆。而从第二次世界大战结束之后，为了争夺霸权与资源的大大小小的战争，也依旧是不停地在整个地球上爆发出来。

还有在西方国家某些掌握大工业生产的巨头，为了降低投资与牟取暴利，并未认真地解决污水、油烟与有毒气体的随意排放，造成人类生存环境的严重恶化。更有甚者的是一些丧尽天良的家伙，竟大规模地生产具有惊人杀伤力的

萨特

化学武器等等,整个世界面临着毁灭的威胁。至于垄断财富所造成的崇拜金钱与享乐主义此种诱惑,又是那个社会中间腐蚀灵魂的一种毒剂。

面对着无数生命的消亡和心灵的损毁,多少发誓要捍卫和平与正义,决心要升华道德与情操的人们,应该怎样深谋远虑的思索和奋不顾身地行动呢?萨特就正是毕生都在这样的思索与行动着。

在西方的现代文明将人们照耀得眼花缭乱的光芒底下,萨特聚精会神地注视和发掘着那垄断财富的金钱王国里,竟潜藏着诉说不完的弊病,无时无刻不在推搡与驱赶着多少迷茫的人们,倾圮和陷落于剧烈的异化之中。当人类正摇晃在这生存抑或灭亡的处境里面,究竟应该如何去拯救自身,并且向着合理与健康的目标,一步步地去跋涉和迈进呢? 这多么像哈姆雷特那个古老的命题,却重又被萨特在崭新的时代提供了出来。他所思考的那些复杂而又艰深的答案,不管人们是否同意和接受,无疑都是出自人类良知与社会责任感的深沉表现。

萨特一心一意所关怀着的是,人类究竟应该获得什么样的前景和命运?他为此而思索,为此而写作,为此而贡献自己毕生的精力。除开这个纯洁和高尚的人生目标之外,他决无丝毫凡俗的追求,就像他自己所说的那样,"我拒绝一切的荣誉"(《永别的仪式》)。他拒绝了法国政府颁发的荣誉勋章,也拒绝了举世瞩目的诺贝尔文学奖。

这鼎鼎大名的诺贝尔文学奖,在世界上不少文人墨客的眼里,都当成是性命攸关的头等大事,因为一旦获得了这顶奢华和绚丽的桂冠,从此就会名声大振,引起多少电视和报刊记者的追逐采访,说不定还能够垂之史册,永远被后代的人们钦佩和称赞,纷纷诵读着自己挥洒的那些华章。而且从尘世的眼光看来,那一笔相当高昂的奖金,对于耍弄笔杆的多数作家而言,终生都可以凭着它更有滋有味地打发日子了。像这样的荣华富贵,世代扬名,真是一桩巨大得足以从根本上改变自己命运的奖赏,当然会引起有些作家很热衷地向往与追求,这完全是合乎情理的。数十年如一日地辛苦劳作,得要付出多少艰巨的努力,升腾几何智慧的结晶。像这样获得了应有的报酬,应该可以说是名正而言顺的事情。

正因为诺贝尔文学奖具有如此这般的威势,能够产生异常轰动的社会功效,就引起有些作家的朝思暮想,辗转反侧,梦寐以求地追逐着,想摘取这颗似乎是悬挂在天空里的星辰。据说曾有人每当10月下旬的这个日子来临时，就焦急地等待着一年一度颁布的消息，竟穿着挺拔的礼服，戴起高耸的礼帽，想要听到电视新闻里宣读自己的名字，这自然执拗得有些滑稽可笑；据说还曾有人并未受到主持其事者的推荐与提名，却虚张声势和牵强附会地大造舆论，说是在这光芒闪烁的金榜上，差一点儿就嵌上自己的大名，像这样的胡乱吹嘘，更显得有些无聊。

名缰利锁的诱惑力量，对于许许多多混迹于世俗生活里的人们来说，肯定都会存在的，谁不喜欢这样大大小小的荣誉，谁不愿意随之而水涨船高般地度过甜蜜的日子？因此出现一点儿荒唐的插曲，自然也就不足为怪了。更何况他们在演出这种小小的喜剧时，丝毫也没有伤害过任何的旁人，因此比起那些挖空心思地去诬陷和算计别人的歹恶之徒来，这几位耗尽心血想要攀附诺贝尔文学奖的朋友，实在可以说是大大的好人了。问题是应该不要再被这遐迩闻名的诺贝尔文学奖，旋转得头昏眼花，跌跌撞撞。君不见这一百年来评奖的决议中间，也曾出现过不少偏执的谬见，大可不必亦步亦趋地随着它的节拍扭动，而要轻松潇洒和堂堂正正地走自己的路。不妨来瞧一瞧萨特是怎样对待诺贝尔文学奖的，应该能够从这里获得灵魂的荡涤与净化。

萨特曾于1964年获得诺贝尔文学奖，瑞典文学院在授予他这个奖项的决定中，说是"他那具有丰富的思想、自由的气息，以及对真理充满探索精神的著作，已经对我们的时代产生了深远的影响"。面对着这么重大的荣誉和如此恳切的评价，萨特却毫不领情，明白无误地加以拒绝了，显得多么的傲岸。即使从一般的人情世故而言，人家这样的抬举和尊重你，哪怕是出于应酬的缘故，顺水推舟似的接受过来，也有何不可呢？像他这样的断然推开，显出了一种多么坚定的原则立场。多么与众不同的萨特啊，真像是一座巍然挺立的悬崖，从苍莽的土地上，伸向白云飞滚的天空里去！

萨特这样阐述自己拒绝领奖的坚定原则，说是"按照一种等级制度的次序来安排文学的整个观念，是一种反对文学的思想"。多么简单明了地理清了事情的本质，文学创作确乎不应该按照等级的观念进行排列。他举出自己曾经晤见过，而且也非常喜爱的海明威为例，说是如果自己也像他一样接受了诺贝尔文学奖，那就不能不想到"跟他名次相当，或在对他的关系中，应该排在何种名次上"？像这样引出的挖空心思的比较,确实是无法获得任何准确的结论,因为文学艺术家个人的价值,怎么能够机械地排列出固定的名次来呢？这就显示了"等级观念毁灭着人们个人的价值,超出或低于这种个人的价值都是荒谬的",更何况"这些荣誉是一些人给予另一些人的"(《永别的仪式》)。他在这里敏锐地感觉到,给予的人和接受的人,就分属于上下不同的等级,他绝对不能在这种等级的体系中间,接受难以忍受的屈辱,尽管在别人的眼里,这无疑是至高无上的荣誉。

萨特认为"一个作家在政治、社会和文学方面的地位,应该仅仅依靠他自己的工具,也就是他写作的词语来获得。而任何他可能得到的荣誉,都会对读者造成压力,这是我不希望有的",因此他"不能接受来自官方机构的任何荣誉"(《我为什么拒绝诺贝尔文学奖》)。任何一种样式的文学作品,都应该由读者自由自在地加以判断和评论,如果插入了像诺贝尔文学奖此种官方机构的决议,他就深深地担心这样的一种干预,会压制大家思考的自由。他此种无微不至地关怀和爱护广大读者的心情,真是将法国大革命时期那个响彻云霄的口号:"自由、平等、博爱,或者是死",完完全全地融化于自己的生命中间了。

萨特无疑是法国启蒙主义思想家卢梭最为杰出的继承者,将他大声疾呼的自由和平等的主张,细致而又独特地贯彻于社会生活的领域,堪称美妙的绝唱。西方社会在法律的表层上已经簇拥出平等的形象,然而在贫富悬殊的社会地位方面,离开平等精神的最高境界,自然还有着很遥远的差距。萨特这种深入地追求平等精神的神圣意志,永远会鼓舞和鞭策着成千上万追求正义的人们,不屈不挠地向前迈进。《论语·子路》里说是"狂者进取,狷者有所不为也",萨特在发扬平等原则时的进取精神,以及在拒绝领奖时的高风亮节,跟中国传统文化中的那种人文精神,真可以说是暗相契合,像这样二者都兼而有之,而且还发挥到了完美的极致,实在是一桩很有趣的事情。

萨特曾明确地表示过,自己的"同情无疑是在社会主义也就是东方集团一边"(《我为什么拒绝诺贝尔义学奖》)。这是因为他在自己赖以生存的土壤和环境中间,闻到一种污浊与霉烂的气息,早已感到了深深的失望,于是就幻想着那号称社会主义祖国的苏联,会是自己希望之所在。他哪里知晓在这一块辽阔的土地上,经过多少革命烈士抛头颅和洒热血的结果,却并未真正地超越西方资本主义文明的这一历史阶段,并未真正地建立平等、自由和人人都富裕起来的社会主义乐园,而不过是改头换面地沿袭着往昔那种建立于等级特权基础上的专制统治,我们这儿曾经赠送给它"新沙皇"的绰号,实在是很意味深长的。

　　罗曼·罗兰出于跟萨特同样的理由,成为了西方世界同情和赞扬苏联的先驱者,当他在上个世纪的 30 年代,应邀去那里访问与参观之后,才发现了在那个社会的体制中间,弥漫着多么严重的弊病,于是挥笔写成了《莫斯科日记》一书,却又立下遗嘱,要在相隔 50 年之后方能出版。萨特也许是无法读到这部书籍了,无法从这里知悉苏联的实况了。想要确切地认识任何一个问题,都是相当困难的,甚至像萨特这样睿智的哲人,都得从不断的误读中间,开辟出一条纠正自己和继续拓展的路途。

2002 年 10 月 31 日

伯奇：
一个"普通"美国人*

我这次访问美国，在伯奇家里盘桓了几天，他真挚与亲切的照料，使我永远也难以忘怀。我跟伯奇相识已经有两年了，记得是在结冰和飘雪的季节里，我们曾在北京交谈了整整的一天，两年后的这个夏天，我们又在美国结下了深深的友谊。

伯奇的住宅，是一所两层楼的房子，坐落在柏克莱一条幽静的街道旁边。我在他的家里作客时，住在他楼上的卧室里。每天傍晚，当我正伏在桌上写字的时候，他总是悄悄地走上楼来，瞧瞧浴室里的热水是不是通畅，听听收音机的声音是不是清晰。这时候，我就迎到外面的起居室里，想跟他说上几句话，他总是摇摇手，让我回到卧室里去继续案头的工作，说等到晚饭的时候，我们可以在餐桌上痛痛快快地谈话，说着又悄悄地走下楼去。他依旧把脚步放得很轻很轻，好像他倒成了客人似的，这是个多么周到的主人啊！

在这几天中间，我深深感到了伯奇的勤勉，他几乎整日都在工作。他快满六十岁了，在他的前额上，已经布满深深的皱纹，可是那一双淡蓝色的眼睛，却还闪耀着炯炯的光芒。他的精力充沛，除开读书、写作、备课和处理大学里的公务之外，还帮助自己的夫人做着各种各样的家务。

每天早餐以后，在他的书斋里，就连续不断地发出打字机的响声，很久很久

---

* 原题为《在伯奇教授家里作客》，本题为编入本书时编者所加。

才停歇下来，静静的，一点儿声音也没有了，可以想象得出来，这时候他或许是站在书柜前面翻阅资料，或许是正在埋头草拟着论文的提纲。在吃午饭时，他又聚精会神地跟我讨论着，怎样选择恰当的字眼，将一句李白的诗翻译出来。他那一对淡蓝色的眼珠，静静地张望着放在桌上的纸片，还用手指轻轻地敲着，连他夫人从厨房里端出菜来，也都没有发觉。

午饭后，当我回到楼上休息的时候，又瞧见他在窗外的花园里拾掇了，浇完盆里的花卉，就打扫草地上的落叶，然后又拿起刷子，将撑在石头圆桌上的大布伞，轻轻地擦了一遍。多么令人疲乏的午间啊，他却在和煦的阳光底下，忙碌个不停。听说美国的手工劳动，工资高得怕人，因此绝大多数的人家，都是自己料理家务，买菜做饭，打扫屋子和收拾花园，一切都由自己来动手。

伯奇还是个谦恭有礼的人，他曾经当过加州大学的文学院长，但是在跟自己的学生商量问题时，总是和和气气地倾听他们的意见。当他提出的主张被学生反驳时，就更耐心地给大家解释，有时甚至还干脆放弃自己的观点。好多学生在他面前，都无拘无束地说话，有时还吵吵闹闹的，好像一点儿也不讲究师生之间的礼节，其实这些学生在跟我谈话时，几乎都发自内心地称赞伯奇，钦佩他的学问和人品。据说他在美国汉学界是颇有声望的人物，从他治学的勤奋，待人的热诚和谦逊来看，在人们的心里树立起崇敬的威信，这是很自然的事情。

我在他家里作客时，他陪我去逛过附近的不少地方，我们一边赶路，一边说话。他的话题是异常广泛的，当说到中国文学的研究时，他总是笑得那样舒畅，在他提起汤显祖和冯梦龙的名字时，就像是回忆自己最亲近的朋友那样，说得津津有味。他也议论美国的社会现状，议论美国青年的生活和理想，他说在自己年轻的时候，整天整晚想的是事业和学问，从来也没有考虑过奢侈和享乐的生活，可是现在的不少年轻人，大学刚毕业，事业还没有头绪，就一心一意想经营舒适的巢了，他对这种风气表示不太满意，这就是所谓父与子两代人的矛盾，也许不论在地球的哪个角落里，它都是永恒存在的主题吧！

从他的谈话中，我发现对于许多问题的看法，我们都是相似的。他是一个典型的西方人，我是一个典型的东方人，为什么我们能够相处得这样融洽呢？我想最重要的，是因为他有着一颗尊重和爱护别人的心。

我曾看到过极少数的美国人,简直像公鸡那样的骄傲,昂视阔步,睥睨一切,似乎中国的所有问题,都必须由他们来作最后的审判才行,可是他们的那些看法呢,却实在是荒谬和无知得很。碰到了这样的人,真令人感到有点儿无话可说。

有一天晚饭后,在伯奇家的客厅里说话时,我衷心地感谢了许多美国朋友的情意,却对那种狂妄无知还想高人一等的作风,表示了反感的情绪。

伯奇点点头,沉思地说:"任何一个国家的现状,都是由自己复杂的历史渊源形成的。对任何一个国家的制度,最有发言权的是这个国家的人民,应该由他们来选择自己的道路。任何一个国家也都有自己存在的问题,我们希望每一个国家都能够解决自己的问题。"这是多么清醒和公允的话语,能够说出这样话来的人,一定是很有修养和见识的学者。

"是的,每一个国家的制度,必须由它的人民来选择。当然可以对旁的国家发表看法,就是讲错了也没有关系,但是千万不要将自己充当最高的审判人。中国在近百年以来,受尽了外国的欺侮,一切都被外国所主宰,我们对这一点是很有感受的。"我很欣赏他的话语,因此说得有点儿激动起来。

我们这一场轻松愉快的夜谈,竟以相当严肃的话题来结束,真是出乎意料之外的事情,不过在我们相互之间,似乎变得更理解了。在他爽朗的笑声中,我高高兴兴地走上楼去。

有一回,他们夫妇俩陪我去旧金山游览,当我们在曲曲折折的街道上急驰时,一个年轻的黑人骑着摩托车,绕过我们的汽车,急急忙忙地想冲过十字路口去。在他的背后,坐着一个黑皮肤的老妇人,大概是他的母亲罢。因为车子拐得太猛,老妇人惧怕地叫了一声。我瞧见伯奇皱起了眉头,也许是嫌那个小伙子太鲁莽了。

街口的红灯亮了,那小伙子刹不住自己的车子,跌倒在地上,老妇人更被摔得远远的。

伯奇忍不住轻轻叫了一声:"哎!"他望了下自己的夫人,就将车开到路边去。这时候,小伙子扶起老妇人,开着车走了。伯奇见他们没有受伤,嘴角上挂起了一丝微笑,也开着车继续前进。

那一天在旧金山街头漫步时,我的兴致分外浓厚了,有这样一个充满了同情心的旅伴,怎么能不使自己从心底里感到温暖和熨帖呢?在金门大桥附近的高地上，远眺海上的浪花和雾气时，我挺着胸膛很欣喜地跟他谈论起朗费罗的诗歌来，于是我们又开始了文学的话题。

当他的夫人催促我们上车时，他轻轻地摇了摇手，高高兴兴地说，"林先生今天的兴致特别浓，我们在这儿再看看好吗？"

"好的。"我赶紧抢着回答，因为我已经领会了他的友谊，并且珍惜这种纯洁和珍贵的感情。

时光真是很容易流逝的，在伯奇家里住了几天之后，我又要上另外的地方去。我清楚地记得，在他家里的最后一个夜晚，我放下手里的书本，走到临街的窗户跟前，想在睡觉之前呼吸一下清新的空气。

从海上吹来的风，抚摸着街道两旁的梧桐树叶子，瑟瑟地作响，窗下的街灯透过密密的树叶，把几条暗淡的光线投进了窗户。街道上既没有车辆，也没有行人，多么幽静的夜晚啊，我不由得想起了大洋对面的亲人和朋友们，这时的北京，正是早晨八点钟，一天的工作刚刚开始，不知道他们都在忙碌什么呢？

突然传来一阵孩子的叫嚷声，打断了我的思绪，我的心又飞回这座雅致的小楼里来了，原来这是伯奇的小外孙女玛丽，这个刚满三岁的孩子，不知道为什么在深夜喊叫了起来？

玛丽的父母为了要参加今晚的舞会，特意把她送来，请老夫妇代为照管。在晚饭的时候，伯奇夫人让我抱起小玛丽，小玛丽既不敢摇手，也不敢点头，只是伏在我的肩头，害怕从正面瞧我的脸庞。她大概是分辨出了我黑颜色的眼睛和头发，跟她自己见过的许多人很不一样，因此多少有点儿紧张罢。

在玛丽的叫喊声中，我听到了伯奇在轻轻地说话："别吵醒楼上的林先生，让他静静地睡，他明天要赶路。"

经过伯奇的劝慰，小玛丽终于安静了下来，其实我还并没有睡觉。

伯奇诚心诚意地照料我这个异邦的客人，给我留下了十分美好的回忆，我将永远感谢他的深情厚谊，永远记住他那种纯洁的友情。世界上也许会发生种种难以逆料的纷争，但是在中美两国之间，千千万万个普通人的友谊，一定会永存的。

1982 年 4 月

竹内实：
喜欢京都与西安*

竹内实

我早就听说过竹内实的大名，知道他是个造诣很深的"中国通"，不仅在鲁迅研究方面颇有名声，而且对于整个中国的文化、政治和社会状况，也都发表过不少论文。他还常常在东京的电视节目里，举办有关中国问题的讲座，涉猎之广，在日本的汉学家中间也许是不多见的，然而我从来没有见过他，也从来没有想到过会跟他晤面。

去年夏天，西北大学中文系主任张华教授写信给我，邀请我去他们那边讲学。他在信里告诉我说，同时也还邀请了竹内实，跟我在一起上课，真想不到会在西安跟竹内实相逢。我的生活里常常充满了偶然，连善于编造故事的小说家，也许都未曾想到虚构出这样的巧遇来。

当我如期到达西安时，竹内实已先我而来。我们是在西北大学宾馆的餐厅里首次见面的，使我惊讶的是他简直不像六十开外的人，他的头发比我还黑亮和茂密，圆圆的面庞，多么饱满和光亮，看不出有一丝皱纹来。矮矮胖胖的个儿，走起

---

* 原题为《竹内实小记》，本题为编入本书时编者所加。

路来像一阵风似的。透过架在鼻梁上的薄薄的镜片，他那双炯炯有神的眼睛，闪烁着充满自信的笑。他说起汉语来，有板有眼的，比我这个南方人要流畅得多了，抑扬顿挫的声调，显得分外的洪亮。

他高兴地谈论着自己的中国之行，还告诉我将要前往巴黎，然后再北游莫斯科。说是到了那里以后，总会见到索罗金的，问我是不是也认识这个很有名气的苏联汉学家？我曾阅读过索罗金研究鲁迅的一些论文，在当时却也是从未见过的。说起来又可以算是一桩巧合的事，今年春天我和索罗金在北京见了面，交谈了许久，双方都充分地介绍了自己的学术观点，相互都有了进一步的了解。我问他是不是在莫斯科见到了竹内实时，他摇摇头，很遗憾地告诉我，当时他恰巧因事外出，不在莫斯科，失却了晤面的机会，世事匆匆，大家都忙于自己的工作，因此许多哪怕是神交已久的人们，也只能失之交臂，相互在幻想中猜测着对方的举止和言语。

竹内实这次到西安讲学，是带了他女儿竹内夏日一起来的。他忙着陪女儿游览当地的古迹，因此我们只是在每天吃饭时，围坐在一起，海阔天空地说着各种各样的掌故。竹内夏日刚在日本上大学，真是个典型的东方姑娘，比起中国的许多女大学生来，还要显得内向和羞涩，常常低着头，闭着嘴，沉默不语。只有在竹内实跟她说话时，她才睁大了眼，张大了嘴，甜甜地笑了。

竹内实向学生们作的讲演，有《鲁迅与日本》、《鲁迅和中国现代文学》等题目。我坐在西北大学中文系的几位老师中间，听着他不慌不忙的讲课。他引证的资料十分详尽，还发表了不少精辟的见解，譬如他强调鲁迅将应尽的社会责任感，看得比自己的生命还重，这个见解给了我相当深刻的印象。他对于这位东方思想史上寻找人类美好前景的先驱者，充满了一种出自内心的敬意，因此很率直地辩驳了不少诋毁鲁迅的说法。听了这一席激昂慷慨的话，我觉得他真是个严肃和热忱的学者。

他在叙述某些历史的渊源时，往往将自己想看而还没有看到的材料特别地加以说明，声称正因为是这样的缘故，对那些问题就无法作出最终的判断。说到这儿时，他默默地注视着讲台下面的学生们，诙谐地摊开双手，无可奈何地笑了。知识的大海是没有尽头的，任何一个学者都不可能读遍所有的材料，他这种"知之为知之,不知为不知"的坦荡胸怀,给了学生们极大的好感。

他在讲课时,还间或讲几句插科打诨的话儿,增添了大家听课的兴趣,当他说到鲁迅在教育部领工资时,忽然冒出一句话来,说是自己从来也拿不到工资的,因为完全由他的夫人掌管,这句风趣的话儿顿时引起了哄堂大笑。

在我们两人讲学的余暇,西北大学中文系的几位老师,诚心诚意地陪着我们去逛碑林,听秦腔,吃羊肉泡馍,恨不得将西安所有值得怀念的东西,全让我们领略个够。离开西安前夕,张华又陪着我们去看兵马俑。我们刚站在展览馆台阶底下的几辆汽车前面,就瞧见有几个穿着西装的中国人,簇拥着一个器宇轩昂的西方人,急匆匆地走下台阶。

"是尼克松!"竹内实的眼光比我们要敏捷得多了,悄悄地提醒我们。

在广场上等候着参观的好多中国人,也发觉了迎着大家走过来的,原来正是促成美国政府与我们建交的尼克松,交头接耳地嚷嚷起来,顷刻间有几个人开始拍手了,于是响起了一片欢呼和鼓掌的声音。

尼克松快步走到我们面前,霍地跳上那辆轿车的踏板,挺着胸脯,又开双手,向大家招呼起来。他红扑扑的脸上,堆满了从心坎里涌上来的笑容。

张华轻轻跟我说,"尼克松显得多高兴,一个早已卸职的总统,竟会有这么多人向他热烈欢呼,在美国恐怕是难以想象的!"

我默默地点了点头,突然想到尼克松在《领导人》那本书中说过的话,"大多数人都是很难放弃权力的,放弃权力如同放弃生命"。他说得多坦率啊,掌握了巨大权力的人,不管他是为众人造福,还是在践踏大家,总愿意千百万人都对他竭诚拥戴。但是由于西方人的文化修养大大地提高了,人人都要保持不可侵犯的自尊心,他们是不可能对自己选举出来的那个人,像神灵一般崇拜的,他们绝不要那种为所欲为的神灵,来摆布自己的命运。他们至多也只是喜爱自己投票选出的那个人,他们还得保留着评论和监督他的权利。尼克松在西方难以获得的一片欢呼声,却在东方温良和谦逊的人们中得到了,这也许是使他激动的原因吧。

竹内实拉着竹内夏日的胳膊,悠闲地瞧着尼克松坐进汽车里,远远地离开了我们。他这才抬起头,眺望着从空中飘过的一小片白云,他的思想也许早已越过尼克松那辆汽车扬起的尘埃,考虑着未来的很多事情了。尼克松在《领导人》中还说过，"教授们可以想入非非，任意遐想"，认为学者"可以想入非非"，这恐怕是外行的话语。对于真正的学者来说，倒确实是善于遐想的，遐想着怎样改善这世界，怎样使人们的心灵变得更为洁净，这不正是他们一种崇高的使命吗？

《竹内实文集》

今年四月，我去日本访问时，又在京都大学跟竹内实见面了，他带领着我们几个一起东渡的中国客人，参观了图书馆里堆积如山的中文典籍，然后就攀上屋顶的平台，眺望着远处的风景。那一座座高高低低的山峦，将整个京都包围在自己的怀中，多少苍凉的尖塔，灰色的危楼，跟簇新的大厦参差交错地排列在一起。

竹内实指着附近一座宝塔顶上的飞檐，和在微风里摇晃的铁马，跟我说起了难忘的西安之旅来。

游览了京都之后，我才懂得竹内实为什么会这样喜爱西安了。这两个城市实在太相像了，都发散着古色古香的东方情调，不过西安在日常生活方面的现代化程度，自然是远不如京都的，恐怕得猛追它一阵子，才有可能赶上去的。我在这时想的却是另外的事儿，我思索着具备了这种现代化的生活之后，又怎么继承和融合自己民族传统中合理的东西，而摒弃那些荒谬的遗习呢？这也正是我们在讲学和交流中常常注意到的问题。在京都大学一次小型的集会上，竹内实就指名要我讲讲"五四"散文与中国传统文学的关系，可见他不管在什么领域中，也时刻都没有放松这样的注意力。

对外国的某些汉学家来说，中国似乎是个很神秘的话题；可是对于竹内实来说，他在探讨中华民族的命运时，也许会觉得有点儿像在诉说自己民族的过去与未来，这是多有把握的事情啊，怪不得在他圆圆的脸上，总是挂着从容不迫的笑颜。这笑颜使我感到亲切和温馨，也使我感到自己肩上的责任，作为一个中国的学者，我应该怎样来描画自己民族努力追求的前景呢？

1986 年 8 月

秋吉久纪夫:
一颗心宽阔浑厚 *

　　离开大阪时,好几位日本朋友都异口同声地说,当我们抵达北九州市的小仓车站时,秋吉久纪夫一定会等候在月台上。说是长得很端正的圆脸,鼻梁上架着一副黑边眼镜,矮矮的身材,挺结实的,却又显得文质彬彬,一看就是个学者的模样,准能从人群里认出他来。

　　于是,当我坐在向九州飞奔的火车里,瞧着窗外青翠的田野,碧绿的湖泊,葱茏的远山,赭红的小楼,和从铁道两旁匆匆穿过的汽车时,心里却尽在琢磨着秋吉久纪夫的模样。早在二十多年前,我就听说过这位诗人了,也见过他不少研究中国现代文学的论文。几天前,我在东京最大的三省堂书店里,还看到了他新出版的学术著作《晋察冀边区文学运动》。我猜测着这位诗人兼学者的大学教授,究竟是什么样的风度?是谨严的,沉默寡言的;还是随和的,热情奔放的?从未见过面、通过信,就不辞辛苦地接待我们,对这样诚挚和热心的友情,不知道应该怎样感激才好?

　　火车快穿过下关海峡时,早已钻进了地底的隧道,无法看到这城市的风景了。使中华民族受尽屈辱的《马关条约》,就是在这儿签订的,总想看一眼这城市

---

* 原题为《忆秋吉久纪夫》,本题为编入本书时编者所加。

的轮廓,也算是在心里留下一丝痕迹吧,失去了这亲眼眺望的机缘,实在太遗憾了。不过就算是见到了这座早已现代化的城市,恐怕也无法领略它往昔的氛围吧?刚才火车在广岛停留时,只见一幢幢高耸的楼宇底下,有多少年轻人正在急匆匆地赶路,他们会想象得出在四十余年前,原子弹爆炸的恐怖吗?在忙碌不堪的生活里,还有多少人思索着过去惨痛的教训,还有多少人为着保卫世界的和平而献身呢?中日两国的人民确实应该携起手来,为消弭罪恶的侵略战争,建设和平与友好的桥梁而共同奋斗。我忽然觉得,秋吉久纪夫正像是站在这座大桥上,向我们招手呢。

当我刚陷入迷离的幻梦中,火车就在小仓驿站缓缓地停下了。我提着皮箱,跟几位同行的中国学者,快步跨出了车门。那迎面走过来的,结实的身材,端正的圆脸,两颊满含着慈祥的笑容,在黑边圈着的镜片背后,一双细长的眼睛里,闪烁着灼热的光。我赶紧伸出手去,一点儿也不错,正是秋吉久纪夫。

他跟我们这一行五人,很沉稳地握着手,带我们走出车站,登上汽车,在林荫道上奔驰起来。他坐在前面的椅子上,脸朝着我们,一板一眼地操着汉语,告诉我们这两天活动的安排。这会儿是前往一个西餐馆,九州工业大学的校长井上顺吉博士在那里宴请我们。因为话剧大师夏衍曾在工业大学留过学,秋吉久纪夫才特意为我们作了这样的安排。他希望我们在这短短的两天中间,尽量多看到一些中日文化交流的史实,所以惊动了好客的校长。

我们刚跨进餐厅的门口,一个穿着西装的新郎,跟披上和服的新娘并肩走来,站在插满了鲜花的餐桌前面,恭恭敬敬地向我们鞠躬。秋吉久纪夫兴冲冲地告诉我们,今天碰上了这对举行婚礼的年轻人,真是挺有福气的。我们向新郎和新娘道贺了一番,就穿过绘着花卉图案的黑漆屏风,往窗口走去。井上博士和另外两位先生,正从窗后的花园里走出来,双方握手寒暄,互相交换了名片,就坐下进餐,边吃边谈。

井上博士告诉我们,他在不久前访问过中国,很喜欢这邻邦秀丽的风光和淳朴的人情,因此听秋吉教授说起我们要来北九州市,就很愿意跟我们见面,聊表嘤嘤求友的寸心。他这些文雅的言辞,逗得我们都笑了起来。日本虽说是已经现代化了,工作是高效率的,生活是高节奏的,却还保留了东方人诚挚待客的习惯。

他在中国受到了热情的款待,就很愿意会晤从中国来的客人,也得热情地款待一番,才算是了却自己的一片心意。

丰盛的午宴之后,井上博士还兴致勃勃地邀请我们,去学校的会客室小坐,观看他们校庆纪念的录像片。电视片刚播放不久,就出现了夏衍的镜头,瘦骨棱棱的,精神却相当旺盛,他一会儿踏着缓慢的节拍,趑趄不前,欲行又止,像是在苦苦地推敲着人生;一会儿又飞快地迈着脚步,双手在空中划动,两腿和手杖却不住地叩击着地面,似乎要戳破这世间的奥秘。

看完了电视,庶务课的职员递上几本丝绸封面的《芳名录》,轻轻翻开来,介绍那些参观者的身份,其中有政府的首相,富有的企业家,著名的学者,风靡一时的歌人。最引起我注意的,是孙中山于1913年的签名,字迹雄浑挺拔,一股坚韧和刚毅的气概,令人肃然起敬。

实在不忍心再打扰井上博士和他的同事们了,我们在一本《芳名录》中签完字,就向主人告辞。虽说是匆匆的晤面,然而井上博士热情洋溢的表情,和紧紧握住我们手掌的姿势,至今还清楚地留在我的记忆里。他这份对邻邦的友好情意,鼓舞了我无限的信心,我觉得中日两国人民的纯真友谊,一定会战胜任何邪恶和强暴的。

秋吉久纪夫带着我们,驱车前往郊外的笔立山。快到达海滨的目的地时,他指着群山中间一座铲形的小丘,念起了郭沫若的诗篇《笔立山头展望》。汽车在平坦的山顶停下了,我们走到青葱的悬崖尽头,眺望着深谷对面的那座小丘,只见满坡的松树和枞树,在微风里轻轻地摇晃,低声地吟唱,远方的海湾,笼罩在一团乳白色的薄雾中间,显得那样的缥缈、朦胧和静谧,竟像是人迹罕至的仙境,一点儿也没有郭沫若感触到的"大都会的脉搏",诗人在那时也许正渴望着近代的工业文明,于是将自己对整个北九州的印象,转移和浓缩到这儿来了?

让我们看过了中国人留在这儿的痕迹之后,秋吉久纪夫又陪我们去乘上开往市郊的小火车,也许是为了让我们再看看日本人的生活吧。我们挤在一群刚下班的男男女女中间,很有秩序地坐在长椅上。不少人都低着头,在默默地憩息,也许是一天的工作太劳累了吧。有些在谈天的人们,也悄悄的,细声细语的,尽量不打扰邻座的人们。在这种柔和的气氛中,我仰着头,瞧着窗外密密的烟囱,林立的厂房,终于抵达了他在八幡附近的住宅。

一座方方正正的平房,像古堡似的站在小小的花园里,好气派和舒适啊!我们穿过花坛,踏上台阶,进了大门。穿过走廊和书房,曲曲折折的,才步入了一间宽敞的客厅。这客厅的三面墙壁,都是可以拉动的木门,门上这一大片淡青的色彩,使我想到了氤氲的天空。而在墙壁底部绘上的一幅风景画,那茫茫的云,点点的山,淡淡的树,更使这客厅增添了一股飘逸的雅趣。在也是淡青色的地毯上,只放了一张矮矮的红漆炕桌,于是这客厅就显得分外空旷了,简直是可以举行舞会的。

秋吉久纪夫招呼我们几个客人,盘腿坐在地毯上,他自己面窗而坐,从身边的一堆书籍里,拿起事先复印好的菜单,递给我们每人一份,说是因为自己长期研究中国文学,见到了中国朋友,就有一种说不出的亲切。他讲起自己在北京大学进修时,许多教师都请他去家里做客,使他永远铭记在心,为了报答这种恩情,替我们准备了今晚的家宴。这真叫做"一饭之恩必报",而且还报答到我们这些其实是无关的人们身上了。东方哲学推理的抽象性与宽泛性,竟在日常生活里也烙下了深深的印痕。我顿时想起了午间的宴会,想起了井上博士魁伟的身影,如果我们都能笃诚地发扬这样的传统,人们之间的关系也许会变得更淳朴一些,更和谐一些的吧!

大家都在看着洋洋洒洒的菜单,好丰盛啊!四盘凉菜之后,还有名目繁多的"烧物"、"煮物"、"扬物"、"酢物"、"蒸物"和"香物",竟达二十余道之多。我们正欣赏菜单时,他的夫人端着红色的漆盘,川流不息地将菜肴和酒水往桌上送,每一回还都深深地鞠着躬。这也许是典型的日本风俗吧,主妇只顾得上辛苦地操劳,却不坐在桌边跟宾客共享佳肴。

秋吉久纪夫在张罗着大家喝酒吃菜时,顺便告诉我们,等到家宴结束后,他陪我们一起去福冈,今晚也住在我们借宿的旅馆里,这样就可以从明天清晨开始,在那边参观访问了。他希望在短短的一天之内,让我们尽量多看到一些日本的风土人情,多跟一些当地的汉学家接触。他说得那样冷静,然而我分明感觉得出来,他对我们的来访充满了热情,他的心里在燃烧着一团友谊的火啊!他已经将近花甲之年了,为了照料我们这几个萍水相逢的客人,竟不顾疲倦,甚至还打乱了自己生活的规律。对这种恳切和深厚的情意，我竟找不出任何一句表示感激的话来。因为如果浮泛地说一声"谢谢"，岂不显得自己太肤浅了，也会唐突他那颗宽阔和浑厚的心，所以在席间闲谈时，我只是常常投给他一种沉默的敬意。

在回国以后，我也总是想起秋吉久纪夫来，我将永远记住他这种友情的分量，因为像这样纯真和高尚的友情，时刻都会温暖着别人的心。

1986 年 6 月

丸尾常喜：
灵魂在与谬误的对峙中纯净*

我早就知道丸尾常喜这个名字,记得是在北方的几份学术刊物上,读到过介绍他研究鲁迅的文章,描述他阐发鲁迅对于中国人灵魂的剖析,是如何的细腻和深切。这似乎是只有中国学者才能够很好探讨的问题,为什么一个日本学者却解答得这样圆满呢? 于是在自己的心里,禁不住悠悠晃晃地思索起来。然而我一点儿也不知道,他是老态龙钟,抑或朝气蓬勃的? 高大壮实,抑或矮小瘦削的? 喜爱说话,抑或沉默寡言的? 我觉得自己也许永远也不会认识这位学者了,世界实在太辽阔和广漠,想要见到一个远在异邦的陌生人,简直是不太可能的。

哪儿想得到在前年的初冬季节,我应邀前往汉城,参加"鲁迅的文学和思想"国际研讨会时,竟出乎意料地碰见了这位著名的日本汉学家。胖胖的身躯,圆圆的脸庞,显得很丰满和健康,鼻梁上架着一副黑边眼镜,常常含着微笑的目光,透过镜片热忱地打量着人们,显得很聪颖和善良的模样。他好像是个很内向的人,不太喜欢说话。在前后两天相当匆促的会议中间,我当然也无法跟他充分地交谈,只是握手和寒暄了几回。记得是分手的那一天,我们才在旅馆的大厅里,匆匆忙忙地说了几句话,我讲到他撰写的《鲁迅:"人"与"鬼"的纠葛》,引起了有些中国学者的注意。他谦恭地点点头,局促不安地搓着双手,表示要向中国的鲁迅研究家学习,还说起在他那本著作的后记里面,描述了我前几年写成的学术专著《鲁迅和中国文化》。

在匆忙的接触中,我深感他这种谦逊、谨严和勤奋好学的精神,真可以激励自己更努力地读书和写作。我想在这一回晤面之后,也许永远也不会跟他相遇了。我知悉了他的学术观点,又跟他有过邂逅的机缘,这已经是谈何容易的事情,何必再奢求重逢呢?

然而整个世界错综的变化,似乎是异常神奇的,简直令人难以预测。在今年春天,丸尾常喜忽然从日本打来电话,邀请我前往他任职的东京大学东洋文化研究所,评估他们对于中国问题的研究成果,并且向研究所的同事们发表学术讲演。我原来就很想了解日本汉学研究的情况,当然就高兴地答应下来。完成了一切的准备工作之后,我终于在九月中旬抵达东京,开始跟十多位来自好几个国家的学者, 聚集在东京大学的校园内,忙忙碌碌地翻阅着这个研究所里的许多学术论著,聆听着日本学者详尽的介绍,这些朋友真不怕辛苦,花费毕生的精力去从事研究,像我看到的《仪礼》注疏,和对于道教渊源的考察这些课题,都做得那样的细致和系统,着实使我这个中国人都感到惊讶和钦佩。

我曾在丸尾常喜的研究室里徘徊过,刚推开大门,就瞧见一个像屏风那样挡住视线的玻璃书柜,里面排列着多少中国古代的典册,散发出一种往昔和遥远的气息。绕过这高高耸立的书柜,在左右两侧的墙壁面前,依旧是竖立着高高大大的书柜,也摆满了重叠在一起的许多图书。屋子中央长长的桌子上,更是堆压着来自华夏的书籍。窗外璀璨的阳光,照射着花园里日本的花卉和树木,也照射着屋子里中国的书本和报刊。一个地地道道的日本人,整天钻在这些浩瀚的典籍中间,翻阅、找查、摘录和思考着,当然会对于中国的历史和现状,形成豁然开朗的见解。在东洋文化研究所这座米黄色的小楼里,多少日本学者徜徉于华夏文明的氛围中间,有时沉思冥想,有时在内心中剧烈地震颤,有时跟同行们大声地争辩,他们多么想精确地描绘出中国这古老而又年轻、复杂而又单纯的心灵。

丸尾常喜孜孜不倦地研究和撰述了几十年,懂得许多关于中国的奥秘。他深感这有着古老文明的邻国,应该通向合理和健康的现代化目标。他的得意之作

《鲁迅："人"与"鬼"的纠葛》，就蕴含着自己精心的思索，提出了致力于全体国民思想文化素质和伦理道德情操的升华。他尽管已经获得了明白的答案，却还在不断的琢磨，这正是他生命中最大的欢乐。那一天在他公寓的客厅里喝酒时，我席地而坐的位置，恰巧面对着那间宽阔的藏书室，从敞开的门口，隐隐约约地瞧见了堆放在里面的书本。他的夫人从厨房里端出生鱼片来，笑眯眯地告诉我说，他常常躲在里面，悄无声息地寻觅和查找材料，天空就渐渐黑了下来。

这喜欢埋头思考的学者，却也潜藏着一颗热烈的心。记得在我们抵达札幌的当夜，跟北海道大学几位年轻的汉学家聚会，大家碰杯畅叙，开怀饮酒，他也豪兴大发，举起斟满的酒杯往嗓子里灌，还高声唱着日本民歌《原野上的花朵》，脸涨得红红的，一双眼睛在晶亮地闪烁，也许正向往着去原野里漫游，去观赏许多美丽和芬芳的花儿。

次日黎明，我们搭乘当地朋友的汽车，迎着金黄的朝阳，迎着碧绿的杨树，迎着鲜艳的野花，奔向北方的海岸。在车轮滚滚中，一座尖尖的山脉突然矗立在远处。丸尾常喜提醒我们赶快下车，站在初秋季节的凉风里眺望。他挥起手臂，指着山峦顶巅点点的白雪。瞧他这副神往的表情，像是要立即攀援上去，再引吭高歌一番，唱出心里的渴望和追求。昨天深夜里，他悄悄地告诉我，儿女的婚事都已经办完了，在剩下的岁月中，得专心致志地登上学术研究的高处。今天此时望见了耸入云雾的山峰，他的心里怎么能不激动呢？

我在汉城认识丸尾常喜时，感到他是一位沉稳、内向和理智型的学者；这一回在札幌结伴同游，才领略了他诗人的气质和浪漫的心灵，也许正因为是智慧与热情的融合，他才会这样丰盈和深邃地理解中国的历史轨迹。

离开札幌的那一天，我们在街头漫步，瞧见有一辆敞篷的大卡车，停靠在覆盖着绿荫的街心公园旁边，一个穿着黑色西装的中年男子，站在卡车上大声叫喊，像是发表什么煽动性的讲演。丸尾常喜皱着眉头告诉我，这是反对承认日本发动侵略战争的右翼团体，正在组织游行示威。他很严肃地提醒我，千万不要接受他们散发的传单。果然有两个拿着传单的黑衣女子，正在卡车底下游荡。

丸尾常喜迈开大步，陪着我绕过卡车，脸上流露出凛然不可侵犯的神色。我默默地望着他，被他这种决绝的态度感染了，觉得在正义与谬误的对峙中，确实应该鲜明地显示出，自己永远站在被侵略和被损害的人们这一边。他这一双炯炯放光的眼睛，像熊熊燃烧的火焰，在我的心里闪亮着，使我深深地相信，他日后撰写的多少文字，肯定会执著地宣扬自己所服膺的真理。

1995 年 10 月 26 日于北京安贞桥边

丸山升、伊藤虎丸：
鲁迅的异国知音*

　　傍晚时分，刚抵达东京，蒙蒙的细雨，不住地飘洒着。我坐在旅馆的玻璃窗前，听着大街上的汽车声，瞧着阴沉沉的天空里，闪烁着数不清的霓虹灯光，将点点滴滴的雨丝，映照得亮晶晶的。正想静静地听着，悠闲地看着时，桌上的电话铃响了。原来丸山升和伊藤虎丸已经赶到这儿，要探望我们这几个从中国来访问的客人。

　　我们赶快下楼，在灯光辉煌的大厅里，跟这两个老朋友见了面。大家都斜靠在红丝绒的沙发上，围着小巧玲珑的玻璃圆桌，高高兴兴地聊起天来。

　　丸山升跟我们说话时，他那一对藏在镜片背后的眼睛，依旧显得那样和善与执著，充满了热情，他微微张着嘴，在黑黝黝的脸庞上，露出了纯真的笑颜。我立即想起了五年前，我们一起在美国西海岸举行的鲁迅讨论会上，度过了几个难忘的白天和黑夜。

　　我们常常坐在一起，望着碧蓝的海水，望着太阳光底下晶莹的浪花，望着被月光照亮的沙滩。他跟我闲谈时，也总是显得那样的专注和严肃，像在思索着自己研究的课题那样。当我们讨论中国应当怎样走上现代化的道路时，他觉得这是

＊原题为《记两个日本汉学家》，本题为编入本书时编者所加。

必然的历程,然而走上了现代化的道路,又一定会出现许多新的弊病。他皱着眉头,像是在考虑怎样消除这些弊病,引导人们走向理想的境界?

我和丸山升在美国谈论过的这个话题,近几年来已经成为自己常常思考的内容。每当我坐在自己的斗室里,铺开稿纸,默默地望着雪白的墙壁时,我竟会在沉思冥想的过程中,瞧见丸山升这张宽阔的脸庞,像是在瞧着他继续跟我探讨这个令人焦虑的课题。

这个十分严谨的人,有时候也会突然从胸膛里迸发出一股热情来。有一天,我们在海滨的树丛中散步,踩着柔软的泥沙,踩着细碎的石子,回忆着各自充满了革命气息的青年时代。他忽然紧紧握住我的手说道:"我们是同一年生的啊!"他那对瞪得滚圆的眼睛里,像闪过一阵火光似的。我是东方人,懂得东方人表示热情的方式,这就已经是燃烧到顶点了。

我也紧紧握住了他的手掌,我感到他这话的重量,这是信任、鼓励和相互支持的表示。

不过今天晚上,在四面都是橘黄色丝绸墙壁的大厅里,伴随着淅淅沥沥的雨声,伴随着柔和的迷人的乐曲声,他却细声细语地告诉我,他主持《鲁迅全集》新版日译本的进展情况。他们真是译得快,出得快,至今已有好几卷问世了。

丸山升长期患着严重的肾脏病,都是自己开着轿车,每星期去医院换两回血,要不然就会有生命的危险。他几十年如一日,忍受着病痛的折磨,一点儿也没有沮丧,依旧孜孜不倦地研究着鲁迅,在日本汉学界被公认是这个领域里的权威。他这种坚韧不拔的精神,真使我钦佩,我把在美国时他赠送的《鲁迅与革命文学》,放在案头,每当深夜来临,感到疲倦和信心不足的时候,就想起了自己的这个同龄人,想起了他从变革日本出发研究鲁迅的主张,这跟我多年来从变革中国出发研究鲁迅的主张,竟会如此的相似。这隔着大海的知音,也许总是在那里埋头钻研鲁迅的著作吧,于是我又在昏黄的灯光底下,默默地工作起来了。

在今晚这通明透亮的大厅里,瞧着他亲切的笑容,我忍不住问道:"身体好一些了吗?"

"还是老样子,依旧能够工作。"他露出满脸的笑容,很自信地点着头。

当我轻轻移动眼光,张望着桌子对面的那几个朋友时,伊藤虎丸正仰着头,不知道在想什么，他立即跟我搭话了，询问我对东京的印象。我摇摇头说："我们还没有上过街呢，等下一回见面时，也许能告诉你了。"

这个快近花甲之年的学者，眯着双眼，像孩子那样天真地笑了，他额头上一条条的皱纹，掩盖不住那颗依旧年轻的心。他说起了去年的中国之行，富春江的曲折和幽静，给他留下了深刻的印象，他兴致勃勃地描摹着这幅青翠的山水立轴。

他还回忆着我们在北京的晤面，那是在东直门外的一个饭馆里，每当品尝新端上来的一道菜肴时，他就仔细询问着这叫什么名字？有一回，他用筷子夹住碟子里一小块白白的方片，我赶紧告诉他，这是鲁迅在《朝花夕拾》里提起过的茭白。这本美妙的书，他是读得滚瓜烂熟的，于是禁不住欢叫起来了。

在那个宴会上，他跟几位中国学者表示，要进行"心灵的交流"，引起了我深深的同感。对于学者来说，烦琐的礼节和客套，确实是没有多大意思的，只有充分展开不同意见的讨论，才可能相互都吸取到对方的长处，更好促进国际文化的交流，大大提高各自的学术水平。

伊藤虎丸曾撰写过几部研究鲁迅的著作，在日本汉学界也是相当出名的。他的《鲁迅和日本人》这本书前，曾题写上这样的文字，"中国现代文学之父，在半世纪前致力解决的问题，今天仍然是中日两国共同的课题。"将治学的目的，明确地立足于解决有关社会意识的问题，这跟丸山升完全是一致的，怪不得在他们之间有着很深厚的情谊。在那次宴会上，他还跟我说起了与丸山升的友谊，并且带来了丸山升诚挚的问候，希望我们三个人能够在日本再见。

这原来只是个良好的祝愿，哪儿会想到竟变成了今天眼前的现实，我们真的在东京的屋檐底下叙旧了。

伊藤虎丸像个很会玩陀螺的孩子那样，顷刻间就把我们回忆的话题拉了回来，约我和另一个中国朋友去他府上小酌，丸山升也接着邀请我们去他执教的东京大学参观，我们都欣然地接受了邀请。随后又聊了几句在日本生活的注意事项，他们就撑起伞，冒着雨走了。

到了伊藤虎丸跟我们约会的那天，又下起蒙蒙的细雨来，我们碰上东京的雨季了。我跟另一个中国朋友，撑起刚买来的伞，兴冲冲地找去了。我们刚迈出他家附近的地下铁道大门，他就奔过来招呼我们，带领着我们在雨中大步流星地走去。刚走下一座很陡峭的立体交叉桥，他伸手指着广场上的一辆轿车，原来丸山升正坐在车里等候我们。我们上了他的车，开不多远，在一条安静的小街上停了下来。

走进铁栅门，踏上光滑的台阶，就是伊藤虎丸家宽敞的客厅。只见在沙发背后的两侧墙壁上，布满了一道道紫褐色的波纹，于是我们像是坐在黄昏时分的河床底下，望着从顶上冲泻下来的瀑布。一幅硕大的壁毯，悬挂在这暗淡的波纹上，竟会显得异常的牢固。壁毯上织成的一间间房屋前面，有几个人正扛着行囊在走路。他们头顶上戴的大草帽，完全挡住了脸部的轮廓和表情，他们肩膀上的披风也模糊了自己的背影。直到今天我还想不出来，这壁毯上的图案，究竟说的是什么故事？

在壁毯旁边，一幅小小的油画上，几株苍老的枯树，挺立在灰蓝色的天空底下，在寂寞中露出了坚韧不拔的精神，也许是主人追求的理想吧。

客厅里一方方浅红色的瓷砖地，像是洁净和雅致的堤岸，挡住了从墙壁上冲下的波纹，给人一种轻快的感觉，然而在客厅中央又铺上了一大块黑里透红的地毯，这深沉的色泽，立即将我引向肃穆的境界。

穿过这客厅里缤纷的色彩，我瞧见了与它紧紧连接着的另一端，在几张玻璃柜子的前面，长方形的餐桌上，摆满了一叠叠漂亮的瓷盆。餐桌的尽头，是一排高大的玻璃窗，窗外的花园里，青青的草地上，两株樱树在雨中洒落着自己的花朵，随着稀稀疏疏的雨丝，一瓣瓣樱花悄悄地向草丛中飘落着，花湿了，草也潮了，像是围在一起轻轻地啜泣。我真不知道，这屋子的主人究竟是喜欢什么颜色？淡雅的，还是浓郁的？欢快的，还是凄清的？

伊藤虎丸倚着沙发的靠背，讲起他在东京女子大学教书的近况。没有说几句话，他又扑哧一声笑了，"在女子大学里很少能见到男人，因此女学生看见男老师，就像在动物园里看见猴子一样。"

他眯着眼，又像孩子似的大声笑了。看他的学术著作写得多么严肃认真，论证起来堪称一丝不苟，可是他跟人们谈起天来，总爱拣风趣的话儿说。也许正是喜好诙谐的缘故，才使他显得相当年轻的吧。我瞧着他头顶上密密匝匝的黑发，真羡慕他的身子骨儿，其实他这一辈子也是过得很辛苦的，当了这么多年的教授,住的地方还始终不太合意,前不久才下了决心,在自己这块家传的园地上,翻造成眼下这座漂亮的楼房。瞧这客厅的气派,楼上的卧室想必也是很讲究的。据丸山升告诉我们说,在他们这批五六十岁的教授中间,伊藤虎丸的住宅算是相当豪华的了。

东京的人口愈来愈多,大家又都想把自己的巢儿弄得更宽敞和舒服一些,因此地价也跟着每年增加的工资不断地往上涨,如果另行买地的话,要想盖这么一座华丽的小楼,那就更不容易了。

我们正说话时,伊藤虎丸的夫人从厨房里端出一盘盘的菜肴来,轻轻放在对面餐桌上,然后走上前来,谦恭有礼地跟我们寒暄着,邀请我们去就餐。我们在桌边坐定之后,大家都举杯祝起酒来。

最值得祝贺的,当然是伊藤虎丸这坐落成不久的新居了。无论在中国,还是在世界上旁的许多地方,都存在着改善居住条件过于简陋狭窄的迫切要求。他总算是个很大的幸运者,在奋斗多年之后,有了这相当气派的安乐窝。我们祝贺他在这安静和舒坦的环境里,潜心地探讨中国思想和文化的奥秘,写出更多有价值的学术著作来。

许世旭：
太像中国人了 *

壹

前年冬日的一个早晨，当我默默地坐在办公桌旁边，翻阅着从各地寄给自己的邮件时，竟发现了一封来自汉城的信。在那座陌生和遥远的大城市里，我既没有亲戚，也没有相识的朋友，不知道是谁寄来的？赶紧拆开信封，铺平信纸，一目十行地阅读着这封打印的信，原来是那儿的"随笔文友会"，将要举办国际性的散文研讨会，邀请我以"演士"的身份，出席这个隆重的会议，发表一篇展望东方散文前景的讲演。

我与汉城的学术和艺文界，从未有过任何的交往，猜想起来总是哪一位主持其事的学者或作家，阅读过我的散文作品或有关论著，多少在心里留下了一丝印象，才会寄给我这个请柬的吧？请柬底下写着联络人的名字，是高丽大学的许世旭教授，于是我又猜想他长的是什么模样，魁梧壮实的，抑或矮小瘦削的？是抒发着深情的诗人，抑或是闪烁着机智的哲人？

有一天，我去现代文学馆借书，很偶然地发现了他的诗集《雪花赋》、散文集

---

* 原题为《许世旭印象》，本题为编入本书时编者所加。

左一：林非　左三：许世旭

《城主与草叶》以及《许世旭自选集》。我抓住这三本书，像故人相逢似的，津津有味地读了起来。一位异邦的作家，竟能挥洒着复杂和艰难的汉字写作，这不能不说是文学史上的奇迹。正像台湾诗人痖弦在《城主与草叶·序》中所说的那样，许世旭多少有些类似郎世宁或小泉八云，一个意大利人用中国的毛笔作水彩画，一个爱尔兰人用日本的文字从事写作，竟都会使得不少鉴赏者，误以为他们是中国或日本的艺术家。据说许世旭也曾被中国大陆的有些读者，误认为是海外的华人作家。

　　这种误会肯定有着内在的原因，就说许世旭的散文吧，从它的字里行间，有时还真可以感觉到《国策》或《史记》的那股豪气，陶渊明或李商隐的那种情韵，而最使我感动的还在于，许世旭这颗热忱和执拗的心，总在苦苦地追求着善良和完美的人生境界。

　　我始终憧憬着司马迁那种"读其书想见其为人"的精神追求，于是又出神地猜想着许世旭的声音笑貌和风度举止，觉得他也许是喜欢昂着头，摔开胳膊，迈出大步,潇洒地走路的吧?当我正猜测着这位诗人的相貌和心态时,他曾多次来信,就护照签证和购买机票这些技术性的问题,详尽地跟我磋商,这就把我从幻想的云端里,拉回到了熙熙攘攘的人间。我真佩服他办事的能力,既是一丝不苟,却又讲究效率。他完全不像我这样,做起事情来不是拖泥带水,就是丢三落四。

去年夏天,在我即将飞往香港之前,许世旭打电话到我家里来,听他爽朗和豪放的嗓音,我觉得他应该是个身躯高大的人。他从容而又欢快地告诉我,从香港转往汉城的飞机票,他已经办妥了一切手续,只要走下从北京前往香港的飞机,就可以直接跨上转去那儿的飞机,他还再三地强调,一定会在汉城的飞机场等候和迎接我。我挂上电话,回忆和吟味着他豪情满怀的声音,觉得似乎是完全领略了他的风采。多么感谢他热情和周到的安排,我久久地沉醉在一种充满了知音之感的情思中间,为什么对一个从未见过面的异国朋友,会这样不辞劳苦地张罗和款待呢?不知道这究竟是一种什么样的情感?它使我觉得神秘而又亲切,旷远而又紧密,使我感到了生活的无穷魅力。

当我抵达汉城,跟他初次晤面时,竟意外地发现了,他明显的比我长得矮小,那副宽阔的脸膛,显得异常的白净和俊秀,在弯弯的眉毛底下,一对细长的眼睛,亮晶晶地张望着大家,多少有点儿像《史记》里描摹的张良那样,"状貌如妇人好女",不过瞧着他侃侃而谈和洒脱不拘的举止,似乎在跟多年不见的故人促膝长谈,这就又像是司马迁笔下的豪侠那样了。我顿时觉得有多少心里的话儿要跟他畅叙一番,可是客人实在太多了,时间也实在太匆促了,这初次的相遇,无法展开尽情地交谈,使我的心里觉得十分遗憾,然而他那颗滚烫的心,那种激昂慷慨的豪气,却始终保留在我的记忆中了。

贰

许世旭是这个国际散文研讨会中最活跃的人物,不仅要来往奔波和多方周旋,张罗着来自国外和国内的许多散文家的生活,他还是十位发表讲演的"演士"之一。当他坐在摆满鲜花的主席台后面,从容镇静地讲着《韩中现代随笔的发展过程比较》时,真是说得抑扬顿挫,头头是道,我立即想起《孙子兵法》中

"动如脱兔，静如处子"的这句话，这位诗人既是出色的社会活动家，又是渊博和睿智的学者。

会议开得很严肃和认真，当每位"演士"报告完毕之后，多少与会者都提出了各种各样的问题，进行探讨和诘难，这样就不能不触动大家思考关于散文的许多重要问题。为了调剂这种紧张和令人疲倦的过程，在夜晚的宴会上，许多散文家高兴地碰杯喝酒，捉对儿交谈，还有几位女散文家自告奋勇地站起来，高声唱着韩国的民歌。

人们的情感逐步地升向高潮，多少欢乐的声音像一阵阵波浪似的荡漾着。许世旭霍地从餐桌旁边站起来，迈开大步走向人们的中央，敲响了早已竖立在那儿的麦克风，倾诉着对国内外不少朋友出席这个会议的感激之情，他喜气洋洋地说完之后，就指定我接着致辞。我赶紧放下手里的刀叉，在热烈的掌声中走到他身边，心里激动得像刮起了一阵飓风似的，诉说着雄壮而又秀丽的汉城，留给自己异常美好的印象；诉说着当地的不少学者和作家，对自己诚挚和热忱的款待，更是在心坎里燃起了青年时代火一般的激情。这一回在汉城的旅行，常常使自己想起那首旋律优美的美国民歌《把我的心留在旧金山》。再过几天之后，我就要回到自己国家的土地上，继续着思考和写作的生涯，不过我的这颗心，确乎已经留在汉城的朋友们中间了。

我的每一句话都出自肺腑，都流露出藏在自己心里的情怀，因此当许世旭还没有翻译完毕时，我就抑制不住地想流泪，不过这绝对不是悲伤的眼泪，而是出自内心的感激和欢欣。等许世旭翻译完毕了，全场响起长久的掌声，我深知这绝对不是因为自己善于辞令，而是大家接受了我寻求友谊的情感。这时候，许世旭突然伸出胳膊，紧紧地握住我的手，眼眶里湿漉漉的，于是我觉得更理解了这位异邦的诗人。

开完了这个国际性的散文研讨会之后，许世旭约我去高丽大学讲演，他亲自主持会议，要求听讲的几十位博士研究生，在认真地听我讲完之后，得多多地提出问题，进行细致的讨论。果然像他要求的那样，我刚简略地介绍完自己的一些学术见解，好几位年轻的学者就都提出了质疑，我也尽可能详尽地作出回答。会议结束了，大家刚走散，他就向我表示，同学们的思想还没有放开，提出的问题还不够多样和深入。听着他的话儿,我又觉得他是一位极端负责的教师,一心一意追求着启发学生们不断地进行思考。

就在那一天,他约了几位同窗和高足,跟我一起到他的府上去晚餐。我们坐在宽敞的客厅里,欣赏着挂在墙上的那幅水墨画,墨笔画出的树枝,显得多么挺拔苍劲,红笔洒下的一朵朵梅花,又洋溢着一股蓬蓬勃勃的生气,旁边有一行汉字写道:"只因心中有爱,便不得不尽情尽兴的开放",十分贴切地表达了许世旭豪迈奔放的诗人风骨。我历来讨厌吞吞吐吐,躲躲闪闪,扭扭捏捏,嘀嘀咕咕,这样不等于是白活了一生?因此分外喜欢许世旭所追求的这种人生境界,这样活着该有多么的舒坦,该会从心里迸涌出多少真诚的情趣。

在这位喜爱尽情和尽兴的诗人家里,我们大口饮酒,大块吃肉,大声欢笑。许世旭笑嘻嘻地瞅着大家说,"我们不少朋友都读过林先生的文章,却不知道林先生是怎么样的人,是我主张邀请他来开会的,这下子可见到了他本人,而且大家都跟他谈得很投机,这样的学术交流是最好不过的了。"说罢又得意地笑开了。

瞅着他张开嘴儿欢笑的表情,我懂得了他跟自己有着同样的心情,也是"读其书想见其为人"啊!他多么想读遍世上的书籍,走尽天下的山川,和广交人间的知音,这是一种多么宽宏的豪兴啊!

叁

去年12月,许世旭应邀在重庆的西南师范大学开讲"中国新诗",讲完了这个课程之后,兴冲冲地买棹东下,出三峡,登庐山,然后飞来北京。于是在十多天前,我们又高兴地见面了。两个人紧紧地握着手,相互注视着对方的脸庞和眼神,似乎都想把心里的话儿完全掏出来。

因为刚游历过庐山,那茫茫的云雾,似乎还在他的眼前飘浮着,他欢欢喜喜地告诉我,如何在苍翠和幽静的山谷里轻轻漫步。最使他心满意足的是,走访了陶渊明的故乡,寻觅到了这位东晋诗人的坟墓,还在那儿凭吊了一番。他在多年前曾撰写过陶渊明的年谱,评论过陶渊明的诗歌作品,当时就梦想过去漫游陶渊明的家乡,却又觉得这个梦太渺茫和荒唐,今天圆了这个缭绕过自己半生的梦,实在是一件最大的快事。

　　更使他欣慰的是,中国大陆的一家出版社,刚印出了《许世旭散文选》。他把这本装帧精美的小册子,摊开在我的面前,提醒我去仔细地品味一番。他自己始终在出神地打量着这本书,深情地诉说着当年在台湾师范大学读书时,谢冰莹手把手地教他写散文,还将他的习作推荐给一家报纸发表,正是从这个起点出发,他终于成为台湾读者熟悉的诗人和散文家。

　　他说起谢冰莹来,煞像是远方的游子,怀念着自己慈爱的亲人,说话的声音也开始有点儿颤抖了。我早就读过谢冰莹的作品,却从未有过见到她的机缘,瞧着许世旭虔诚和敬仰的神情,瞧着他眼眶里晶莹的泪光,我的心里也有点儿激动了,顿时想起多少位恩重如山的老师,引导自己走上了辽阔和浩瀚的人生之路,我确乎是完全懂得他这种也常常在鼓舞着自己的情思。

　　我祝贺他的散文集在中国大陆出版,希望海峡两岸有更多的读者,都喜爱翻阅他的作品,更希望他以异邦学者的身份,为海峡两岸的文学创作和研究工作,作出更多的贡献。凭着他渊博的学识,尤其是凭着他热爱中华民族优秀文化的那颗赤子之心,正像他《很想长啸》这首诗里说的那样,"天涯那边,必有人回应我。"

　　许世旭这一回前来北京,短短的几天中,要走访不少朋友,实在是风尘仆仆,异常劳累,除了他自己去看望年迈的诗人卞之琳,和去北京大学中文系座谈外,我还陪他访问了北京师范大学的郭志刚等好几位教授。因为他的启蒙老师谢冰莹卒业于女师大,而女师大后来又合并于北京师范大学,因此当我们走进这所美丽的校园时,他充满了一种挚爱的感情。在欢快的谈话中间,他激动地叙述了自己在台湾师范大学起步学习中国文学和撰写《韩中诗话渊源考》、《中国古代文学史》、《中国近代文学史》的经过,似乎并不是偶然的。将自己受到过的恩情,看得分外的厚重和崇高,这也许正是东方人共同的文化气质吧。

　　我还陪他去探望了冰心老人。面对面地坐着,闲话着不少关于人生和审美的事儿,当随意地说到"女性美"的时候,冰心赞成"自然美",他却主张"苗条美"。在交谈的过程中,他从书包里拿出自己在台湾出版的散文集《城主与草叶》,恭恭敬敬地签上名字,双手递给冰心,冰心很高兴地翻看着。

许世旭:太像中国人了

许世旭瞧着冰心陶醉的眼光，心情很舒畅地说道："我学着用中文写作，写得不好的地方，您可以骂我。"

"我怎么能骂你呢？当然我可以提出自己的看法。"冰心摇摇头，爽朗地笑着。在她那颗仁爱和宽厚待人的心里，肯定是将骂人看得相当可怕的。

说得兴起了，许世旭又将自己撰写《中国现代十诗人论》的进展情况，简略地向冰心作了介绍，告诉她书稿的第一章就是《冰心论》，说着这些话儿时，他脸上笼罩着一种兴奋和自信的神色。我深信在当面见到敬仰了几十年的冰心之后，他会把这个章节写得更丰腴和生动的。

告别了冰心，我们又辗转去寻找绿原的住处。也许是太匆忙和激动了，他一不小心，竟将自己的行囊轻轻掉在地下，随着一声玻璃被划破的音响，我们的脚旁竟流满了水，还袭来一阵扑鼻的香气，原来藏在那里的一罐马祖大曲，被摔碎了瓶儿。

许世旭赶紧打开行囊，取出摔坏的酒瓶，抹去渗出的白酒，不住地摇头，叹息着自己从台北带回汉城的这瓶名酒，带着它游历了重庆，攀登了庐山，飞来了北京，是一心想送给绿原品尝的，沿途也始终都安全无恙，料不到即将跟绿原晤面之前，却在无意间化为乌有了，怎么能不使他相信，冥冥中真会有谜一样的命运？

等我们在绿原的家中坐下了，行囊里依旧散发出浓郁的酒香。许世旭眼睁睁地瞧着这位首次见到的诗人，滔滔不绝地诉说着自己仰慕已久的情怀，也许同样是因为实现了"读其书想见其为人"的夙愿，才会显得如此激动不已的吧。

世旭比我年轻三岁，也快近耳顺之龄了，却依旧是孜孜不倦，想阅尽人生的奥秘，想追求充满了知音之感的友谊，这真是一种洋溢着青春气息的心态。凭着这一点，我深信他一定会写出更多研究中国文学的论著，并且还将运用中文写出更多的诗与散文来。

1992 年 9 月